劳动者

王文东——著

天津出版传媒集团
百花文艺出版社

图书在版编目（CIP）数据

劳动者 / 王文东著. -- 天津 : 百花文艺出版社,
2024.4
ISBN 978-7-5306-8728-4

Ⅰ. ①劳… Ⅱ. ①王… Ⅲ. ①长篇小说—中国—当代
Ⅳ. ①I247.5

中国国家版本馆CIP数据核字（2024）第052580号

劳动者
LAODONGZHE
王文东 著

出 版 人：薛印胜 **责任编辑：**张 雪
装帧设计：谢蔓玉 **特约编辑：**韩玉龙
出版发行：百花文艺出版社
地址：天津市和平区西康路35号 **邮编：**300051
电话传真：+86-22-23332651（发行部）
+86-22-23332656（总编室）
+86-22-23332478（邮购部）
网址：http://www.baihuawenyi.com
印刷：涿州市荣升新创印刷有限公司
开本：880毫米×1230毫米 1/32
字数：186千字
印张：8.625
版次：2024年4月第1版
印次：2024年4月第1次印刷
定价：59.80元

如有印装质量问题，请与涿州市荣升新创印刷有限公司联系调换
地址：涿州市百尺竿镇毛家屯工业区中心路3号院
邮编：072750

大风吹啊吹啊，吹出了黄土高原。大风吹了多久，我们的历史就有多久；黄土层有多么厚实，我们的文化就有多么厚重。历史和文化离不开劳动做表达。黄土高原劳动者的故事，是无与伦比的大故事。

王文东

一

锁牢姓杨，原是南山人，生于光绪三十二年（1906 年）。南山石头多，地少，产粮有限。

民国九年（1920 年），南山发生了大地震，山被崩开了，屋子大的石头滚落到麦地与河床。地里的石头不光人搬不动，拿木头杠子别着撬，也撬不动。人们伸指头到石头下挖粮吃，一挖一手血。河里没水了，有的地方已经干透。沙土里没有一丝水分，蛤蟆和鱼也不知去了啥地方。河谷里仅存些腥气。这是天灾，加上之前就开始的人祸，穷人已吃不上饭了。

早几年，天空中出现了彗星，在天上七颗星星组成的勺子状星象旁兜转了十来夜。人们把彗星叫“扫帚星”——在过往的年月里，“扫帚星”一出现，天下就要乱作一团。这次也不例外，军阀混战的时期来了。

南山有人在此次彗星出现之时说，既然天下要大乱，不如他也当一回豪杰。这人姓徐，他拉拢了三百多号人，自称首领，成立了江湖兄弟会。江湖兄弟会会众互称兄弟。兄弟会举事，把南山县官软禁了，把关在牢里的犯人们放了。他们放火烧了县衙，宣布南山易帜，寻了一处新地方作为南山县署。烧一个地方，再换个地方用，叫人说起来，这不是闲的学驴叫唤嘛！也不知那徐首领是咋想的，你直接把县衙叫县署不就妥了？这一种做派，有人认为它必有深意，可能暗藏了诸如天兵天将临凡之类的玄秘。过不多久，本省省督派遣一支军队前来南山，把江湖兄弟会里的兄弟们尽数打杀，把徐首领押在原县衙的门前，朝他头上崩了两枪。

人们纷纷围在一旁看热闹。有人说："还当是天兵天将哩，原来是个'日把欻'！""日把欻"就是成事不足、败事有余的窝囊废。徐首领起头干事没个章法，自己丢了性命，还把兄弟们的身家性命糟蹋了，他不是"日把欻"谁是"日把欻"？可刀刀枪枪上的事儿一旦开了头，就收拢不住啦。

紧接着，临省有人起了义，有个名叫黄明的土匪自称大都督，率领一路黄明军两次在南山过境。本省军队、北洋陆军联合起来在南山境内与过路的黄明军交战。在战斗中，打死了马，打死了人，毁了路，拆了桥。南山境内野狗遍地跑，老鸹满天飞，空中全是铁腥气。

南山地少，且大多掌控在富户手中。富户用界石隔开田地，把隔成小绺的田地租给穷汉。在官军、军阀与各路武装的战斗打响的时候，穷汉要拿在租来的田地里种下的粮食应付三件事：头一件事，给富户交租；第二件事，给官军、军阀供粮草；第三件事，眼睁睁地看着，有刀有枪的江湖兄弟、黄明军闯入家中抢取钱粮。应付完这些事，个人手里还能留下啥?

南山战乱不停，百姓都遭了殃。再经大地这么一震，田也毁了，穷人苦不堪言啊。

彗星果然就成了“扫帚星”。

人们要活下去，那得想办法。有一种办法叫“拉枣杆”。这事怪了：人过得好的时候，天上地下啥都好，树是高的，花是香的，蝴蝶是五彩斑斓的；人一遭殃，天是昏的，地是暗的，山上的树不结果子，山坡上的草长不出草籽，就连草木间的爬虫看起来也干蔫干蔫的。独独生长在林中、涧边、崖上、路旁的酸枣树，不管人过得好或不好，都一样顽强地生长，长出歪歪扭扭但粗细适宜的枝干。没饭吃的穷人，踩断一根酸枣树拉着走，狗咬人了用枣杆打狗，鹅拧人了用枣杆驱鹅；遇水用枣杆探深浅，乏了拄着枣杆歇一歇。有人给水了，拉着枣杆的人喝一口；有人给馍了，拉着枣杆的人吃一口。所以，谁一拉枣杆，就被看作是要饭人。

南山是群山，群山中有个无名山，山上的无名村里，住着锁牢一家。

锁牢姓杨，全家六口人，锁牢前头还有个哥，名字叫做杨顶门。天灾人祸之后，杨家人没饭吃。为了活命，杨顶门和他媳妇拉了枣杆去要饭。杨顶门两口子有时候顺着河岸朝南走，有时候沿着山路往北去，来回走几里、几十里路寻吃食。他们从一个村里转到另一个村里要饭，在各家门前叙可怜、伸空碗，嘴里说道：“好我的叔叔婶婶哥哥姐姐哩……实在是没办法嘛……”那时人们的日子多是一样艰难，只由于可怜人见不得可怜人受苦，更见不得可怜人说可怜话。有人能抠搜着给杨顶门半块干饼子、一个馍或者两把麦。有人没东西给，只好给杨顶门一句话：“现下都难，你要慢慢熬，你的眼目要向前看。”

杨顶门要到饭带回家，全家人同吃。家是山上的三间茅草屋，除杨顶门两口子外，其余家人分别是杨父、杨母、兄弟锁牢和杨顶门的儿子牵牛。

牵牛虚岁五岁，要来的食物要先紧着他吃。按杨父杨母的说法：牵牛娃的路还长，娃比金子都贵，要把娃照看好。这话说的！要是有金子的话，谁还吃要来的东西？最起码得吃面喝面汤，饭后再来个大蒸馍。可一家人谁也没有金子，一个个饿得是牙大眼窝深，前腔子贴到后脊梁，肚皮眼看绷不住肋巴骨。所谓娃是金子，不是杨父杨母编排出的话，那是一辈一辈的先人传下来的。可见长辈爱娃由来已久，娃很金贵，是长辈的心头肉、夜明珠。

杨顶门乞讨来的饼子、馍被全家人用来顶了饥，麦子一天天积攒下来。一年的时间里，攒了有小半棒槌瓮。棒槌瓮是粗陶器物，上头大，下面小，看起来像个大棒槌。一瓮约莫能装粮三斗多。杨家的小半棒槌瓮里顶多攒了一斗半麦。人都饿得不像个人样子了，攒这么多粮为甚呢？何不把麦从瓮里取出来，倒到碾盘上，推着磨子，磨出面粉，把火生着，把锅架上，烙一堆焦黄焦黄的饼子，一家人盘着腿坐在炕上好好吃一顿呢？

唉，时势不允呐！

锁牢自小长了个大个子：十五岁的锁牢穿他哥的裤子，腰身刚好，裤腿却离了地面二寸多。锁牢瘦高瘦高的，上唇已然冒出了胡子，他不能轻易出门，脚步一迈出门，就可能回不了家。“兵贩子”游荡在南山的各个角落，看你身子单薄，觉得你好欺负，就会把你绑了卖给军阀部队的招兵官。

南山贯通南北，与三省交界。为防止再有起义军入境、过境，民国九年，本省省督拉拢临省的军阀首脑，首脑派部驻守南山。该队伍一边在驻地搜刮民财充军饷，一边招兵买马扩充它在临省的势力。起先，招兵官拿着银元招兵，说当了兵不光有饭吃，还有钱拿，只要画押当兵当场就给两个银元。穷汉想吃上饭，于是抢着去画押。后来，新招的兵员开拔去往临省，有人在半途中跑了回来，回来后不无惊恐地描述说："都是哄人哩！他们半路上就把银元夺回去了，吃饭是喝野菜汤，稍不听话，他们把人吊起来，拿牛皮鞭子蘸水打哩！万万不能被骗去当兵，就算饿死，也比冤屈着被人打死强！"此话一经传开，哪怕招兵官把银元摞成一摞，把白蒸馍摆成小山，敢豁出去当兵的人也少之又少。也有少数人实在饿得撑不住，为吃一口馍咬着牙画了押，但这点人远远不够扩充大本营。

这就产生了"兵贩子"。"兵贩子"以招兵的名义，在乡间劫人、绑人，把人卖给招兵官。"兵贩子"亦兵亦匪，说他是兵吧，他干的是匪人的行径；说他是匪吧，他往往披了军衣——他为势力而生，是大棒与利益结合生出的黑心投机者。

锁牢要是敢出门走到无人处，冷不丁钻出个"兵贩子"拿麻绳往他脖子上一套，那就由不得他了。被"兵贩子"绑了的人，被"兵贩子"拿火铳顶着，只能人家说去哪儿他就去哪儿。就算家里人发现人不见了，去招兵官处寻人，人家招兵官说没见过这个人，没有这回事，你能咋办？因此，锁牢被禁止出门。

杨顶门两口子一起出门"拉枣杆"，也为防杨顶门被"兵贩子"

绑。毕竟为了征粮纳捐、招兵买马，军阀头目们在地方上还装作体面的样子跟官员、乡绅们打交道，因此“兵贩子”绑人也要讲究个偷偷摸摸，他们不大可能当着不能被用作兵员的杨顶门媳妇的面，绑了要饭的杨顶门。

但杨顶门被绑的可能性依然是存在着的。比如两口子临时分开，而杨顶门撞到了“兵贩子”；再比如个别“兵贩子”浑不吝，耍起性子来偏偏要绑你，那你也没办法。万一出门要饭的杨顶门被“兵贩子”绑了，那一斗半麦子要留下来应急。剩下的家人要吃饭——尤其是牵牛要吃饭，他还是个碎娃娃，一顿吃不到嘴里就要哭，两顿吃不到嘴里就撑不住。那麦子是要当作续命粮的。

哥嫂拉着枣杆出门，冒了被人宰割的危险，只为能让全家人吃上一口饭，锁牢空长了高个子却一点忙也帮不上。民国十年的一个夏夜，星河闪烁，月光洒满了人间大地。微风四起，远方传来夜莺孤独、悠长的啼叫，锁牢蜷曲着身子听取天地间的脉动。锁牢听见自己的心脏怦怦跳动，似乎跳到了自己的喉咙里，发出声响：“我要叫全家人吃饱——”

血液在血管里静静地流，喉结“咕噜咕噜”地响着，它在锁牢的脖子中央上下蠕动，它可能要熟了。

二

冬天说来就来。雪是黎明前开始下的，絮状的雪花飘了一两个时辰，落到地上就渗进泥土里。天大亮以后，地面潮湿的地方只看到一些零星的雪迹。杨顶门出门看了看地，又看了看屋上的茅草。茅草屋上并不见有积雪。杨顶门背上要饭的褡裢要出门。锁牢在门口跟他嫂嫂嘟囔着说，自己这么大的人了，不能光吃饭不干活，他要跟着他们一起去要饭。杨顶门的媳妇望着杨顶门，杨顶门摇了摇头，这是不同意锁牢的要求。

锁牢倔强地说：“我偏要去。”

杨顶门斩钉截铁地回应：“偏不行！”

锁牢说：“我一个人出门你怕我叫‘兵贩子’绑了，我跟着你们一起去咋也不行呢？”

“哪儿有一伙人一起要饭的呢？”杨顶门拄着枣杆，回望着锁牢，“咱们三个人一起要饭，明白人知道咱们是要饭的，不知道的人还以为咱们是一伙儿土匪要抢人家呢。”

杨顶门这话在理，毕竟是“要知河深浅，须问过河人”。假使有位好心的老妇人要施舍一点食物给要饭人，你要是一男一女站门前伸手，人家思量你是两口子，照给你东西不误；但你要是再加个大小伙子，三个人直直地戳在人家屋前，人家便要多想了——头一条，这些人是不是好人？第二，就算是好人，给一点东西，够不够这三个人吃？这样一想，本就拮据的人只能把自家的柴门扣上。不光把门扣上，还得唤来看门狗，防止有人为非作歹。

听罢他哥说，锁牢只好抿住嘴——嘴唇上的绒毛显得很清晰，他不再争着与哥嫂一起去了。不一会儿，杨顶门两口子一前一后地走了。锁牢到屋后去整理干柴，把粗柴跟粗柴放在一起，细柴跟细柴放在一起，又拿干草分别盖住粗柴和细柴。这是防止雪把柴下湿了不好引火，也是闲时收拾忙时用——下雪了，要做过冬的准备。

杨顶门两口子出门不多久就变天了。如果天上有画师的话，就是在两口子走路的这段时间里，把一抹淡墨泼成了一摊浓墨，把天染作一团乌黑。冷风骤来，湿润的地面即刻结了冻，原本像柳絮一般在空中飘飞的雪花迅速地凝结起来，雪粒像河滩里的沙子一样从天空中散落下来。一层一层的雪很快积起来了。

雪地里走路走得慢，走了半晌，杨顶门两口子到了一处叫吊子地的地方，吊子地离最近的独家庄有个一二里路远。独家庄里只住了一户人家，那户人家住着用泥糊成的一所石板屋。虽然常从独家庄的独户人家门前过，但杨顶门两口子没有到那石板屋里要过饭，也没有见过屋里的人。穿着单衣的杨顶门心说，今天这天太冷了，过会儿一定要到那家人屋里要碗热水喝。

吊子地是一片狭长的田地。把铜钱一枚一枚串在一起是一吊子钱；一户人一户人的地连在一起，就是一吊子地。人们把“一”字略去，把这片狭长的田地所处的地块统称作吊子地。吊子地地势低洼，道路两侧容易形成“窨雪”——风吹着雪，聚集到洼地里，表面看起来平坦，实际下面有了叫“窨雪”的大雪窝。杨顶门两口子走在泛着白光的雪地里，走着走着，他们的眼睛花了，先后“扑通扑通”掉到“窨雪”里。下了半晌的雪，路上的雪只积到一尺厚，“窨雪”里的雪已齐了大腿根。杨顶门拔了拔陷在雪里的腿，没拔出来，肚子里“咕噜噜——”地响，索性一屁股坐到雪里，对他媳妇道：“歇一歇吧！”他媳妇也坐下来，疲惫不堪地说：“歇一歇就歇一歇！”

走乏了，加上又饥又渴，杨顶门一歇，眼前有些朦胧。

雪还在“沙沙”下着，朦朦胧胧中，杨顶门看见远处走过来一个汉子。汉子光着脊背，胸前的毛长到肚皮处，又从肚皮上往下顽强生长着。汉子近前来，待杨顶门要起身跟他搭话，想问他，这么冷的天怎么不穿衣服？不料，那汉子忽然转到杨顶门身后，光身子贴到杨顶门身上，两只胳膊盘起来照着杨顶门的脖颈使劲一勒。这太突然了！这一勒，杨顶门憋住气了。他想动动不了，想喊喊不出，双手扯汉子的胳膊，可咋扯也扯不动。杨顶门的媳妇看见杨顶门面容痛苦，身子像筛糠一样摇摆起来，她忙喊：“咋哩？咋哩？你这是咋哩？”这一喊，是一剂救命药，那汉子转身跑了。杨顶门慢慢回过神来，他托住脖子睁开眼睛，哪里有什么光脊背汉子，只见四周一片白茫茫，天、地、雪成了一色，分也分不清。

杨顶门气喘心慌，全身发冷，他身子仰倒在雪地里，用手撑着积雪把腿从“窨雪”里抽了出来。同样被冻得瑟瑟发抖、嘴唇乌青的杨顶门媳妇，拄着枣杆强搀着杨顶门，两口子一步一步挪向独家庄的石板屋。石板屋孤零零坐落在山坳中，屋顶铺着一层青石板，青石板上覆盖了厚厚的雪，只有从青色的屋檐边才能看得出它铺设着石板顶子。两口子站在屋前，杨顶门媳妇举手拍门，拍了两下，没人应声，拍了第三下，门板“哐啷”一声倒地，灰尘一下子冲出来扑到二人脸上。他们边揉着眼睛边费力走进屋子，好长时间才适应了屋内的黑暗。只见外屋的中央摆放着一个破破烂烂的桐木桌子，桌上散乱摆放着一把四季豆荚，靠墙边放着一个空瓦罐。杨顶门口喊着渴，提着瓦罐要去里屋寻水喝。一进里屋，杨顶门惊恐地大叫一声，栽倒在地，瓦罐摔了个稀巴烂。杨顶门的媳妇一边要扶杨顶门，一边抬头往里屋看去，不看不要紧，一看吓得魂飞魄散，只见里屋是个灶台，灶台上斜坐了一具尸首——是个汉子，光着身子，胸毛长到肚皮处，又从肚皮往下生长。杨顶门倒在地上没有了气息。惊惧也耗光了杨顶门媳妇最后的体力，她全身冰冷，瘫软在地，慢慢失去知觉，不再醒来。

入冬来的这一场大雪连续下了两天一夜。从吊子地到独家庄，一二里地以内，除了白雪以外，再也看不到别的颜色和别的事物。石板屋上的积雪越来越厚，泥墙拼力支撑着石板与石板上的雪。在天晴之后，雪开始融化。泥墙似乎气力使尽，在迎来松懈的时刻轰然倒塌。屋顶掉落的石板砸塌了屋中的桐木桌子、灶台。泥墙和石板共同埋葬了冻得硬邦邦的杨顶门、杨顶门媳妇以及不知名的光脊背汉子。光脊背汉子为何光脊背，为啥而死，何时死的，这都不得而知。只知道四季豆们会从豆荚里迸开，散落在石板屋当中，汲取一切可能的营养，在来年春暖花开时，发出芽子，长出蔓子……

农人苦重，鸡打鸣便上工，月上树梢才收工，长年累月在山石间劳作，顾不得修养调理，顾不上清洁发肤。有恙就忍着，有病就熬着，年龄一上五十就呈衰老状，出门出不了，重活干不成，动辄便要头昏眼花，半夜还要从口干焦渴中醒来好几回要喝水。因此五十岁起，农人就是名副其实的老人。往年冬日，杨父杨母只在周遭打一打短工。杨父干的无非是割草铡草、盘炕喂牛、编笼打草鞋之类;杨母能干的也只不过洒扫庭除、浆洗缝补之类的活儿。这类活计只在有人盖新舍时或迎娶新亲时才有。那些时候都是忙乱的,主家要依靠四邻的协助才能办成自家的事儿。帮了人家的忙，人家会给些饭粮。视主家的家境、打短工的时长和辛劳程度，偶尔也有的主家给几个铜板。

雪越下越大，锁牢隔些时候就要出门在院子里扫一扫，他还拿长竹竿清除着自家茅草屋顶的积雪。杨父站在刚刚扫开却又要被雪覆盖的门前路上,看着锁牢竹竿下的积雪顺着稻草滑落下来，他一边肯定锁牢的做法道 :“这就对了，这就对了。”一边心想，这一场雪下完，不知得压垮多少人家的屋舍，过几天可能还要出门帮人打短工呢。同时，杨母在屋内担忧着，一方面操心大儿杨顶门不知走到哪儿了，有地方避风雪没有 ；另一方面忧虑雪一封山，该吃啥，该咋办。想着想着，杨母拉着长声“哎哟哎哟——”叫唤起来，其间苦楚不言而喻。

三

河流与河流交汇的地方都有广袤的平原，南山地区和北地地区之间，在一条叫做渭水，另一条叫做泾水的大河相逢的地方也不例外。河流的交汇形成了方圆八百里的平坦土地，这里一年能产两茬粮食。凡是下雪的时候，积雪覆盖了麦田，不仅隔开了严寒，还缓缓消融、滋润麦苗的根须。来年天暖时，匍匐在地面的麦苗马上能够吸收土壤的养分，快快地长高。天热起来了，麦子抽穗、扬花，辛勤的蜜蜂以及其他昆虫欢快地活动在麦田当中。只要一立夏，麦子便颗粒饱满，迎来成熟。忙碌的农人们赶忙收割麦子，接着套牛、架犁，使用耱、耙、镢、锄等十八般农耕“武器”，在土地里种下玉米种子。甚至还要在某些地边播种高粱、豆子，在离村近的地头栽种柿子、辣子、白菜、萝卜、洋芋、红苕等。作物们历经夏季的风雨雷电，大量吸收来自太阳的养分，逐渐成熟。一立了秋，便又是收获季。

农人的耕种会有庄稼的收获，财东李善人的耕种是啥样的呢？

此地是西原，财东李善人祖上当过布政使，祖父还是个举人。他大名叫李健，字无病。李无病不稀罕善人这称谓，他不止一次对夫人薛金枝说起："东一个善人，西一个善人，到处都出善人了，也不知到底是真善人还是假善人？"薛金枝既是李无病的夫人，也是李无病的表妹——俩人是姑表亲，薛金枝是李无病舅家的女儿。李无病舅舅也是财东，也被佃户们称为薛善人。夫人回问道："那你说俺爸是真善人还是假善人？"舅舅是重亲戚，李无病在舅舅跟前向来是规矩的。"俺舅当然是真善人，"李无病慌忙解释，"我说的是那些寡廉鲜耻、沽名钓誉的人。"薛金枝一笑，她就是与自己的表哥相公说笑哩。一笑之后，薛金枝又沉默了，只有她深深体悟着李无病的不甘心。

八百里广阔的土地，要叫马车跑，把马跑死了也跑不完这么大的地方。鹞子在平原的上空盘旋，它是天生的飞家子。就是叫最能飞的鹞子飞，不吃鼠、不叼鸡，不飞个一天两天，都飞不到八百里土地的边边儿。就这么大的地方，没有一块地方是无主之地。这些私人财产属于一个一个的地主。地主们继承了一辈一辈的祖先遗留下来的田产，把地出租给一辈一辈无地的佃户们耕种。佃户们在田地里侍弄一年后有了收成，要向地主们缴粮，也即租子。西原良田里的租子要收到五成到六成。佃户们要耕种，得有种子，得有农具；因为他们没有家养的牲畜，甚至给庄稼上的粪肥，自家也没有。种子和置办农具的钱财都须向地主们借贷。这一来，地主不光是地主，地主还是金主；地主就不仅仅是写在故事里的地主，而是成了人人心中的财东。财东有地，财东就有势，骑大马、坐轿子，身后跟着穿黑棉袄、留串脸胡的壮汉——说是家臣也行，说是打手也不为过。财东有钱，财东就显得文明，穿绸子、拿扇子，跟保长、甲长是伙计，向县署、官兵称学生。人一有势，就以为是命里带来的；人一文明，要了命了，硬生生觉得“财东”二字粗鄙。大把的财东把放租地放贷当善举，自我陶醉，自封善人。这是要以“善”字续好命，有从善里继续求富贵的意思。

然而伪善甚多！

临乡有个财东名叫冉增娃，他哥哥是西原学政，他姑夫在沪宁、沪杭铁路上当税务帮办。冉增娃有钱有势，多年前便自称冉善人了。然而冉善人不曾行善，只与酒肉美色作伴，爱好的是细狗撵兔，更爱的是寻了野道人要在家里炼仙丹。他哥哥看不惯炼丹这一点，劝他说：“多看些书，少跟方外人往来，书上写了多少方士骗人的，有谁把丹炼成了？你还不汲取教训？”他嬉笑回应：“万一再炼成了呢？”他哥哥说他这是赌徒心理，绝没有可能成功。不管人咋说，冉善人还是要炼丹，说丹成了还要送有缘人哩。

十年前的一天晌午，冉善人酒足饭饱，召唤众家丁出门。时值麦黄的节气，田间吃食丰富，粮田里野兔众多，冉善人要玩一下细狗撵兔，把狗练一练。到了地边，佃户铁猫弯腰在地里收割，铁猫的小儿子站在地边的一棵桑树下歇凉。突然间，麦地里窜出一只野兔，冉善人放开狗项圈，细狗弓了背朝野兔冲过去。兔子卧在地上时看起来小，一旦把腿蹬直跑起来，真像是个中型野兽。然而，细犬脸窄身子长、腔宽肚子小、毛短尾巴垂，动作灵敏，奔跑飞快，是天生的追逐好手。细犬历来是个玩物，闲人用细狗撵兔耍赌博，输赢可小可大，小了能赢一个铜板，大了能输半间屋子。要想赌赢，除了狗好，还要多练，冉善人出来练狗，可见此人身有赌性。野兔见狗来追，转身朝桑树跑去。细狗撵至桑树下，铁猫他儿怜悯野兔，伸脚朝桑树上跺了一下，这是恐吓狗的意思。细狗撵兔正专注，冷不丁来了这一声响动，吓得脚底打了滑，呆了一呆。这一呆，野兔钻到麦地里，三跳两跳不见了。冉善人大怒，挥手吆喝家丁上前，要寻铁猫他儿的不是。

“谁惯下你的臭毛病，谁叫你吓俺家狗的？”冉善人怒言，口里臭气熏天。家丁们把铁猫他儿踢翻在地，血从娃的鼻子里流了出来。

铁猫忙从麦田里跑来，顾不上看儿子的伤势，忙向这个善人回话，“东家——”铁猫几乎是哀求的语气，“娃小，不懂啥！看在我的面子上饶了娃吧。”

“不懂啥？”冉善人瞪大双眼，“你有啥面子？俺看这不懂啥都是你给你娃教下的吧！”他背着手踱步，眼珠子转得骨碌碌，“把他饶了？那谁把俺饶了？谁把俺家桑树饶了？谁把俺家狗饶了？把俺家狗吓得撵不了兔，这是多么大的损失！”

铁猫说，桑树是地边天然长出来的桑树。冉善人反问：“地是谁的地？”地当然是冉善人的地，铁猫只是他家的佃户，种他家的地，给他家交租子。

“地是俺的地，不要说地边发出来一棵桑树是俺家的，它就是发出来一棵狗尾巴草，那狗尾巴草它也得姓冉！”冉善人一边给自己的佃户说着土地的“教义”，一边示意家丁拽着项圈把细狗拉到铁猫跟前，他指着狗说：“这狗是俺花五个银洋买来的，顿顿给它吃肉，天天要出来训练它，指望它给俺赢大洋、赢脸面，你娃今天把俺这狗吓了，这狗以后能不能赢钱赢脸面先不说，就说这狗以后还逮不逮得住兔都是个大问题，你说你家娃该打不该打？”

“该打，该打。”铁猫几乎要跪下给冉增娃磕头了，他忙不迭地回答道。

“那就好，踢了俺家桑树，吓了俺家狗：桑树五个银洋卖你，养狗花俺的钱花俺的功夫，俺家狗废了，俺也不指望了——你赔俺二十五块大洋。”见铁猫说该打，冉善人铁青着脸说道。

铁猫跪在地上磕头拖着哭腔说：“东家……”

铁猫一声东家还没叫完，冉善人从站在一旁一个留着串脸胡的家丁手里夺过一根大棒，指着铁猫的儿子，对铁猫说：“要么你赔我二十五块大洋，要么俺今天就要你家碎崽子的命。”

还能怎么办呢？留串脸胡的家丁趴在地上当“人凳”，冉善人坐在家丁身上，写出欠二十五个大洋的条子，签上了铁猫的名字。家丁摸出随身带着的钢钎子在铁猫的指头上扎了一下，血冒出来了，铁猫哆嗦着身子在欠条上按上了血指印，他的牙齿咬烂了嘴唇，血流到肚子里，空气里、铁猫的喉咙里都有咸腥气味。

这笔账整整还了十年，到现在还没有还清。

背着善人的名义作恶，像冉增娃这样的人还有不少，有的“善人”连自己的族亲都不放过。乡间有一个农人名叫董云，因饥饿的缘故，在他的财东亲戚董善人家的玉米地里偷吃了几根嫩玉米。董善人名叫董霸，董霸抓住了这个“小偷”，把他拖到家族祠堂前，亲手用赶牛的皮鞭子抽了“小偷”四五十鞭。董云被抽出内伤，在炕上呻吟了一夜，活活疼死了。家族祠堂是董善人自己出钱建的，祠堂上书写“孝悌”“仁慈”……在伪善面前，那些“仁慈”之类的话语可能只是为了写而写吧。

李无病不稀罕善人这称谓，缘故就在这里。

四

李无病不一样，其他财东收租收五成六成，他的租约上只写四成，收时能少收尽量少收。能少是个啥缘故？难道自家的事儿自家还做不了主，还有个不能少的道理？的确有！佃户向财东交租，财东要向官府纳税，军阀们混战着，一会儿是皇帝退位，一会儿又复辟，时政上以前是县官，后来有县长，间或来这一支军，又要驻另外一支军，这些都要赋各式税。土匪偶然还会光顾，土匪来了，就算夺不走钱粮，镇压土匪需要的各项支出，上面还是要各财东们认粮认捐。各个方面的人都不好惹，各个方面的事儿都逃不脱。世道说不清，前面的“能少”或“不能少”自家的确做不了主，李无病只能回回算计着收租。李无病不光收租收得少，在平日还修建学堂，佃户家的子孙可以到学堂里读书识字；在荒年，他舍粥放饭，自家家里吃饭的人，曾有七十余口不知来处，不识姓名。来了人吃饭，李无病也不多问，只吩咐厨房的人把面擀软，把糊汤熬稠。佃户生病了，他请先生去给义诊，佃户家有了婚丧嫁娶之类的事项，他能亲自去的一定亲自去。人们是自发内心称呼李无病为李善人的。

然而，李无病为善，不是天性使然，而是心有隐痛处。

李无病祖父辈有三人，这兄弟仨的后人只有李无病他爸一个男丁。李无病他爸为了生养子嗣，使劲浑身解数，日夜耕种，殚精竭虑，天却不随人的愿，只在四十岁时生了李无病一个顶门杠子。李无病他妈因大龄产子落下病根，在喂养李无病两年半后，身形枯萎而死。三个老祖父置办的田产悉数归了李无病他爸，有良田千亩，房屋多到数也数不清，心中仅晓个大概数目。光绪三十二年，李无病与表妹薛金枝完婚，还未及生养后人，李无病他爸肝胆上生了麻达，病症是剧痛，把他爸疼得趴在地上学狗叫。就这，他爸临死前不忘交代李无病："啥都不重要，要把根留住……须多养娃，要多生儿……"

自打表妹薛金枝嫁给李无病后，夫妻恩爱，薛金枝先后怀胎三次。婚后第三年，薛金枝头一胎生下来个女娃，娃长得可爱疼人，一见她爸就笑，笑得李无病心脏柔软。然而，还未来得及为娃娃取名字，女娃生了天花，高烧抽搐，一命呜呼了。李无病把娃娃埋到了地畔的一棵杏树下，杏树第二年开了花，李无病在树下静坐许久，看到满树都是笑巧嫣然的杏花，他托人从南山运回了一块青石头，放在杏树下，请匠人刻上了自己写的两个字：杏仙。

又过了一年，第二胎怀上了。怀到三个月，薛金枝半夜起来起夜，一只猫撞碎了起夜照亮用的马灯，薛金枝坐在尿盆上打了个尿颤，把娃小产到尿盆里了。血肉糊糊一团子，谁也看不出来是男是女。薛金枝哭成了泪人，骂着要千刀万剐世上的猫。可等薛金枝小产的月子过了，有宾客从天津来，带来了一只西洋猫，猫的眼睛是蓝颜色，薛金枝又欢天喜地把猫抱在怀里，又是亲，又是用脸蛋蹭猫身上的绒毛。

有一天李无病睡觉，梦见在一座大山里见到了他爸。大山上光秃秃，全是大石头。李无病他爸被夹在石头缝里，呼号着救命。李无病上前拉他爸，拉不动，他爸说："你孤单力薄的，你得多要娃，娃多了你引着来，你们一起把石头抬起来，那样就把爸救下了。"他爸把李无病疼了一辈子，李无病醒后哭了一场，恨自己无能为力，恨自己帮不上夹在石头缝里的爸。三里外有个庵子，庵子里住着一个尼姑，整日里敲木鱼念经。李无病去庵子里烧香。尼姑见他愁容满面，便停住了手中的木鱼问他什么缘故，李无病心酸，把薛金枝两胎里——杏仙的事以及猫撞马灯的事前前后后给尼姑叙说了，还说他爸现在还夹在石头缝里等他救呢。说罢，李无病向尼姑道："请大师指点迷津！"尼姑缓缓敲起木鱼，开了金口，说了八个字："诸恶莫作，众善奉行。"俗话说：路不行不到，事不为不成；人不劝不善，钟不打不鸣。这一句渡人的法门，落在了李无病心里。

自打那以后，李善人不光与人为善，就算走在路上看见蚂蚁落到水坑，李善人也要拿个麦草秆把蚂蚁救上来。如此足足过了四年，薛金枝的第三胎才怀上了。李善人小心伺候，只要夫人在，走路不敢高抬腿，说话也要捂住嘴，事事顺夫人的心，甜蜜的话儿一天要悄声说个三五回。足足十个月过去，胎儿降生，是个带把儿的男儿。娃长得白胖白胖的，吃了奶便睡，一睡醒就吃奶，活过满月又顺利过了百天。李善人心中喜悦，给儿起了个有福气的名字叫：李天官。

李善人迎来了像蜜糖一样的日子。不料过了两年，原本该在地上爬的时期，李天官还是吃了睡、睡了吃，嘴角一直淌涎水。李善人疑虑了，与薛金枝夫妇二人抱着李天官四处求医，看病先生看着这双男女穿着绸缎的衣服，举止文明，犹豫再三，还是说出了真相："这娃是个痴傻！"

五

在南山的乡村里，听不见老鼠围着屋子“吱吱”乱跑，也听不见猫头鹰在枯树杈子上发出“呜呼——”声，只有天地间的雪声还在“沙沙沙沙，沙沙沙沙”……

杨母一次次到屋外去看，她希望看到大儿杨顶门两口子冒着风雪从外归来，然而一次次失望，她在屋外等待的时间也一次比一次更长。就是半夜里，杨母也要出去在外站着。腹中无粮，天气寒冷，大雪盖住了杨母的头发，她被冻得浑身麻木。

许久不见母亲进屋，锁牢出门去探看。黑夜的雪地里泛着白光，杨母面朝外，孤零零站在冰天雪地里的硷畔上。锁牢对着母亲叫：“妈——”不见母亲转身，他又连喊三声，还不见回应。锁牢小跑起来险些滑倒，终于抓住了母亲的手腕子，他轻轻一扯，母亲硬挺挺倒在地上——严寒的天气已让杨母化为冰人，灵魂已往冥界，黄泉路上与她大儿、大儿媳结伴去了。

不见孩儿杨顶门回家，老妻又被活活冻死，此后几天，杨父不再做出门帮人打短工的念想，他闭嘴不言，闭嘴不吃，嘴唇上结出了乌黑乌黑的干痂。杨父平卧在炕上一声不吭，锁牢和侄子牵牛跪在地上求他，他也不为所动，眼见着出气越来越粗，进气越来越少，临终的时候，他的上下嘴唇干得粘在了一起，说不出话来。他用粗糙的指头指了墙角的棒槌瓮，又转指了牵牛，最后指定锁牢。直至咽气，指头一直对着锁牢的额头。

最滚烫的水是不冒热气的，悲痛至极的人想哭也哭不出来。怨天吧，攥起拳头往空里舞，一舞一拳空，再舞拳拳空。怨地吧，提起棍棒往地上杵，把棍棒杵折了，大地照旧瓷实、不破。

十五岁的锁牢压住心头的悲伤，等了七天，不见哥嫂回来，等了十天，还是不见哥嫂的面。无名村中杨家族人甚少，多已逃荒各方，还是仅剩的一位嫁在近前的姑姑为锁牢主事，央告村中众人，在山后寻了一处地方，扒开积雪，打了浅浅的墓窑子，把亡人安葬了。

锁牢移了一丛四季常绿的柏树栽在父母的新坟上，心想着他哥不知道啥时候回来了，照着柏树寻找，便可来追祭父母的在天之灵。姑姑家的状况与锁牢家相差无几，当姑姑提出先让锁牢带着牵牛去她家过日子时，锁牢拒绝了。锁牢记得父亲宁愿饿死也不吃粮食，死之前指着棒槌瓮，指定自己的情景。那是在说，要锁牢叔侄俩靠着那小半瓮粮熬过去，也是在说：“人，要自己靠自己。”

是啊，人要靠自己，因为靠山山会倒，靠水水会流。

六

李善人现下也找不到靠头。

李善人是民国五年上有的儿子李天官，民国七年才发现儿子脑子有问题。李善人慌了，原先他是把生儿育女当成他爸临死前安排的差事来办，其中有心酸的时候，但多是触景生情。他以为自己年富力强，夫人薛金枝又身形富态、相貌周正，生儿育女不过是夫妻间水到渠成的事儿，生出个赛潘安的儿郎也不为过嘛！现在不一样了，你瞧瞧吧，李天官四岁才开始走路，都五岁了，嘴边还滴着涎水，只能勉强叫出爹妈。看到傻儿踉踉跄跄的步态，李善人被一种巨大的恐惧感笼罩：这么大的家业将来交到谁手里？自己百年之后，这个痴傻儿李天官靠谁养活？

李善人想想就一身冷汗。他冒着冷汗与夫人薛金枝行房，心中既充满育种的渴盼，又战战兢兢，一爬上夫人丰腴的身子，李善人耳旁就响起了他爸临死前趴在地上发出的狗叫声，眼前也不断闪现着杏树的花朵。这一来，往往到半途就败下阵来。薛金枝起身抚娑他，越抚娑越糟糕。这种事有一回，就有第二回。时间长了，李善人终于不举了，他的阳物像一只僵死的蚕蛹，咋抚娑都不会起反应。

李善人的舅舅薛善人屡次上门，在并未征求女儿薛金枝意见的情况下，劝李善人纳妾，每次都被李善人回绝了。

这一天，舅舅、舅母同时上门。舅母到里屋去和女儿叙话，舅舅在堂屋里上首的椅子坐下。

李善人双手端了茶水，摆放在舅舅手侧，说："舅你喝水。"他退站在边上等舅舅说话。

舅舅咳嗽了一声，说："健娃你坐下，舅有话要对你说哩。"在名字后加娃字，是西原长辈对小辈爱昵的我称谓。

李善人从旁端来一个机凳，坐在舅舅的侧面，手垂放在膝盖上，上身挺得板直，回道："舅你说吧，俺仔细听哩。"

"健娃啊，你妈死得早，你爸又当爹又当娘地把你养活大，"舅舅端起茶碗喝了一口，"现在，你爸也不在了，除了舅说你，再没有人说你，你说是不是？"

李善人回答干脆："是！"

舅舅吹着茶碗里的茶叶，也不看李善人，问："那舅说话俺娃听得进去听不进去？"

李善人知道他舅要说啥，但不得不回答道："听得进去。"

"当真听得进？"舅舅目视李善人，李善人回避着舅舅的眼光，不做答话，舅舅并不罢休，他继续说道："健娃你听得进也罢，听不进也罢，今天这事由不得你了，舅已经把事给你定下了！"

李善人忙问："舅——啥事定下了？"

舅舅薛善人靠在椅子背上，眼睛望着屋外的天，慢悠悠地答道："填房的事！"

里屋里传来薛金枝压抑的啜泣声，李善人站起身来要朝屋内瞧。舅舅又咳嗽一声，李善人坐了回来。舅舅道："金枝那边你不用管，你妗子会给她说明白。"待李善人要开口，舅舅示意他停住，继续说道："俺娃把舅的话听下，舅都是为俺娃好哩。金枝也罢，你也罢，都是舅的娃，你俩小时候都在一块耍哩，姑表兄妹成亲，那是亲上加亲，你俩相处得好，舅也看在眼里，也为俺娃们高兴哩。咱们这日子吧，它说起来比上不足，比下可是有余。咱这地，咱这房，他一般人可比不了咱呢。自打舅把你妹子打发给你，就是想叫你妹子给你多生养，多要娃，叫娃长大了当举人，当状元，再给咱当上个大官！把咱屋里这事再往红火里弄！可谁知道天官这娃是个脑子不灵醒的，舅心想着你俩再继续要娃，可眼看这好几年过去了，金枝的肚子只是个没动静么！现在不管她还能生不能生，你眼看都三十五六的人了，咱再寻个填房，不管金枝将来生下了娃，还是填房来了生下娃了，他都是你跟金枝的娃嘛！咱这么干，也是干看着没法子么！咱们再不给你寻填房，俺娃你再不抓紧要娃娃，可就来不及了……"

李善人被舅舅说得脸上一阵红一阵白，他结巴着说："来得及……来得……"

舅舅的话止住他："俺娃不要轻狂，来得及来不及舅还不知道吗？人一上三十，时间过得像飞一样。孙悟空飞得再快，他都没有时间快！你把房填上，他就耽误不了事么！现在把娃要上，你还能把娃照看大，不多说几年，要敢再等个两三年，我踅摸你和金枝都看不到孙子，你敢再拖下去就把大事耽误了，俺娃想一想，你将来咋给你爸你妈交代？咋给地下的老先人们交代？”

金枝的哭泣声逐渐变大了，舅母似乎也跟着哭了起来，舅舅对着里屋发了火：“妇道人家，哭个屎哭——”里屋的哭声戛然而止。

自身有毛病的话到底羞于说出口，填房的事情在李善人舅舅和舅母的游说下，就那么定下来了。

填房的女人也是他舅舅给找的。

薛善人把女儿嫁给自己的外甥，还亲自给自家的女婿寻小老婆。这事一经传出，成为整个西原人的笑谈，无论是吃饱喝足的财东，还是偷鸡摸狗的闲汉，大家都说这事弄得美，薛善人就是“善”，世上就要多些这样的善人。

填房寻的是西原集市上一个挑粪人的女儿，姓花，名朵。花朵十六岁，她爹在集市茅厕挑粪，担到农人地头售卖。有人干这样的脏污活计，本来是方便各方的好事，但是近来县署官员有命，县里的粪是县署财物，谁要是挑粪，要缴纳“粪税”。花朵他爹是个莽人，不顾“粪税”事项，照常担自己的粪不误。一日，花朵他爹被县署的县丁堵在了“五谷轮回之所”，他没有钱可缴，县丁把他推到茅厕的粪坑里，把个大活人被粪给淹死了。最后县署的人还出来说他是“畏税自尽”。花朵她爹一死，花朵的哥哥花海借着办丧事的由头，把花朵以五十个银元卖给了薛善人。

别看生在贫家，花朵却是个美人。她个子不高不低、身子不胖不瘦；人安静、性温柔；指头细长，胳臂犹如藕段；一只眼睛一汪水，一双明眸两心泉。花朵人如其名，如花芬芳。

男子大凡阳事上耍毛病，都是羞于承认的，不光不承认，还有众多借口，自以为不过是思虑过重，顺其自然慢慢就好了。一般还要怪了女方，说是女方人老珠黄导致自己无力支撑，心怀一种想法说："换个佳人便好了。"这话已然是错了，阳事上的毛病是病，既然是病就得治病。这道理李善人与如花似玉的花朵一相逢便知道了。

治不到点子上事还小，最怕的还是治错了方向。要想起来，李善人只需把心放宽些，把心中的烦闷和夫人叙说叙说，寻正经医生开药调理，也不会治不好他这身子上的毛病。可是他不愿失了自己的身份，私下里偷偷摸摸给自己打探办法，一来二去，他听闻了一些关于冉善人炼仙丹的传闻，他上了他平常最不待见的人的门——去冉善人家打问仙丹的事，这一种鲁莽行事，老人们早有评判，唤作："怕怕处有鬼，痒痒处有虱！"

七

凭着棒槌瓮里的一斗半麦，锁牢叔侄俩熬过了漫长的冬天。

侄儿牵牛多次在夜里哭醒，哭着说要他妈。锁牢任由侄儿哭，心说哭着哭着他就不哭了。不料，每每听侄儿哭惹得锁牢自己也痛哭起来，把自己往日哭不出来的东西，一吐而净。锁牢一哭，牵牛反倒不哭了，午夜的月光从茅屋的天窗中洒落进来，牵牛毕竟是幼童心性，看见锁牢号啕大哭的样子，觉得好笑，竟“哈哈哈哈”笑起来了。

民国十一年（1922 年），春天一到，南山的积雪消融，雪水汇入溪流，溪流往河里汇聚，河边的柳树绿了。紧接着是惊蛰，雷声一响，蛇虫醒来了，茅草屋檐下的蜘蛛开始结网捕虫，院后的山桃花开了，桑树抽出了芽子。锁牢看见一枚匍匐在地上的四季豆只长出了纤细的根，却发出了两瓣大大的绿叶片。他盯着嫩绿的豆叶看了许久，意识到他哥嫂到现在还没回来，可能是回不来了。以后的路咋走？锁牢决意带牵牛去山下寻活干。

整个南山地区都是山，孤零零的一条官道把山和山连接了起来，南来北往的贩子们要走这唯一的官道谋营生。官道有的在山腰上，有的在山顶上，当官道蜿蜒至南山群山中一座叫做猛龙山的山下开阔处时，贩子们便能看到猛龙峪马车店。

猛龙峪马车店后是猛龙村，猛龙村的保长张天龙也是猛龙峪马车店的掌柜。走到此处的多是贩卖驴、骡、牛、马的贩子。有的从北地来，要往两湖地方去卖马；有的从豫地来，要去西原谋贩牛。贩子们干低买高卖的交易，行百里千里路，风餐露宿，一路劳顿，一旦到了猛龙峪马车店，就是到了一个中转点，人要住店吃饭，头牯要休养吃草料。该补充的东西得补充，该打探的事体也得在这里开始打探。有的逗留个一两天，歇息好了就走了；有的在店里待得时间长，那是打探完消息后等行情的。因此，猛龙峪马车店里的牛马棚里始终喂养着一圈头牯，少则一二十，多则三四十。杨父在时，曾在猛龙峪马车店打过短工，帮马车店的伙计们割草铡草、给牲畜们喂草拌料。就连锁牢，也曾在猛龙峪马车店客满、牲畜多的时候，帮忙给马车店里送过玉米秆儿。

之所以杨父不在猛龙峪马车店里长干，是因为张天龙掌柜的规矩是干活只给吃喝，不给钱。猛龙山上有二三十人队伍的土匪，见谁钱多就要抢哩，为了抢钱往往还要闹出人命。为避可能的祸害，经高人指点，张天龙保长做出义举——猛龙村里谁吃不上饭了，就来店里吃，吃完饭帮忙干干店里的杂活。吃是吃豆渣馍、玉米面馍、浆水萝卜、红苕蔓，只吃不准拿；喝是喝伙房大锅里常年不断的煎水，你要想喝你就喝，想喝多少你只管往肚子里灌。

这条件，能来吃饭的都是真正没饭吃的人：有饭吃，谁吃这？往往是这些没饭吃的人的子侄在山上当着土匪，你给他家人一口饭吃，他暗地谢你尚且来不及，怎么会去害你？这样，张天龙掌柜不光能赚利钱，还博了个好名声。

锁牢引着牵牛奔着张天龙的好名声而来，张天龙掌柜恰好缺这么一个人。

按理来说，张天龙掌柜自己管账，村里谁来吃饭谁干活，马车店里根本不缺人，无论是打算盘、招呼客人、打扫、铺炕、烧水、做饭、喂养头牯等样样活计都用不上锁牢。可是有新情况：一开春，贩子们一茬一茬地住到猛龙峪马车店里来。历经一冬，马车店里预备的草料即将吃光，山上的青草才长出个半截子。边割半截子草边喂养牲畜，根本来不及么！马、驴、骡都是能踢能咬、能跑能跳的物种儿，只能放在槽上用剩余的草料喂养。那些性情温驯、动作缓慢、喜欢群集的黄牛赶到外面放一放不是很好吗？把它们放在外面吃春天里鲜嫩的大地生发物，既不用割草，还节省了储存的草料。张天龙掌柜是这么想的，他思谋着要寻个人去放牛，但来店帮忙的非老即病，腿脚不麻利，干一干店里的杂活儿行，放牛还真不行，牛要是跑了撵都撵不上呢。

张天龙掌柜在马车店门前上下打量前来寻活干的锁牢，看他腿长、腰细、脸蛋子上长疙瘩，正是能跑能跳的时候。张天龙掌柜说：“哦，好啊，店里缺个给客人们放牛的差事娃，你就留下放牛吧。”

“东家……”锁牢欲言又止。

张天龙掌柜侧目看着锁牢，意思是你还有啥话要说？

锁牢看看牵牛，又看着张天龙掌柜，说道："放牛时，我还得带着这个娃。"

哪个马车店找伙计还找拖家带口的呢，张天龙掌柜正待要说话，锁牢跪在了地上，给他磕了一个响头，脑袋把地磕得"砰——"一声响，哽咽着说："这是我侄娃子，家里已经没有人了……"

张天龙掌柜有点不耐烦，官道上来来往往的人很多，这样的场面他见多了，他皱了皱眉头，嘴唇微动，刚想要说个什么，只见小小的牵牛挣脱叔父的手，走到他面前，唤了一声："爷——"然后后退，磕下头去。

娃娃小模小样，却一本正经。

昨夜还在啼哭的小小儿童，今朝却做出了这样的举动，不说张天龙掌柜了，就连锁牢心头也觉震动。猛龙峪马车店外的官道上，太阳正耀眼，张天龙掌柜眨巴了两下眼睛，回绝的话终是没有说出口，他脸上的胡须黑油黑油的，泛着光。良久，张天龙掌柜对锁牢叔侄俩道："快起来吧，把娃引上去咥个馍，锅里有热水，后晌你们就放牛去吧。"

保长既是乡绅里的重要人物，手下也有着三五保丁，保长及其势力维护着一方的治安，在一些方面是能说得上话的人，偷鸡摸狗的"兵贩子"可不会惹保长，也不敢打张天龙保长马车店里的伙计娃的主意。在张天龙保长的庇佑下，锁牢不仅不会被"兵贩子"绑，还成了一个好牛倌。

看锁牢放牛放得好，春天结束了，张天龙掌柜让他继续把牛放着，毕竟放牛节省草料。

扎着牛鼻圈的黄牛拴了几牛槽，青石牛槽上两竖一横立着木椽杠子。牛本温顺，缰绳一头系到牛鼻圈上，另一头拴在木椽杠子上，令牛们在牛马棚中更安然了。牛白日伸舌头把大量的草料卷吃到肚里，吃得后腿斜向上肚腹部位一个南瓜大小的三角子区域明显鼓胀起来，便是吃饱了。到了夜间，牛或立、或卧，把草料吐到口里拌着自家的唾沫研磨，一磨许久，磨毕咽净，三角区域瘪塌了，牛就又该吃了。

拉牛出棚，把牛缰绳盘到牛犄角上。犍牛犄角长，乳牛犄角短，碎牛娃的犄角要发还没有发出来呢，不用给它扎鼻圈、拴绳子，老牛走到哪里，它便要跟哪里去。牛是适宜群居的动物，不管是哪儿来的牛，不管是前天到的，还是今天才来的，把牛们盘好去放牧，锁牢打眼一看，就知道今天这群牛谁是头牛。头牛自然是体格最为雄健、毛皮最为油亮、叫声最为低沉的犍牛。雄健的犍牛到了陌生地方，不用谁说，也没有谁教，很快会发挥自己领头的天性，它不会在意其他牛的叫声和动作，而仅服从于人的安顿。锁牢随便拾起一根木棍，朝最威武雄壮的大犍牛一挥，大犍牛便按锁牢的意思昂首往要去的方向去，其他犍牛、乳牛主动地跟在大犍牛雄壮的身躯之后行动，争着要叼老牛奶头的碎牛娃也会撒着稚嫩的小碎蹄子，穿梭于牛群当中。

一天一天，锁牢手牵侄儿走在放牛路上。后晌，他们会看到落日的余晖；清晨，他们脚面沾满露水，沐浴了清晨的阳光。豆渣馍硬，锁牢拔了春天的野小蒜就着吃；玉米面馍吃了肚里阴沉，锁牢剜了开黄花的蒲公英晒干，与侄儿一起泡水喝。侄儿牵牛喝了蒲公英水，露出牙笑着对他叔说：“这水还甜甜的。”

八

放牛是个轻松活计，也是个重活计。

说它轻松吧，确实是轻松，把牛赶到坡上，牛自动低头吃草，你想睡你就倒在草窝里睡，你想玩你就捉一对儿蚂蚱看它们对咬。锁牢叔侄俩偶尔也睡也玩，但他们不会在轻松的时候完全轻松下来。南山境内，草药生长甚多。春季里锁牢摘金银花、剜茵陈，他干活，牵牛跟他说话；夏季里锁牢挖柴胡、黄芩、丹参，他挖，牵牛拾；秋季，锁牢背着布袋捋连翘，他捋，侄儿给他张布袋口。张天龙掌柜见锁牢剜挖的草药晒在马车店后院，高人的高招令张天龙掌柜受益，愈发令他心中快慰，他并不言传，只常在锁牢出门放牛时叮咛："不敢把牛失遗了！"

牛还敢叫失遗了？那遗了不得吓死人啊？所以，与牛的安危相关的事，是放牛时要干的重活计。历来放牛娃放牛都是去那几个常去的地方，这边的草吃完了去那边，那边的草吃完了再回来吃这边重新长出来的草，他们不太换地方，原因是这些地方他熟悉，知道里面有没有蛇穴、有没有蜂窝。牲畜们低头吃草，如果见了蛇那有点麻烦，但那爬虫只是会惊得它们不好好吃草，并无别的后遗症，牛儿当下不吃草，慢慢缓过来了，它也就开始吃了。但要是撞到蜂窝，那麻烦大了，蜂窝是一碰就炸，那些飞虫尾巴上戴着弓箭，会放出有毒的武器，把牲畜们蛰得灵魂要出窍，继而要没命般奔跑，它跑你追，越追越远。跑了的追不上，原地还留着一群牲畜不知啥情况，来回折腾，那非把放牛娃折腾个半死哩。锁牢放牛选地方尤为小心，不是在平坦河岸，就是在山上缓坡，不到大山大沟里去——哪怕大山大沟里水草更肥美。

但千防顾，万防顾，能防住一万，防不住万一。

这一日，锁牢吆喝牛到山坡下吃草。山坡顶上有稀稀拉拉的槐树、椿树，还有核桃树。槐树开了满树繁盛的槐花，椿树上有椿蛾在爬，核桃树叶子还没长齐，等长齐了树会生出核桃穗穗——那是核桃树的花。山坡下花草的种类就更多了，有狗尾巴草，有菟丝子草，有秃疮花，有马兰花……牛到了山坡下，各吃各的草，各踏各的花。锁牢探看了四周，与往常无二，他提了镢头在土里挖甘草，侄儿牵牛照例为叔父当帮手。过了半晌，牛吃草吃得好好的，从山坡背后转过来了一只黑山羊，黑山羊边吃草边活动，不知不觉混进牛群当中。

可别小看山羊，这生物儿有高招，吃草只吃嫩尖尖，能跑能爬，到了高处不恐高，啥好吃吃啥，啥地方高往啥地方爬。牛儿们一般是围在头牛四周吃东西，可一旦有别的牲畜引导，有的牛儿会照样学样，尾随它去。黑山羊混到牛群中吃一吃草，又往山坡高处的树旁跑，它是要吃槐树上香甜香甜的槐花呢。有一只小乳牛见了，尾随黑山羊到槐树旁寻觅吃食，锁牢远远望见小乳牛上了山坡，但距离不甚远也就没在意，想它过会儿自己就回来了。黑山羊吃起了槐花，小乳牛仗着身形敏捷，见样学样，它后腿支撑、前蹄离地去吃槐树枝头鲜嫩的树叶和鲜甜的槐花。孰料，乳牛吃光枝头的吃物儿，树枝反弹回去，惊动了树上的一巢蜂。那蜂巢如人头大小，上有七孔，如人之七窍，故此蜂有名曰“人头蜂”。“人头蜂”不足一寸长，然剧毒无比，它们在槐花花季采食花蜜存放在蜂巢中,这一惊动,凶悍的它们势必要保卫自己的“粮食”。干坏事的是小乳牛，先倒霉的却是黑山羊，一群蜂蜷成一疙瘩掉在了树下黑山羊的身上，那些毒虫连蛰带咬，把羊蛰得连蹦带跳，直至叫不出声来。小乳牛见状掉头就跑，但还是被几只“人头蜂”蛰到了胯上，疼得尾巴都直了，竖起来直直对着天。有一种脾气叫“牛脾气”，说的是认死理，实际上是牛发了疯。这乳牛当下就发了疯，不管不顾，只是个跑。

锁牢在山坡下听着动静不对，连扑带爬地跑到坡顶，只见黑山羊被蛰得倒在地上抽搐，头肿得像个又粗又壮的冬瓜，小乳牛早已跑得不见了影踪。锁牢吓得冷汗都冒出来了，连忙跑到坡下，把牛儿们赶在一处，把缰绳从犄角上解下来缠在一起，抽出头牛的缰绳塞到牵牛手中，他喘着气给小侄儿交代：“把牛拉好……原地等我……谁来了都不敢把缰绳交出去……人要抢你缰绳你就大声招呼……就说你家里大人马上就来了……”

牵牛双手抱住缰绳一次一次地点头，锁牢从地上拾一根木棍，快跑着去寻小乳牛。

跑啊跑，找啊找，草深的地方拨开草找，树高的地方爬到树上望着找，来回寻，来回找，就是找不到。眼看这牛是失遗了，锁牢心中太害怕了，这咋给东家交代？东家咋给牛马贩子交代？如此种种问题袭来，锁牢想要爬到河水中把自己淹死，这样算一了百了！锁牢想诅咒黑山羊，想打烂“人头蜂”，还想：山上为啥要长槐树？烂槐树！臭槐树！害人的槐树！

在找牛的路途中，锁牢的衣服被草挂烂了，草鞋也被石头磨破了，脚指头往外渗着血……

半晌过去了，眼看太阳往天中间挪着，终于，锁牢在一条斜插着的山谷里找到了小乳牛，但是小乳牛的境况很不妙，它是陷在了山谷中的一方水泉中。原来，牛被蜂蜇了以后，一路狂奔进了山谷，肿痛难忍之际看见泉水，就跳到了泉水当中，以冰冷泉水缓解肿痛感。水泉中有腐败的水草，还有碎石泥污。于是，一丈见方，看起来清澈的水泉，其下尽是淤泥。等冰冷的泉水泡了一泡，小乳牛的疼缓过来了，淤泥却把牛腿陷住了。它越走陷得越深，越陷它越挣扎，越挣扎，越是陷得深。锁牢看到小乳牛的时候，那牛的小半个身子已陷进去了。

锁牢站在泉水岸边拿着木棍照着小乳牛的牛头抽，牛“哞哞”叫着，大眼睛眨得扑闪扑闪，就是动弹不得。锁牢又拽住牛的尾巴朝出拉，把小乳牛拽得快屙出屎来了，还是纹丝不动。

锁牢见泉对岸不远处有一根黑黑的木椽，他想用木椽顶着牛头试一试，看能不能把牛顶着退出水泉。锁牢弯下腰两手去托椽，刚蹲下，木椽弯曲着椽身动了起来，把锁牢吓得朝后一跳，哪里是什么木椽，分明是五六尺长的一条黑乌梢蛇！乌梢蛇不动是不动，动起来是弯着身子“唰唰唰”游动，三弯两不弯，乌梢蛇蹿下水泉，朝牛头游去。往常牛吃草，是见过蛇的，但何曾见过这样的巨物！往常见了拇指粗的草蛇，牛且要惊慌得吃不下草，如今见这样的黑壮长虫游来，小乳牛受惊，扯着脖子前身往后耸。这一耸便好了，前后蹄子都松动了。锁牢见状，忘了害怕，忙到牛身后拽住牛的尾巴拉。前有大蛇威逼，后有锁牢拖拽，小乳牛终于从水泉里退了出来。

锁牢长长地松了一口气，之前是恨这小乳牛，恨它咋不去吃屎呢而非得吃槐花；现在是爱这乳牛，爱这牛失而复得带来的巨大喜悦。锁牢抚摸着牛毛，觉得小乳牛真是个大宝贝。

锁牢赶着小乳牛回去，群牛们都卧在地上，牵牛还在紧紧抱着头牛的绳子，专心而紧张。锁牢散开牛儿们的缰绳，一棍棒把小乳牛打回牛群中。他摩挲侄儿的脑瓜，侄儿的头发乌黑乌黑的，这时候他突然心说：咋忘了看那个大黑长虫跑哪儿去了！

九

冉善人近年来炼的仙丹名叫“蚌夫人”。明面上说吃了“蚌夫人”能强身健骨、延年益寿；私下里还说，吃了“蚌夫人”有利男根，可令不服老之人焕发青春，大做特做大丈夫再造之事。

丹方是某道人从陇地带来的，方子里有和田的玉、昆仑山的冰、嘉峪关的石、北海的珍珠等等。在道人接引下，冉善人将各类坚硬之物放在道人托人从南海寻来的巨大贝壳中，加上铅、汞等炼丹引子，放在丹炉里炼了七七四十九天。丹成，共七枚。南海大贝壳名为砗磲，以砗磲为母炼的丹本该叫“砗磲夫人”，冉善人嫌拗口,他说:“砗磲也就是个大蚌壳嘛,就叫‘蚌夫人’吧！”

道人附和：“善人英明，‘蚌夫人’中自有灵珠。”

丹成后，道人说要去四方云游，冉善人感戴道人赐丹方、配丹料，千恩万谢地供养给道人五百个银元。道人叮嘱冉善人:“善人啊，仙丹不可轻易吃。灵珠已有，还需灵能。你要多思虑仙丹的好处，思虑多了，灵珠汲取思虑加持，会有灵气。待灵气大成，灵能更佳！”

冉善人问道人：“师父，要思虑多长时间？”

道人云：“多一日便多一分妙用！”

道人走后，好嘛！荞麦地里刺苋花，人家不夸自己夸！冉善人不光思虑“蚌夫人”的好处，他还到处说它的好处，他乐滋滋地想：这一种加持更广大，灵珠恐怕要大发光芒哩。

思虑叙说了一年多，冉善人把“蚌夫人”给了他的学政哥哥一枚，托人给他的帮办姑父捎了一枚，随丹附送一封书信大说特说“蚌夫人”的妙用。他自家舍不得服用“蚌夫人”，每日里继续对着丹丸思虑。

李善人骑马走了十五里路，走到临乡的冉善人家。大家都是财东，说相互熟悉谈不上，在此之前也不过见过寥寥数面。说不熟悉也是哄人，一代一代的人都在这西原繁衍生息，他爸是啥人，他爷是啥人，甚至他老爷额头上长着几个疙瘩，大家心里都是明白的。更何况两家地挨地，田连田，给地里浇灌的水渠都是同一条。

李善人上门来时，冉善人正在对着装“蚌夫人”的葫芦思虑，见屋外来了人，忙用红绸子把葫芦包了抱进里屋，在专门的丹柜里仔细放置好葫芦，锁了柜门，这才走出来，抱拳作揖，向李善人道：“无病兄，啥风把你给吹来了？”

李善人还礼，哈哈笑道：“无病无病，往日无病，俺如今也有了病了。”冉善人心里一咯噔，思忖这人要干啥，还未及想完，李善人继续说道：“俺来看看增娃兄也不行？”

冉善人“呵呵”两声，把李善人迎进堂屋，两人在桌子两端坐下来。桌子中间的盘子里摆放着红枣、花生、炒黄豆。冉善人是主人坐上首，李善人是客坐下首，一落座，家眷们就有人把茶水端上来了。冉善人客套道："家里啥都好吧？"

李善人回道："还是老样子，不如增娃兄日子过得囊在，俺屋里有个病娃，把人熬煎住了。"

事不在自家身上，自家觉不来脑袋大，冉善人假模假式地叹了一口气："唉！都一样，家家有本难念的经。"继而他打着哈欠问道："无病兄今天来有啥事还是……"

"要说起来，也没有啥大事，就是俺舅眼看明年五十五，五十五是个大寿，俺这当外甥的心想俺舅过大寿哩，俺要送啥？送吃的他不缺，送穿的他不爱……俭省惯了……俺听人说增娃兄炼出了仙丹，说丹好得很，俺这当外甥的就希望舅舅身体好，我想到增娃兄这里讨个炼丹的方子，我也回去炼个半粒、一粒仙丹，明年好献仙丹给俺舅祝寿。"李善人托出他舅的名义，打问丹药，一旁的冉善人已是哈欠连天。

原来这冉善人还有个坏毛病——抽鸦片烟，一时半会不抽，精力便是不济了。冉善人一摆手，便有家丁到里屋点起烟灯，拿出烟枪。

冉善人起身拉着李善人说："你舅是个好丈人，你也是个好外甥，走，无病兄，咱俩抽着烟说着。"

财东人家，抽鸦片烟并不少见，李善人已见怪不怪，自家却从未抽过鸦片。要是李善人起身走了就好了，可他有求于冉善人，外面把"蚌夫人"的功能传得神乎其神，他渴望有那么一种东西治愈自己身体的毛病。于是，他跟着冉善人进到里屋，俩人脱了鞋躺到炕上。李善人学着冉善人的样子抽起了鸦片烟。

烟瘾过饱，冉善人掰着指头给李善人陈述炼“蚌夫人”要用到的材料，说了足足二三十种难以寻觅的丹方配料，然后又问道：“就说那叫砗磲的大白贝壳子，无病兄你到哪里去找？那是俺那师父托人从南海弄来的宝物儿。就说咱俩吧，在咱们这西原，咱两家的地连畔种了几辈辈人，咱俩倒是知道南海在哪儿吗？”

李善人被鸦片烟迷得头晕眼花，趴在炕沿上吐嘴里的苦水，冉善人说了些啥他也没听进去，只知道他说要来了那炼丹方子也没有用，不是方子的事，是配料东西不好搞，搞不到！

李善人一下子垂头丧气了，下炕穿鞋要回家。他刚走到院外，冉善人打开了一扇窗户，从窗户里向李善人伸出五根手指头。冉善人说：“我还有五枚仙丹……”

希望又来了！

十

李善人多次借着给舅过寿想献仙丹的名义上冉善人家的门，每次都与冉善人抽着鸦片烟，听他掰扯“蚌夫人”的配料、好处。配料都很扎实，好处都很诱人。李善人越听越心痒，越发想要搞一枚仙丹吃，达到自己与填房花朵成功同房的目的，实现自己传宗接代的愿望。

近来李善人出门上马，不用扯缰绳，马都知道直接往冉善人家去。进了门，李善人自己便要往冉善人的炕上躺，呼唤着冉善人烧鸦片烟泡子，冉善人见了嘻嘻笑道：“无病兄是马后一锅烟，快活赛神仙啊！”

烟毕，两人躺到炕上叙话，叙着叙着，还是扯到了“蚌夫人”上。冉善人说：“无病兄啊，你说你舅一辈子俭省惯了，你想给他送颗仙丹，你送了他敢吃不敢吃？你知道为炼这几枚丹，俺花了多少大洋？”他伸出五个指头对着李善人虚晃了一下，又收回去，变了个比划八的手势，晃着手势道："整整八百个大洋！"

李善人瘫在炕上，回话道："只要吃了对身体好，俺舅还有啥不敢吃的哩？"说着灵机一动，一骨碌爬起来，"增娃兄，你做个价，卖给俺一枚'蚌夫人'。"

冉善人见李善人到家里来的次数多了，心里多少有些不美，来了人就得招呼，一招呼，不光练习细狗的时间没有了，就连思虑仙丹也耽搁了。李善人回回来，回回打问仙丹，他是有个不得仙丹不罢手的意思。冉善人知道李善人祖产大、家底厚，就有了高价卖他一枚丹把他打发了去的心思，省得他回回喝水抽烟，在自己跟前聱乱。

"这个嘛……"冉善人沉吟着。

李善人见有苗头，眼睛亮了，他贴上来说："增娃兄你开价！"

冉善人娓娓道来："俺这仙丹来之不易，俺爱惜它爱惜得不像啥了，俺是不打算转手给人的，但无病兄你张开这口了，况且你还是为了给你舅上寿。先不说你前前后后到俺这里跑了这么多回，就说你对老人这一片心，俺就是再爱惜这'蚌夫人'，也不得不把兄弟你成全了啊。"

李善人等他出价，冉善人却继续说理："俺花了八百个大洋炼丹，丹一共七枚，两枚有别的用场，俺自家只留了五枚，兄弟你说，这五枚'蚌夫人'是不是值八百大洋？"

舌头是个好东西，不会说话的人抢着说，会说话的人想着说，冉善人轻轻松松加大了每一枚"蚌夫人"的价钱，李善人连说："那是，那是！"

冉善人又说："俺师父说这仙丹要经思虑功效才大，多思虑一日便多一份妙用，俺日日夜夜对它思虑，说它的好话。论起来思虑不出钱，但无病兄你得知道，我的思虑也是一份内丹啊，你说是不是？”冉善人看着李善人点头称是，继续说下去，“你诚心要丹的话，那只能做个双份法，五枚丹八百大洋，加上我的思虑内丹也值这个价。一千六百大洋分五份，你说一枚丹该多少价？”

做财东的人，第一会的东西就是算账，李善人在心里打着算盘珠子，很快报出：“一枚丹该三百二十个大洋。”

“好啦，咱弟兄俩算账还算得那么清干啥？零头子还算啥算！俺也要给你舅出一份心意哩！无病兄你出三百洋，俺给你一枚丹。”冉善人做起了好人。

李善人大喜，当下就给夫人薛金枝写了纸条子，指派冉善人家丁往自家找夫人拿三百银元。冉善人小心翼翼从丹柜中取出装丹的葫芦，解开绸子，另取了一个黄铜丹匣，从葫芦里倒了一枚“蚌夫人”到丹匣里，双手端着丹匣递给了李善人。李善人低头看那仙丹，只见它圆不溜秋，滴溜溜，说黑不黑，说白不白，比鸽子蛋小，比小指甲盖大，好比是一块小小的料姜石。冉善人见李善人看了仙丹有些走神，忙把丹盒盖上了，斩钉截铁地说道：“你就等着你舅用了这宝物返老还童吧！”

天一入夜，李善人便取了丹盒，用早已预备好的甘甜泉水，将“蚌夫人”小心服下，之后静等奇迹出现。夫人薛金枝为了有子嗣继承家业，服从了父母为自己的丈夫填房的安排，又在花朵进了李家门之后，为她讲述了男女之情，生育之道。然而李善人久久不能成事，花朵又是害怕，又是疑虑。白日里，李善人跑得不见人，这晚间又鬼鬼祟祟不知在做些啥事，花朵躲在被子里，不敢看，也不想看。李善人并非好色之徒，自打明白李天官无法继承几辈人留下来的家业之后，他的心思完全在要实现他爹死前的托付，他只是要生子生孙，不敢把自家的门户绝了去。

李善人像烙烧饼一样，在炕上翻转了一夜，并没有等到自己想要的场面。花朵早早起炕干活去了，她不把自己当东家，该洗洗，该扫扫，丫鬟们干啥她干啥。李善人半晌午才从炕上爬起来，他脸色乌青，眼睛肿得像烂桃，一起来就出门骑上马气势汹汹地走了，他去往冉善人处要说法。

人情急时不要说话，一开口就得落了话把儿，“你的狗屁仙丹就不管用。”李善人进门，对正在院落里逗狗的冉善人叫喊道。

他这一喊，冉善人转过头来也不是好脸：“你在这放啥狗屁呢？”说着弃了狗往堂屋走，单怕李善人说出个什么话来让人听见。

李善人尾随他进屋。

冉善人独坐桌旁，问：“你舅把丹吃了？”只这一句，就把李善人的嘴堵住了。

冉善人反问：“是谁他舅过寿要仙丹的？是谁天天往俺这屋里跑要俺的仙丹的？喝俺的水，抽俺的烟，不落俺的好，还要埋汰俺？”问罢还加了一句，“俺是肚子没冷病，不怕吃西瓜，谁敢要埋汰俺的仙丹，俺就要他的命！”

李善人兴师问罪的势头被冉善人三两句话打压下去，他叹息着坐到了另一张椅子上。见状，冉善人语气缓和了，他问：“难道……难道无病兄自己把仙丹给吃了？”

李善人还是拿他舅说事：“仙丹拿回去，俺思谋着俺舅年龄大了，用仙丹会不会药性子太猛，要把俺舅伤着了，咱这当小辈的就说不过去了，俺想着先替俺舅试一下丹……”

“咋样？”冉善人急不可耐。

李善人道：“跟没吃一样……像是吃了个石头……”

话未说毕，冉善人起身拍了桌子，“胡说！”说完又觉失态，他强压身体的颤抖道，“有的仙丹是先热后凉，有的仙丹是先凉后热，咱这‘蚌夫人’属于先凉后热，灵能是慢慢来的……”正说着，他见李善人流眼泪，打呵欠。冉善人进屋取了一包鸦片烟出来，扔到李善人面前道：“后发灵能慢慢就来了，无病兄回去吃烟等着吧。”

等李善人夹着鸦片烟骑马走了，冉善人迫不及待地回到屋内，取了一枚仙丹，自己空口服下。这之后，冉善人不吃不喝在家等了三天，等着自己的“蚌夫人”产生灵力。然而，左等右等，不见仙丹有任何作用，身体也不热，也不冷。不光不热不冷，在冉善人的强大期盼下，甚至他都不知道渴，不知道饿。第四天，冉善人挣扎着身子，撕烂包葫芦的绸子，一拳打碎装丹丸的葫芦，把掉在地上的三颗“料姜石”一口吞到肚中。他继续等，等得人都要虚脱了，也没有见到他原先脑海里思虑过的任何一种灵能场面，哪怕身上多一根毛的情况都没有出现。

“蚌夫人”的事成为大笑料，在财东们之间传言，冉善人的姑姑传来他姑父对他的评价：“不学无术，属渣滓一类儿！”

民国十三年，有钱姓财东往陇地干事，在陇地遇到了帮冉善人炼丹的道人，钱财东对道人说：“你这个野道人，你差点儿把冉增娃害死。”

道人问了个所以然，然后恍然大悟地对钱财东道："好我的无量救苦天尊哩，我叮嘱他叫他思虑，就没有叫他到处给人乱说嘛！他一乱说，天机泄露，把丹气都跑没了呀！他的丹气跑了都是小事，他大嘴一张，这是连我的丹方子都破了呀！天意啊！天意！"道人痛心疾首，有个恨铁不成钢的样子。

天作孽犹可违，自作孽不可活。钱财东回西原后把道人说的话给冉善人学着说了，冉善人懊恼不已，怪自家嘴长，把话说多，把丹药的灵能失了。他自家打着自家嘴巴子，把嘴打得肿得像个牛尻子。

十一

锁牢挖草药晒干卖到猛龙镇药铺，攒下一些体己钱。猛龙峪马车店到药铺之间的路上有一座戏楼，戏楼旁有一所学堂，学堂由猛龙镇上的开明乡绅出资修建，依地名叫“戏楼学堂”。锁牢回回卖药从学堂门口过，一回两回没知觉，时间长了，一旦听见学堂内传来郎朗的读书声，锁牢便心动，他觉得这读书声很神秘，说不清，道不明，但足够吸引人。

不知不觉在猛龙峪马车店里当伙计有三年了，除开放牛，别的活计锁牢也早上手了，更多的时间都在店里料理店务。十八岁的他越来越能干。放牛、割草、铡草、担水，样样活计，锁牢干就比另一个新伙计路娟娟干得快、干得好。干完后，他还有时间用蒲草编草鞋呢。路娟娟是个男人叫了个女名，能叫这种名字的人，一般都是从好家庭里出来的人。据路娟娟自己说，他家里原是地主，他也曾念过私塾，读过圣人书。只可惜他父亲耍赌博被人捉弄了，把家里的田地、房屋输了个精光。他用家中仅剩的麦种子熬了一锅黏牙糖，装了满满一篮，走五十里地到猛龙镇来卖。路上碰见一个人卖西瓜，路娟娟想吃瓜，用一斤黏牙糖换了人一个西瓜吃。打开西瓜，里面却是白瓤子。他让卖西瓜的人换瓜，人不换。让退黏牙糖，人不退。于是，俩人打了一架，他把对方的门牙打掉了。对方揪住路娟娟让他赔牙，牙怎么赔呢？没办法，只得将一篮黏牙糖赔给对方了事。糖没有了，家也回不成了，回去也没得吃，路娟娟只好流落到猛龙峪马车店里来干杂活，混口饭吃。终是好生活过惯了的人，路娟娟干起活来腰吊肋子稀，干啥没个啥样。锁牢与路娟娟的对比，张天龙掌柜看在眼里，记在心里。

锁牢编的草鞋，有贩子拿旧衣衫跟他来换，也有出几个钱买的。锁牢穿着换来的旧布褂子，身板子全是筋筋子肉。一日，歇店的人少，锁牢把炕烧好，把屋里屋外也打扫干净了，张天龙掌柜从猛龙村回到店中，与牵牛逗着玩耍。牵牛聪明伶俐，不知学说什么话逗得张天龙掌柜哈哈大笑。锁牢思量了思量，央告张天龙掌柜："东家，我想请你帮忙寻个学堂，我想把牵牛送到学堂念书去。"

"念书干啥？"张天龙掌柜问。

锁牢答不上个所以然，只能照实说："人家娃都念哩，我想肯定是好事。"

张天龙背后的高人是他尚在世的祖父，那是个老秀才，一辈子又写又画。张老秀才世事洞明，在家常把"读书明理"四字挂在嘴边，故张天龙掌柜有此一问。见锁牢并不知道读书是要明理，张天龙掌柜对锁牢说道："念了书识了字，不当睁眼瞎子。学了算术，账算上咱不哄人，人也哄不了咱。”

这么一说，显然是应允帮忙了，锁牢接住张天龙掌柜的话道：“对着哩，对着哩！”

张天龙的祖父渴盼后辈能出读书人，然而世事不稳便，各个人都有了各个人的波折，也有了各自的生存命运，不是老秀才想咋就能咋的，他只能叹息说：“世事不古！”到了张天龙这一辈，家中只有张天龙的幼弟张天罡是个读书人，在猛龙镇的戏楼学堂里当国语先生。张天龙得空去找了张天罡，说有个娃娃想到戏楼学堂上学。张天罡对他哥说：“娃要念书是好事，哥你叫娃来就对了。”

张天龙四十出头了，他幼弟张天罡年仅二十一岁，尚未娶妻。第二天要上学去，张天龙掌柜头天晚上给牵牛隆重交代：“牵牛啊，你把我叫爷，到学堂里可不敢把我兄弟叫爷。到了学堂里念书识字，见了人要叫先生……叫张先生……”

他还没说完，牵牛回应说：“爷我知道了。”

张天龙掌柜拍着牵牛的头笑道：“你知道辣子你知道……牵牛娃你要把我家张先生叫老了，他连媳妇都寻不下了。”

次日一大早，锁牢便把马车店里该办的事办完了，还抽空给伙房抱了两捆柴，给水瓮里把水担满了。一切料理停当，锁牢引着牵牛朝戏楼学堂走去，学堂该是多少学费，张天龙掌柜问过张先生后已给锁牢说了，他的左袖子里揣着一年的学费——两枚“壹圆”银圆、一枚“贰角”银圆。不过，锁牢右手还提着一个布包，包里装着一根他从山上挖来的何首乌，足有羊头大小，约莫四五斤重。

负责礼仪的先生带牵牛先去学习上学的基本仪礼了，锁牢去先生寝舍找张天罡先生交学费、办入学的手续。

张天罡坐在桌前，问啥锁牢答啥，不大功夫手续办完，张先生给牵牛造好了上学册子。张天罡先生清瘦，眼睛里黑是黑，白是白。锁牢把带来的布袋放在桌上，往张先生面前一推，张先生看着锁牢，他问：“这是啥？”

锁牢回答：“药。”

张先生把布袋解开，拿出何首乌看了看，又掂了掂，他的手指白皙、细长，张先生笑道：“世人都说有千年何首乌，我还不相信，今天我才算开了眼了。书上说何首乌一百年才能长六两，一千年也就长六斤重，你这根何首乌不说有千年吧，我估摸也得长个八百年。”说罢，他把何首乌装好塞回锁牢手里，锁牢不接，张天罡用黑白分明的眼睛盯着锁牢道，“东西是好东西，鄙人无功不受禄，你拿回去好好珍藏吧。”

锁牢只得把布袋提回手中。这时，礼仪先生带牵牛过来了。牵牛向张天罡鞠躬，恭敬道：“学生杨牵牛给张先生行礼！”

张天罡马上从桌旁起身回礼，道：“同礼！”

锁牢送给张先生何首乌，不仅是感谢张家兄弟们提携，更是对教书先生表达恭敬。锁牢见张天罡虽比自己大不了几岁，断然拒绝何首乌的做派颇为潇洒，既不做作，又不拖泥带水，再看见张先生尊重学生的举动，更加感到读书事深不可测，或有广大气力，妙不可言。他打定主意：这何首乌我必定还是要送给张先生的，我先拿回去，等他啥时候要了，我再给他送过来。

张天罡哪里是池中之物。

民国十三年九月十八日，孙中山签字发布讨伐军阀的《北伐宣言》。张天罡日夜诵读该宣言，激动万分，期盼着“日跻于光明”时代的到来。

在国语课堂上，除了教学生认字、读书，张先生还对学生们谈起康有为、梁启超……谈及这些人是谁，他们干了哪些事。张先生为学生们高声诵读梁启超所作《少年中国说》，他朗声道：“故今日之责任，不在他人，而全在我少年。少年智则国智，少年富则国富；少年强则国强，少年独立则国独立；少年自由则国自由，少年进步则国进步；少年胜于欧洲则国胜于欧洲，少年雄于地球则国雄于地球……”诵读完，张先生泪流满面，激情久久不能平息。

学生们也跟着泪流满面，张先生不禁问道：“你们哭什么？”

学生中，牵牛举手起立，反问张先生：“先生你哭什么？”

张先生答：“我哭吾国吾民。”

牵牛正色道：“那我们也哭吾国吾民。”

张先生大受震动，原来但凡精诚文字，必感天动地，不分老小，人人看得见、听得懂其间奥义。以后，每逢学完课文有空余时间，张天罡便给学生讲解催人奋进之说法，救国救民之责任。

张先生在许多学生心里种下“富民强国”“造福人类”的种子，戏楼学堂的学生们受到感召，张天罡也每每被学生们燃起的热情鼓舞。民国十五年五月，北伐战争的序幕揭开了。张天罡在戏楼学堂连夜写下辞呈及《告家人书》。天一明，张天罡便从南山翻山越岭，走了二百余华里到达省城火车站，又搭乘火车中转武汉、过韶关去往广州参加革命军。

学堂里还好，走了一个张天罡先生，还有别的教书先生嘛。

放学回家的牵牛把张先生的《告家人书》捎回猛龙峪马车店的时候，张天龙掌柜、张天罡先生的祖父张老秀才见了书信，张老秀才大哭着说："自古人云：好铁不打钉，好男不当兵。这是要把我这念书的娃的命送到战场上了呀，好我的娃呀，你咋敢走这绝路呀！我的天罡孙儿呀——"

老秀才哭着跑到牛马棚里，解下牛缰绳，把缰绳搭到牛马棚上就要上吊，他说他是耕读传家，这是眼看家里有人要死到千里之外了，他要早早吊死，不能等到死讯传来。闻讯赶来的人们都很紧张，却不料跟在张天龙身后的伙计路娟娟"吭吭——"笑了一声。路娟娟可能是看见老秀才又哭又闹要吊死的场面太可笑了，他觉得无论张老秀才还是紧张的人们都是装样子的，谁还会为这事真把自己吊死呀？这一声笑把事惹大了，张老秀才听到这笑声，分明是有人在说他："你装啥洋蒜呢？"

老儒生心性上来，真就把脖子伸到了绳子里。张天龙连托带拉救人，但张老秀才死死拽住绳子不放手，僵持了半天，最后还是张天龙跪在地上哭着保证找到他兄弟，张老秀才这才松了手。张天龙把祖父抱下来，扶到炕上。张老秀才已然是受了一场大症，脖子被勒得黑红黑红的，躺在炕上手扶额头，又哭又叹。

把祖父安顿好，看他慢慢缓过来了，张天龙把路娟娟揪到堆放草料的草房里，关住门，拿了一根给牛拌料的拌料棍把路娟娟打得皮开肉绽、哭爹喊娘，边打边骂："叫你笑！叫你狗日的好好笑！"

粗硬的拌料棍打断了，路娟娟被打了个半死。张天龙唤了猛龙村中保丁，把路娟娟架着扔到猛龙镇街头。张天龙这才长出一口气道："平时看那狗日的就不是个好东西……"

十二

薛善人眼见得他女儿跟前就一个傻儿，自己为外甥寻的填房并没有如愿怀娃生娃，又听闻了外甥架着自己的名义吃料姜石的“光荣事迹”，心中真是又悲又恼。

李善人本来身子就不中用，又染上了抽鸦片烟的瞎瞎毛病。抽鸦片烟这种毛病是大毛病，人一旦沾染上鸦片烟瘾，除非你有冉善人那样的粗腰哥哥、靠山姑父，能用这样或那样的方子让你获取源源不断的大好处，否则，任你有多少家财都能抽光败净。李善人吃的是祖产，比不得冉善人既有祖产，又有大靠山。他延嗣无望，便自认是一个“废物”了。夫人薛金枝好言相劝，他闻而不答、答而不行，把往日要行的善事也一概抛到了九霄云外，只在鸦片烟中喷云吐雾。他自言自语道：“俺这样的废人，要地做甚？要屋更有何用？”这样一来，原先尊崇李善人的佃户们心里也恶心起他们的东家来。

花朵已二十一岁了，是个能干的好女人。她是填房，管不上田产的事儿，便把一家人的饭食伺候得很好，把衣物清洗整理得干干净净，把家里收拾得利利索索。逢年过节的时候，她还蒸了鸡娃馍，到李家先人的祖影前献祭。衣物清洗整理完了，若剩下些破衣烂裤，花朵把它们铰成碎布，糊成袼褙，给李善人和薛金枝纳新鞋穿。如果袼褙没有用完，她还把袼褙铰成老虎的形状，一针一针把袼褙纳成袼褙老虎。再有碎布头的时候，她用碎布头给袼褙老虎“穿上衣服”，给它肚里塞进棉花，做成布老虎。憨态可掬的布老虎是十岁的李天官的最爱，除了会叫爸叫妈之外，流着鼻涕的他还会口齿不清地说：“虎……虎……虎……”

薛善人要把自己的孙子薛言过继给女儿薛金枝。他的孙子有五个，薛言是二孙子，时年十三岁。舅舅要给李善人说过继的事儿时，李善人正躺在炕上抽鸦片烟，看舅舅进了门，便从炕上起身到半截，略一停顿就又躺下了，舅舅薛善人看到他这样子既心酸又无奈。站在一旁的薛金枝也深感不安。薛善人一句一句把他为外甥操的心、要过继的原因、过继的人选、过继后的事给外甥说着，然而李善人根本不在乎这一切，不耐烦地挥手对他舅舅说：“这事你跟你女儿说去。”

薛善人只能继续单独跟女儿薛金枝说。他说：“金枝俺娃啊，你看，这屋里屋外的事得照看。屋里的事还好说，屋外的事没有个男人就不行啦。爸现在在世还好说，爸一旦哪天有个啥事不在了……”

“爸！你不要说这丧气话！”薛金枝见她爸说出“在不在”的话，忙制止。

“这都是实话！真话！一旦那样的话，金枝你说！你这屋里的事谁给你能撑起来？”薛善人问道。

薛金枝沮丧着不知道说什么，显然是没有人选。

薛善人苦口婆心：“你表哥健娃眼看是顶不住事了，大烟把人害了呀！再加上金枝你这手里还有个天官这更顶不住事的娃，你跟前要是没有个人，你可咋办呀？把言娃给你过继过来，他既把你叫姑，又把你叫妈，他既是你的儿，也是你的侄儿，这是啥关系？亲上加亲的关系么！言娃现在十三，你把他养住，不出两三年，他就给你顶住事了呀！到了那个时候，不要说娃养活你，他把你全家人都给你养活住了，你跟健娃俩安安然然地只管享福就对了，就是健娃他老先人在天上看见了，他也高兴哩！这是把他李家的家业给保住了呀！”

她爸话说到这里，薛金枝还有啥话好说？过了几天，薛善人把薛言引到李家来了，叫薛言给李善人和薛金枝磕了头，叫了爸和妈。薛言改了名字叫李言。

民国十七年，西原地区大旱。旱是从夏初开始的，水渠里水干了，井里水也快干了，麦苗眼看拔不出节节来，勉强拔了节，扬出不多的麦花。天上下了一场冰雹，以至于麦熟时节，麦只能收到往年的三成。麦只有三成，租子却有四成、五成甚至六成，佃户们纷纷弃地逃荒，有人往西去，也有人往北去。租子收不够，赋税却少不了，革命军和军阀们正在打仗，无论哪个要粮，谁敢少给？至少财东们不敢少给。顶大能通融的是没有粮拿钱抵，人家拿着钱自然会到有粮的地方去买粮。李善人往年租子收得便不多，家中的现钱早已抽鸦片烟抽光，只能卖地、卖屋交赋税、求生路。变卖家产历来折本，只这一回，李家的本钱折去大半。

麦收之后，薛金枝带着李言、李天官回娘家“看麦罢”。“看麦罢”是礼节，种麦地区多有该习俗。收完麦后，女儿女婿们带着礼当去丈人家“看麦罢”。从字面意思上看，“看麦罢”是女儿女婿到丈人家交流丰收的喜悦，说一说自家打了多少粮食。其实，“看麦罢”是一个关于省亲的节气——农忙之后，女儿回到娘家，歇一歇，玩一玩，吃一吃新粮食磨的面、炸的油糕、蒸的馍……虽然遭了年馑，礼节上不能断，财东人家的心性是今年年馑了，地还没卖完，明年它不就好了？

薛金枝叫李善人同去，李善人死狗一样不愿去，去了怕他舅舅薛善人说东又说西，尤其怕舅舅指责他卖房卖地的事儿。

其实在他问话不答、躺在炕上对舅失了礼数之后，薛善人已不想理自己的外甥了，哪还有心思说他。

李言回到薛家，其实是回到了自己的家。李言十五了，在李家吃好的、喝好的，每日有先生上门给他教识字写字，读书造句——更多的东西是不用学的，毕竟他是去给李家看家守家的，差不多就行了。这样的日子过起来轻松但乏味，一回到自己家就不一样了，不光没有先生让他学无聊的字句，还有哥又有弟，他可以随他们一起玩耍。这个年龄段儿，穷人的孩子已当家，李言也被教育着要做个当家人，而薛家其他的孩子们想上树上树，想骑狗骑狗。就算想偷谁家的桃了，只要有人提出来了，那大家一窝蜂去就是了。李言有了来之不易的玩耍机会，与少年们在一起玩得不亦乐乎。他们玩的时候，李天官抱着布老虎也想加入其中。

可是，少年们都是来去如风，李天官想加入，还没等反应过来，人家都跑得不见人了。

一天中午，太阳很晒，门前树荫下的驴不知因何发起了性情，它在肚子下不自觉地伸出了它那黑黑长长的阳货。少年们围着驴嘻嘻哈哈说看驴尿，李天官也站在驴身后伸着脑袋去看——少年们都是远看；他傻，是走到驴身前去看。

薛金枝只看大家聚作一堆，不知道在看什么，耳朵听见薛善人对李言说："言娃啊，你拿石子儿撇那黑货。"

李言拣了石子儿，照着驴伸出的阳物就打，打了几下没打中。这时，薛金枝近前来了，她一看到是这样的场面，"呀——"的一声捂住眼睛，捂之前不忘把李天官扯回自己怀里，她脚跺着地，大叫："你们一个个是闲得要死哩！"

薛善人一声不吭，背着手回屋了。薛金枝说李言："言娃你都不嫌羞嘛！"说完又说李天官，"天官你都不怕驴把你踢了吗？"

李天官抱着布老虎说："虎……虎……虎……"

更多的时候，李天官是自己一个人在玩。他能玩什么呢？西原地区虽然是平原，但平原也不完全是平的。薛善人家的伙房设在侧院，侧院后有一处土台，有七八丈高。薛善人依地势，在土台上挖着一个高窑，下面架着梯子。这高窑是用来防止土匪的，一旦有土匪来了，薛家一家人钻进去，抽了梯子，土匪上不去，一家人可保命。平日里，梯子就架在高窑前，既然跟不上"大部队"的脚步，这李天官一天没事了就是抱着老虎自己玩，一个人在高窑的木梯子上爬上爬下。

在娘家待了一阵子，天天吃新粮，都有些吃厌嫌了。这一晚，薛金枝翻来覆去睡不着，突然想起白日见伙房有一篮李言他们摘来的桃，越想桃的滋味越鲜甜，便起身到伙房去找桃吃。伙房里黑咕隆咚，薛金枝凭手摸，半天摸不见桃。突然，薛金枝听到伙房院后有“咯吱咯吱”的伐木声传来，便从伙房的窗子伸头向后院看去。仲夏的月亮又大又圆，屋外一片明亮，薛金枝看见她爸薛善人趴在离地五六丈高处的木梯上，手拿一把短锯在锯木梯台阶,“咯吱咯吱”锯一锯,似乎没有锯到头,又换根台阶“咯吱咯吱”锯一锯。

这一幕，不光把薛金枝惊得不想吃桃了，她长长的头发都要被惊吓得竖起来了，她把一筐桃打翻了，桃在黑暗中“咕噜咕噜”响着滚了一地。薛金枝眼前闪现出李天官抱着布老虎爬到梯子上一脚踩空的画面；耳朵里响起她爸怂恿李言打驴的声音；她想起了多年前她问过丈夫李无病的话：“你说俺爸是真善人还是假善人？”那时的李无病多年轻啊，他慌忙不迭回答的样子还深深地刻在薛金枝的脑海里，他说：“俺舅当然是真善人！”

此刻，薛金枝的心碎了。原来，自己的爸爸要把自家的亲外孙子摔死呀！原来，自己的爸爸是想惹恼驴，要把自己亲生女儿的傻孩子让驴活活踢死呀！

靠山山果然会倒，靠水水果然要流。

连爸也靠不住！

十三

女婿万事不济，只好等着他抽鸦片烟抽得一命呜呼，只要神不知鬼不觉除去一个傻外孙，李家的家财就归了李言了。时机一到，叫李言光明正大地改回薛姓，那是啥场面？那自家的事在西原地区该多红火？他谁脑子里咋想这事咱不管，但是他谁说咱这事他也说不上么，究竟金枝是姓薛么！自打孙子薛言过继到李家后，薛善人就萌生出这样的想法。女婿开始变卖家财后，谋害外孙的想法愈加强烈——毕竟，唾手可得的财物要化作流水东流去啊！

他甚至给孙子李言交代过多次：“你见没人了，你就朝那瓜子娃头上扇。”他指点着自己的太阳穴给李言看，说：“言娃你看，就朝这地方弄。”李言终归是个少年，他不忍向自己的傻弟下手，就连近在咫尺打那长长大大的驴屎，他也故意打不中。㞞娃顶不住事！一思量，薛善人决定自己上手，不想刚一上手，就被在半夜要吃桃的女儿发觉。

甭管好娃、傻娃，都是他妈身上掉下的肉，是他妈的命根子。自己亲亲的亲人要害死自己亲亲的娃，这不光要娃的命，也是要娃他妈的命。这样的情况咋说？要说啥？薛金枝当夜拉着李天官回了李家，第二天托人捎话给薛善人："薛言就不要再来李家了，李家容不下仇家。"

薛金枝以泪洗面，是洗心中悲哀，也是洗以往世界的崩塌。李善人照旧抽鸦片烟不误，他顶大是问了一句："这几天咋没见言娃？"

薛金枝恶狠狠道："他死了！"

李善人便不再问，对他而言，有这人没这人，不算啥。

无限悲哀之余，薛金枝有苦说不出，往后的日子咋过？想也不敢想，索性不想了——薛金枝夺过李善人的鸦片烟锅子，噗嗤噗嗤抽了起来……

路娟娟在猛龙镇街头呻吟了一夜。太阳出来后，路娟娟慢慢缓过来了。要吃没吃、要着落没着落之际，看见街头的桌子上摆放着银元，桌旁筐子里装着蒸馍，桌子后面坐着头戴五色徽军帽的招兵官，说当兵有饭吃，有钱拿。为了吃上一口馍，路娟娟签字画押，入了军籍。

新军队伍经新训后，离开猛龙镇去往临省。

在本省与临省交界处有个向阳乡。向阳乡的联保主任李八娃请路过的新军头头喝酒，席间谈起近来乡丁难寻。为何难寻？两省交界处，匪患猖獗，不是今天这个省的土匪来，就是明天那个省的土匪来，闹得向阳乡不得安宁。在向阳乡当乡丁太危险了——乡丁要维护一方秩序，免不得与来犯的土匪交手；今日当上乡丁，明天就可能跟土匪交战断送了性命。谁也不想送死是不是？于是，在他乡想当乡丁的人挤破了头，在向阳乡寻乡丁，人说人怕、人见人跑，干看你就寻不来个干差的人。有新军过路，自然没有土匪。就是有土匪，新军也不太可能去打土匪，军人的目标是敌军，军人的阵地是战场嘛！酒喝正酣，新军头头要了个大，拿出新军花名册子甩到李八娃面前："你照着册子给你寻几个乡丁使唤。"

李八娃疑惑："这样可行？"

新军头头醉眼朦胧道："现下的日子都是混，一半个人的事儿，我就说人在半路上跑了，他谁还能把我尿咬了？混过去就好了嘛！"

李八娃称谢后，翻着册子问："不知谁打枪打得好？"

新军头头夺回册子，翻来翻去，指到路娟娟的名字上："不要看这路娟娟是个女人名，新军训练的时候还数这小伙打枪打得准。"就这样，新军训练时练得好枪法的路娟娟懵懵懂懂当上了乡丁。

向阳乡一乡通两省，两省交界处皆是山。山山相同，山山又不同。相同的是，山山长满了松树、槐树、枫树、杨树、楸树、漆树、核桃树、柿子树；也有麝、獐、兔、鹿、野猪、山猫、林蛙等动物。有花在路边开，有蝶在花边舞，有鹰隼在天空盘旋要捕鼠，有小翠鸟在山间溪流静等要吃鱼。不同的是，山的高低不同、居住在各山里的山民语言不同、路不同、洞不同、山势不同。这样的群山里生出大大小小十八股土匪，乡民称他们作十八路诸侯。小股的土匪骚扰山民、侮辱妇女、要吃要喝要鸦片烟；大股的土匪侵袭村镇，杀人越货，夺枪越权，干扰一方民生。

不说别处土匪屡屡来犯，仅向阳乡境内磨石山、蟒头山上就有两股土匪队伍为害——一股土匪扎寨磨石山，匪首名马天顺；另一股土匪的首领诨名叫王母鸡，他们盘踞蟒头山。土匪们啸聚山林，有枪便是王。马天顺和王母鸡手下都有十几杆子枪、二三十号人。马天顺的队伍穿黑，王母鸡的队伍穿红，黑红两股土匪势力常常滋扰向阳乡百姓，把向阳乡闹得乌烟瘴气。

匪首马天顺本就是向阳乡人，他是个给庙里画神像的画匠出身，只因在观音庙里错画了哪吒而落草为寇。观音的弟子是惠岸行者，也就是哪吒的二哥木吒。要说谁也没有见过哪吒，谁也没有见过木吒，画谁不是画？谁知道画匠画的是谁？只可惜，画匠马天顺画完观音菩萨后画观音侍者，在侍者脚下多添了一对风火轮儿。这一来，谁看不出是哪吒？庙主依赖观音庙的香火供养过生活，当然对此不满，便恨他道："你是不是日弄我哩？"

马天顺答也不是，不答也不是，只是个不说话。庙主性躁如雷："你的耳朵是不是叫驴毛塞住了，听不见人话？"又急又恨的庙主把马天顺按住，把他的一只耳朵割了。

马天顺怀恨在心。数日后的半夜，他放火烧了观音庙，烧死了庙主。之后，马天顺流落到磨石山的山林里，当起了土匪。

马天顺当上土匪头儿后，对小喽啰不动粗，对二当家三当家等一众骨干，也不说难听话，只说好话。但上下土匪无不怕他，只因他面上说好话，谁也不知道他想啥。他惩戒部下唯一的办法就是杀，杀人后掰着手指头给其他人说被杀者，一错在哪儿、二错在哪儿……说得头头是道、有理有据。这场面，任是谁也得害怕。

只要你不是孙悟空，你都不是从石头缝里蹦出来的。是人就有亲戚，土匪也不例外。马天顺有心勾结向阳乡联保主任李八娃，找了他亲戚马子龙想办法。马子龙跟李八娃搭不上话，找到了在向阳乡当乡丁的路娟娟。

路娟娟每日在乡间巡丁，马子龙只要见了路娟娟就问候。问一回，叙两回，第三回俩人就成熟人了。马子龙给了乡丁路娟娟五十个银元，说叫他给乡联保主任李八娃说一说，跟马天顺见上一面，事成之后还有谢意。

钱是个好东西。路娟娟思谋了几天，去见李八娃，他说："报告主任，在主任英明布置下，最近乡里一切都好。"

"马屁不要胡拍！说，有啥事？"李八娃抽着水烟道。

"我在街上听个说书的说了宋江招安的故事，主任你说，宋江放着好好的日子不过，招安干啥呀？我觉得没意思。"路娟娟对李八娃说。

李八娃抽着水烟漫不经心，回复道："你觉得没意思是你不对，我看招安就对了，只有为国出力，宋江才成大丈夫。"

"主任啊，我听有人传言，马天顺想跟您见一面，恐怕是想招……"路娟娟低着头，不敢看李八娃。

"纯粹放屁！"李八娃不等路娟娟说完就对他的话下了结论，他说，"他一只耳朵的马天顺算个啥东西！你还拿他跟宋江比哩！他一只耳祸害了多少人？西街赵财东是他的人绑的，绑了人要人家家里人送五百个大洋赎人，人把五百个大洋送去了，他却把赵财东点了天灯了。北村堡子是他抢的，抢了堡子里三头牛、五只羊，连牙还没长齐的骡驹都叫他的人抱走了。就是我，也受过他一只耳的整呢，原先联保办公处拢共二十杆枪，叫他的人就偷摸着顺走一半……”李八娃张口一只耳，闭口一只耳，悉数马天顺一干土匪干的坏事。

说罢，李八娃又自我安慰：“现在，咱们乡丁有十来人，自卫队杨虎队长手下有五六十人……除过咱们用的枪以外，我还想法子弄了一百多杆枪准备武装乡民呢！我还跟他马天顺见一面？见面我就要他的命哩！”

“乡里乡亲的……”路娟娟话不过脑，嘴里嘟囔着。

李八娃警觉起来：“乡里乡亲？我看你脑袋是叫驴踢了吧！你还想和土匪认亲戚，路娟娟我警告你，你要敢通匪，我马上把你掐死！”李八娃伸手做掐人状。

路娟娟赶紧伸出胳膊做抵挡的姿势，见李八娃并无进一步动作，他咧嘴谄媚着对李八娃说：“主任，你看你说的，我哪里还敢通匪呢……”

“滚——”不等乡丁路娟娟把话说完，联保主任李八娃手指门外，命令他。

十四

药有药引子，事也有事引子：干一个事，没人时是没有人，有了人以后，其他人慢慢也就来了。自打新军队伍留下几个新军充做乡丁，过了一段时间没见有乡丁被土匪打死，也慢慢有人来当乡丁了。甚至在民国十七年组建向阳乡自卫队的时候，自卫队长杨虎都没有怎么咋呼，刷刷拉拉就来了上百人愿当自卫队员。一番挑选后，按自卫队的建制，留下的自卫队伍满编满员五十人。

家鸡打不走，野鸡喂不熟。一方面迫于联保主任李八娃渐渐对自己生出不信任来；另一方面见向阳乡自卫队声势浩大，路娟娟给自卫队长杨虎上供了五十个银元，杨虎把路娟娟安排到自己身边当了护兵。护兵比一般自卫队员牛，一般自卫队员使步枪、火铳，护兵佩着单手就能打的匣子枪。队伍暂时超编一员，杨虎说："没事，田忌赛马优胜劣汰么，瞅机会汰上一个就对了。"

自卫队成立不久，一日夜里，杨虎听见有人从自己屋顶跑过，他披衣出门查看。只见一蒙面人站在屋檐边扔下巴掌大的一个布包。杨虎要回房取枪追击蒙面人，蒙面人三跳两不跳，消失在夜幕中。杨虎取了布包，点灯探看，布包里面装着一堆银圆，几件金银首饰，还有一张纸条，纸条上写着:“杨爷笑纳，母鸡恭敬。”杨虎坐在灯下思来想去。最后，他把纸条用灯火烧了，把银圆及首饰塞到了自己枕头里。

一年里，自卫队出兵前，自卫队长杨虎都要语重心长地训话：“还向阳乡安宁系我等职责，保护向阳乡百姓生命系我等根本，弟兄们要英勇保家、奋勇杀匪，然弟兄们之安危即向阳乡之安危，杨某呼吁弟兄们惜身爱命，做智慧之斗争！我将与你们共战到底，誓保我向阳乡无恙！”

与土匪交手，一旦惜身爱命，那不就等于是装样子么！

王母鸡是个外路来的土匪，他长了一副好披挂——眼似铜铃、耳似豹子，个大腰粗，卷卷头发串脸胡。他是个重弟兄的性格，如母鸡护鸡崽一般对待匪众，有肉同吃、有酒同喝、有女同寝。这样的人看起来好比英豪，其实是天生当土匪的下流胚，因为他不尊章法、不顾眉眼。

杨虎训话自卫队员们惜身爱命，队员们便在安全距离里放枪。一放一空，多放全空。路娟娟在新军队伍时就枪法准，经两年多历练，他的枪法愈发有准头了。每逢与土匪交战，杨虎队长只是在队伍后督战。路娟娟这当护兵的，自然尾随队长左右。然而有一回出兵剿匪，包括杨虎在内的全队队员均在壕沟内与土匪对战，枪法极准的路娟娟扬手一枪就打死一名土匪。回寨后，王母鸡见死了弟兄，伤心痛苦，说要为弟兄报仇。一众弟兄劝他说：

“自古当土匪就没有不死人的，杨队长是咱自己人，肯定是他手下有不长眼色的货干出了这号事，大当家写个条子提醒下杨队长就是。”

是夜，杨虎住处又有蒙面人前来拜访，他推门进屋将布包放置杨虎桌上。蒙面人消失后，杨虎打开布包，财物不足往日一半，内有一张纸条写着：“杨爷的人手好准的枪法，母鸡顿首。”杨虎手中掂着财物想了半天，边想边依前在灯上把纸条烧了。

第二天，杨虎队长劈头盖脸把护兵路娟娟骂了一顿，啥话难听骂啥话。路娟娟问杨虎为啥骂他，杨虎说为啥骂你你自己回去想去。路娟娟想了半天也没想出来挨骂是因为他坏了杨虎的财路。路娟娟心中憋屈，出门找酒喝。

还没走到酒馆，路娟娟内急，找了间茅厕刚蹲下，有人从门外往粪坑里扔了一块砖头，“扑通”一声，污秽溅了路娟娟一屁股。

路娟娟狼狈不堪，提着裤子跑出茅厕要寻捉弄他的人。不料，茅厕外站着的人是马子龙。马子龙慢悠悠说道：“路护法，老人都说，‘应人事小，误人事大’，托你办的事你没有办成，也不见你给回个话啊？”他把路娟娟叫护法，护兵可不就是护法嘛。

有道是：吃了人的口软，拿了人的手软。拿了人家的钱没给人家办成事，路娟娟顾不得狼狈，他提着裤子说：“我就说这两天给你回话呢，没想到你先来了！你来就来么，你拿砖头胡撇啥？”

“胡撇啥？这一回只撇个砖头，下一回你可要小心挨黑枪哦。”马子龙说。

路娟娟问：“你咋说这话？你要打我的黑枪？”

“我哪儿来的枪？是马大当家很生气，说要把你崩了哩！还是我给你求情，说再给你个机会……”马子龙说。马子龙摊着手，示意自己是无枪之人。

路娟娟听明白了，这是有啥事要他办，他问：“你说，叫我干啥？”

马子龙道：“李八娃不给面子就不管他了，你现在是大护法，大当家说了，叫你有啥来财的消息了要传给他。”

世上千行百业，一行有一行的门道。历来剿匪有技艺，既要打压它还要给它活路。生匪的世道，匪不可剿完，因为剿完旧匪还会来新匪。旧匪习性好掌握，一旦剿他，既能打退他让他好一阵子缓不过来，又能留着他防顾出现新匪。新匪则不然，新匪行踪摸不准，没有章法可寻，一旦剿他就得花大本钱，还不一定剿得利索。所以，剿匪是有个此消彼长的道理。杨虎对王母鸡手下留情，对马天顺就得有力打击。每逢穿黑衣服的马天顺队伍犯境或自卫队要去磨石山剿匪，行兵前杨虎队长训话每如此类：“佑护向阳乡安危，自卫队同仁们万死不辞，鄙人愿与诸兄弟共生死、同存亡，以大无畏之势镇压器小贼寇！”

一旦大无畏了，自卫队员们抖擞精神，与土匪们展开激烈交战。这样，马天顺部土匪生存艰难，急需要获取价大利大的财物稳定人心。

“有好事了有你大护法一份，如果等不到你的好事，马大掌柜可真要崩了你。”马子龙利诱加威逼。

路娟娟不得不应承打问消息。他弓着背，弯着腰，跑到旁边的河里把自己洗了个干净，满怀心事地回到自卫队住处。

十五

言少、做多都令人受用。

锁牢在猛龙峪马车店干活八年了，每日的劳作让锁牢从单薄的少年长成了强壮的男人。他额头宽阔，四肢雄健，脸上和下巴上生着青青的胡茬子。张天龙掌柜早已把锁牢当作了自己的心腹伙计，思量着要为锁牢说上一门媳妇。张天龙掌柜提起过这话，他一说锁牢便一笑，也不做回应，不知道他是咋想的，有没有啥想法。

这得从春天说起。

清明前，锁牢向张天龙掌柜告了几天假，说要回一趟家，把家里的茅草屋修理修理，再去给父母上个坟，几年了也没回去，不知道坟上长草了没有，有没有老鼠在坟上打窟窿。张天龙掌柜应允了，说这次你要回去，要是发现老鼠在坟上打了窟窿，夏天下白雨，水进了老鼠窟窿就把墓冲塌了。

锁牢把客人住的炕里的炕灰掏干净，把伙房里的柴堆满，把牛马棚里的牲畜粪便弄到棚外粪堆上，连夜把几天里牲畜们要吃的草料铡好，一堆一堆堆放好。俗语云：“有料没料，四角搅到”，这话是说给牲畜拌草料的时候一定要拌匀，这样，牛槽里的牛儿们吃料都吃得公平。临走前，锁牢使唤拌料棍在牛槽里给牛儿们匀匀地拌了一槽草料，这才放心地回家去。

这一日天气阴沉，灰色的云布满了天空，压得很低。夜里干活多，路上又有些闷气，锁牢走着走着有些乏了，便坐在路边的石板上要打个盹。不大一会儿，一个汉子从远处叫吊子地的地方慢慢悠悠走过来，汉子光身没穿衣服，胸前一堆毛长到肚子上，又从肚子上长往跤裆里，走到锁牢跟前，“扑通”一声跪了下来。锁牢忙说老哥你这是干啥哩，边说边伸手去搀那汉子。锁牢手上的劲儿可是不小，平常抱着半大的牛犊子在山坡上跑是轻轻松松的事儿，可他却搀不起来这汉子，汉子拖着哭腔道：“好我的锁牢兄弟哩，你咋才来呀！”

锁牢纳闷，这人看着面生，他咋知道我的名字？平白无故咋说出这话？他脑里回忆着，看有没有在猛龙峪马车店见过这个人。

那汉子继续拖着哭腔说话：“好叫我的锁牢兄弟知道哩，我本是此地人，在这吊子地种粮为生。八九年前秋天，粮食没打下，存粮早叫人抢光了，我到山上挖了几把狗尿苔吃了，把我给吃害了呀！吃得我是又热又难受，全身脱光都不顶啥么！入冬有天雪大得很，大得很！你哥你嫂嫂走到我这里，许是饿的，又许是冻的，他们死在此地了呀！你哥你嫂嫂死后占了我的屋，还说是我把他们害死的，我冤枉啊！你哥你嫂嫂怨气大得很，他们在我屋里骂我、打我，我在这等了你好多年，你咋才回来呀？你赶紧把你哥你嫂嫂带回去吧！你把他们带回去，前面还有好事等着你哩！锁牢锁牢你快看，看你屁股底下坐了个啥……”

说罢，汉子嗖忽不见了，锁牢一下子惊醒了，他环顾四周，哪里有什么汉子，只有老天阴沉沉、灰蒙蒙。

这事奇怪！锁牢一边想，一边动手揭开屁股下的石板，一揭开就看见了白骨。锁牢忙连挖带刨搬起地上的石板来。把地面上的整个石板都搬开后，三具骸骨就赫然摆在锁牢面前了！其中一具骸骨上毛发还未消融，黑毛从腔骨粘连到髋骨。锁牢顾不得多想，他脱了衣服把另两具骸骨包起来，这应是哥嫂的遗骸。锁牢又在原处用尖石板刨了一个浅浅的墓坑，把带黑毛的骸骨按头、身、腿的顺序摆放进去，掩埋好。手头别无他物，锁牢从地上捏了一撮土，朝天一洒，算是为这个陌生的死灵上了香。

多年来藏在心里的一个疙瘩解开了，锁牢心中又苦又喜。苦是苦在哥嫂的苦命，喜是喜在如今把哥嫂的骨殖带回去，也算他们回了家。但这还不算完，锁牢托着包有哥嫂骨殖的衣物继续往家的方向走，走到吊子地，远远看见一个编着长辫子的女人蹲在地边拾野菜。

清明时节正是草木生发之时，各类蒿、各类荠菜都要从松软且温润的土地里生出来。女人蹲在地上拾菜拾得专注，不想从后蹑手蹑脚来了一只似狗不是狗、似狐不是狐的物儿。那物儿灰不溜秋，两耳尖尖，尾巴长长，要问它是啥名字，它就是臭名昭著的大恶狼。恶狼扑上去咬在女人的后颈上，女人被咬住脖子连声都哼不出来。狼拖着女人顺地拉着走，女人想扑棱却扑棱不动。

得亏长长的吊子地里一片寂静，四处只有这一处有动静，远处看见动静的锁牢冷不丁也被这一幕吓住了，但他马上回过神来连跑带喊，大声呼喊着 :“烧——烧——狼——烧——”

“烧”是人们怂恿狗咬人、物的召唤语，主人对狗一喊“烧”字，狗就会往上扑，说“烧——狼——”就是使唤狗去咬狼。俗话说“狗是狼他舅”，这是说狗和狼是同宗，上古时候有血脉关系，经驯化后，狗成了帮人看家护院的好帮手，跟着人一起喝水吃粮。狼还是野性未泯，依旧要喝血吃肉。不一定狗能咬得过狼，狼也不一定能咬得过狗，这还是要看对咬的双方谁大谁小、谁幼谁老、谁强壮谁无力。狗的优势在于其往往和人一起出现。在人的指挥下，同等大小的狗和狼相比，狗要发挥出更大的战斗力，也就是所谓的狗仗人势。

锁牢这么一喊，是装作有狗与人相伴而来的意思。听到呼喊声，狼显然是慌了，它拖着女人连打了几个趔趄，甚至于是绊倒在地翻了个跟斗。等锁牢呼喊着“烧——烧——烧——”跑到跟前，狼弃了女人逃命去了。

拾野菜的女人是个姑娘，看起来十七八岁的样子，她扎个粗辫子，脸面俊俏，眉眼透露些微倔强气。锁牢问姑娘要不要紧，流血了没有。姑娘摸了摸后颈在眼前看了，没有流多少血，应该是有辫子挡住的缘故。姑娘向锁牢伸出两根手指头，锁牢问:“啥意思？”

姑娘答 :“第二回了！这是第二回被狼咬了！”

锁牢问 :“你叫个啥名字？”

姑娘答 :“狼女！头一回叫狼咬后，人就把我叫狼女。”

锁牢又问："你是哪儿人？"

姑娘答："狼沟。"

这一天的事没有一处笑头，都很沉重，但锁牢还是忍不住笑了，他笑道："你是跟狼有仇啊还是有亲呀？咋都是狼呀？"

姑娘答："我也没办法……"

锁牢又问："那你大名叫啥？"

姑娘答："大名叫女子娃。"

锁牢疑惑："那你姓啥？"

姑娘回："我不知道。"

这姑娘是个无姓的孤女，不知爹妈是谁，不知从何而来，在狼沟住邻里废弃的草屋，吃野果野菜生存。说到"女子娃"这个名字，还要解释解释。乡民们不咋会起名，子女多了后，起名成了乡民的负担，实在不知道要把娃叫啥，有了男娃随便就叫了猪娃、狗娃、羊娃、牛娃等等，有了女娃索性直接叫了女子娃。乡间叫女子娃的人太多了，有某某村的女子娃，有某某庄、某某堡、某某砭的女子娃，等等等等。

锁牢对姑娘说："那你还是叫狼女吧。"

姑娘说："行！"

托在怀中的骸骨已然是散乱了，锁牢一面托了会整理骨殖的老人整理骸骨，另一面央告四邻在他父母脚下打墓，还趁夜间回了一趟猛龙峪马车店，把在店里歇息的牵牛叫回家。

牵牛是孝子，锁牢是平辈，在清明节前一天，人们祭奠了杨父杨母并把杨顶门和他媳妇下葬了。

这一天，狼女也来了。有时候事情很简单，就一句话的事儿。

父母坟墓下杨顶门夫妇的墓居左居上，锁牢指着右边的空处对狼女说:“你是个命壮的人,你脚步下的路肯定能走很长。过上两年，我把你认到我们杨家坟里吧。”

狼女说 :“行！”

八年前栽在坟墓上的柏树已经有碗口粗了，锁牢让牵牛在其父母的坟上栽上了两棵松树。松柏长青，愿父母兄嫂们在天上长生不老吧。

十六

瞅住机会，护兵路娟娟看到了自卫队长杨虎桌上的一纸公文，大意是：三日后，临省有一批火炮经向阳乡运往本省，运输队伍人员有限，沿线的自卫队要加强防护，防止歹人劫炮。公文来自地区，两省交界处物资过境要通报，通报必然要经地区，地区批示后交办向阳乡联保办公处、向阳乡自卫队，主要经办是向阳乡自卫队。路娟娟把这个消息传给马子龙，马子龙辗转传至马天顺。

三日后，押送火炮的队伍如期过境，自卫队沿路护送。突然，山上传来了枪声，有人向护炮队伍开枪。运输队、自卫队合为一股，一边防御，一边向山上包抄，要把来犯之敌歼灭。枪声此起彼伏响了一个上午，等打死土匪五六名，驱赶土匪十余名的联合作战队高高兴兴返回来的时候发现大事不妙，十五门火炮少了一门。他们组织人马上山寻找火炮，四处寻遍，寻不见失炮。

马天顺部土匪已预先在路侧隐秘处挖下大坑，用调虎离山之计把护炮联队调走后，其余土匪把火炮抬到路侧埋好，精心伪装。失炮就在你脚下，你联合作战队上山寻炮，寻死你也寻不着。等势头过了，马天顺部土匪把火炮从坑里刨出来，沿着官道推往外处卖了。至于是卖给了大地主、大土匪，还是保安队、自卫队，这不知道。至于是卖了一千大洋还是三五千大洋，这也不知道。总之是卖了，还卖了大价，兴高采烈的马子龙给路娟娟捎来了一百个银圆，说那是马大当家给的奖励。

这样的事有了第一回就有第二回，向阳乡联保主任李八娃、自卫队长杨虎不仅面上无光，弄不好还得下大牢。他们绝不允许出现第三次这样的情况，辛辛苦苦谋差事，把饭碗砸上、把家底折上，要是最后再把命搭上那更不划算了。李八娃和杨虎认为一定是向阳乡办公队伍内部有人通匪，甚至他们相互怀疑对方与马天顺部土匪有勾搭。怀疑归怀疑、合作归合作，大家行事都谨慎起来，但凡公文之类，都用锁子锁在柜子中。他们还置办了机关枪和火炮，以便更好护卫过境物资。

消息源就这样中断了。

劫掠物资比打家劫舍来钱快，有了钱不怕手底下人没吃没喝，人心就稳住了，只不过要笼络更多人心，就得有更多的钱。得了两回好处，马天顺恨不得天天有这样来财的好事，但是干等等不到路娟娟带来新消息。马天顺又让马子龙捎话给路娟娟，马子龙只一句话就把路娟娟吓唬得半死，马子龙说："大当家说了，你要再弄不来口信，就要把他和你路护法串通的事儿张扬出去。"

自打败坏了杨虎的财路，路娟娟已被杨虎边缘化。又一日黎明时分，王母鸡部土匪犯境，抢夺了向阳乡西街鸦片烟馆一百斤鸦片膏子，杨虎带队出门剿匪都没有带路娟娟这个护兵。杨虎出去整整一天，晚间才归，鸦片烟没有找回来，人回来却喊饿喊渴。一百斤鸦片膏子是鸦片烟馆掌柜的身家性命，掌柜强忍又急又怕的心境，拉杨虎去宴饮喝酒，这是指望杨虎队长能为找鸦片烟出更大的力。去喝酒时，杨虎队长也没有带护兵路娟娟。

蒸馍底是实的，包子底是虚的。心怀鬼胎却搞不来情报的路娟娟呆在屋内坐卧不安，像个心虚的包子一样躺在床板上抠搜来抠搜去。这一抠搜不要紧，路娟娟手里摸到了一根钉床板的洋钉子。路娟娟拔出洋钉子在灯下看来看去，他突然有了主意——

杨虎住独院独屋，路娟娟翻进杨虎所在院子，进了屋子，用洋钉子去别杨虎柜门上的锁子，暗着别别不开，只好点燃蜡烛照着别。

这时，屋子顶上有个蒙面人提着袋子从房上跳了下来，推门就进来了。

路娟娟别锁子正别到关键处，听见声响便回头，正好与门口的蒙面人四目相对，他看不清蒙面人的脸——路娟娟的衣服、路娟娟的脸、路娟娟别锁眼的动作却在烛光下被蒙面人看了个一清二楚。蒙面人稍微一愣，连手中的布袋都没有放下，他退身而去，三跳两跳，消失在黑暗当中。这时，锁子被洋钉子别开了。

路娟娟心慌意乱，但他一瞬间明白：蒙面人不是刺客。若他是刺客来刺杀杨虎，那一定推开门就把自己当杨虎枪杀了。于是，路娟娟咬紧嘴唇，用蜡烛照着亮光读了一两份公文，然后锁上柜门，回到自家屋子，揣了匣子枪，取了自己平常塞在枕头里的财物，穿上便衣，出门去寻马子龙。

有时候，人在一瞬间能想到的事情很多，能想一年的事，两年的事，甚至一辈子的事。

“这么晚来有啥事？”马子龙问。

“我要见大当家。”路娟娟对马子龙说。

马子龙问：“有啥事我传话不就行了……”

“你传不了，事关重大，有‘黄鱼’，必须面见大当家。”路娟娟话语硬气。

“黄鱼”是匪话，指黄金。一听“黄鱼”，马子龙一激灵：“当真？”

“真得不能再真了。”路娟娟作答。

马子龙犹豫着，路娟娟又道：“错过‘黄鱼’你担责！”

马子龙虽是马天顺亲戚，但也怕开罪马天顺，如果真有“黄鱼”因他失手，那他有几条命也不够马天顺收拾的，他道：“成！那成！”

田地里生长着各式各样的作物，有黄豆、玉米、稻粟……玉米身上缠绕着豌豆的藤蔓，玉米缨子上生着叫做“马屁泡”的菌类，玉米地旁的核桃树上似乎卧着一只一声不吭的猫头鹰；山崖上生着各种各样的灌木和藤本植物，有木瓜、黄木香、连翘、迎春花、树莓等等，木瓜在风里颤抖着，它的果实随时可能炸开，迎春花匍匐在崖壁上，它是春天开花的植株，它静等着再一次芬芳；涧边水流“哗啦啦”，河里似乎活跃着王八、泥鳅、鳝鱼、青蛙、疥蛤蟆、大鲵……蛙在鸣叫，大鲵也在模仿婴儿呓语般叫唤。秋虫一声长一声短地拉着调子；蝼蛄“咯咯咯”地奏出清脆的乐章，野猪或野兔穿行在作物当中，夜行的蝙蝠忽闪翅膀吃蛾蝇……夜晚的月光下活跃着各式各样的生命，它们自然而灵动。

路娟娟跟着马子龙，走过田地、山崖、涧边，不知走了多久，当月亮偏西的时候，他们来到山间一处空旷地方。马子龙拨开草丛，柴火是现成的，他燃起一堆篝火，又在一旁折了一抱柏树枝扔到篝火当中，篝火燃烧着，柏叶被烧得“噼里啪啦”炸响着。

不大时候，山林深处响起了一声唿哨，马子龙也打了一声唿哨做回应。又过一会儿，只见一个穿黑衣服黑裤子的黑汉子，骑一匹黑马朝他们而来。见了汉子，马子龙一愣，很快又恢复平静。马子龙向黑汉子行礼并说：“这位是路娟娟护兵，要见马大当家。”

黑汉子道：“路护兵是稀客，那就有请！”

马子龙指着路娟娟腰间，说：“路护兵的枪……按惯例……”

“路护兵是自家兄弟，不必拘常例！”黑汉子止住马子龙继续说话。

黑汉子骑马在右，路娟娟步行在左，二人要走过空旷处，向山林深处走去。月光把人的身影拉得很长很长，虽相距丈把远，黑汉子的头影刚好映在路娟娟脚步下。路娟娟低头看路看到黑汉子的影子，人有长长的头发，影子也有长长的头发；人有塌塌鼻子，影子也有塌塌鼻子；只不过看到耳朵时，路娟娟的脑袋轰鸣。月亮的光线穿过黑汉子的头发，长长的影子把头发下的一切放大，他真真切切看到影子里的人只有一只耳朵。路娟娟记起两三年前李八娃一口一个“一只耳”骂马天顺的情景。待走到林边，便是要往山林深处走的小径，黑汉子道：“路窄卡，路护兵先……”余下的一个“行”字还没来得及说出口，路娟娟一个转身，亮出匣子枪，“叭——”一枪打到黑汉子额头当中。

被打死的黑汉子正是磨石山匪首马天顺。聪明反被聪明误啊，马天顺见人不说坏话，只说好话，不是因为他会说话，而是因为他气量狭窄，聪明有余但智慧有限。他故作姿态不下路娟娟的枪，一是因为路娟娟和自己有串通；二是他亲力亲为，扮作喽啰，谁能知道负责接引的喽啰就是他马大当家？但马天顺哪里知道事情败露的路娟娟已无路可走，恶向胆边生，打算出要走杀人火并的绝路。马天顺哪里又会知道他用头发盖住的生理缺陷，平日看不出，阳光下也看不出，法力无边的月亮却会将它暴露。

打死黑汉子后，路娟娟并不惊慌。月光下，脸色煞白的路娟娟手插到黑汉子的头发里，用指头蛋儿摸索着——果然死者一侧没有耳朵，只在太阳穴边上生着指头粗一个窟窿眼儿。路娟娟坐在林边歇了一会儿，枪响之后，他等着其他土匪来。等了片刻并无人来。路娟娟骑了黑马奔回空旷地方，拿枪指着躲在地边柏树后瑟瑟发抖的马子龙，他说：“你刚愣了一下，我就知道那黑种儿是马天顺。”

见马子龙不回话，路娟娟再三确认了死者是马天顺无疑，他又对马子龙说：“我想一枪把你打死！”

马子龙跪在地上求饶道：“路护兵饶命……路护兵饶我一条狗命……”

路娟娟另一只手指着山林深处，缓缓道：“你上去跟其他人说，我已经把马天顺打死了，如今我路娟娟也成匪了。天明以后，有一批‘黄鱼’的买卖可干，你看有没有人跟我干。”

马子龙连滚带爬上了山，不大时，一干子二三十号土匪从山上下来，远远口称着娟娟大当家，一路磕头向路娟娟聚拢过来。

土匪们是图钱图快活的，听见枪响，土匪们便知道令自己不快活的人已凶多吉少，他们不光不管，当马子龙将马天顺的死讯真正传到时，土匪们几乎要拍手称起好来，说狗日阴毒的马天顺终于死了。还听到有“黄鱼”这样的买卖可干，从二当家到小喽啰，土匪们无一不摩拳擦掌、异常兴奋，心甘情愿要唯娟娟大当家马首是瞻。

天明以前，向阳乡自卫队有两件事传出来了。

头一件事是护兵路娟娟与土匪马天顺暗中勾结，给马天顺通风报信，造成国民财物重大损伤；第二件事是队长杨虎与土匪王母鸡勾结，接受王母鸡贿赂，为歹人大开方便之门。向阳乡联保主任李八娃带了八名乡丁将向阳乡自卫队长杨虎抓了。天未明，人人惊醒——原来大家活在一个贼喊捉贼的世道中。

世人有七情六欲，但凡置身事中，始终以自身得失考量事物奥义，就是参破头皮也悟不出个所以然来。一旦置身事外，则会广泛联系事件脉络，顺着脉络捋一捋，便看到了事情的本源。路娟娟别锁子被蒙面人撞见的一瞬间，他明白了贪图自己五十个银元的杨虎，也在贪图别人的银元。他又联系着想杨虎的其他种种行为：剿匪时训话用词的不同、只打磨石山穿黑衣服的土匪，不打蟒头山穿红衣服的土匪、自己打死红衣服土匪后被杨虎冷落、土匪抢夺了鸦片烟后，半夜有蒙面人提着布袋来访。种种情况说明，自卫队长杨虎通匪，通的是虎头山的王母鸡。娟娟大当家叫来马子龙吩咐：“赶天明之前，把杨虎跟王母鸡串通的事儿传遍向阳乡，只要有一户人不知道，我就把你的脑袋插到粪坑里！”

自己的瞎事自己承担，自己护兵干的瞎事杨虎也逃不脱干系。传出的两件事，不管哪一款事项，杨虎都得被抓，不管哪一款事项被坐实，杨虎脑壳子上都少不了挨枪子儿。抓杨虎入了牢，来不及断他的官司。天一明，李八娃们还得护送重要物资过境。

路娟娟当时别开锁眼，读到公文里的确有一批黄金要过境，是从本省运往他省的军费。与前两次一样，运输队伍到了向阳乡，马上遭遇了声势浩大的土匪们的攻击，土匪们且打且退，退一退又打一打。运输队、没有了队长的自卫队、乡丁们组成的联合护卫队吃一堑长一智，怕中土匪的调虎离山之计而不去追土匪们，只是死守黄金。

其实，山上的土匪只有五六个人，他们在树上绑了绳子，牵动绳子摇晃树枝，做出声势浩大的样子，与联合护卫队展开着历时大半晌的枪战。

大当家路娟娟带领二十余人，绕路直接突袭了没有一兵一卒的向阳乡联保办公处、向阳乡自卫队住处。他们大摇大摆地打开军械仓库，用骡马运走库存的一百余杆枪和没来得及使用的两挺机关枪、一门火炮。他们有充裕的时间搜查了每一间房屋，搜查了每一个自卫队员、乡丁，乃至李八娃、杨虎的枕头，共搜索出金条二百多根，鸦片烟五百多斤，银元及其他好东西不计其数。

土匪队伍回山之前，联合护卫队还在防守那五六个“诱饵”土匪。在零零碎碎的枪声中，大当家路娟娟说了两个字：“聒噪！”

在一百余杆枪、两挺机关枪、一门火炮的加持下，路娟娟部土匪愈发猖獗。民国十八年十月，失去靠山的蟒头山土匪在首领王母鸡的带领下，投靠了娟娟大当家，他们愿为娟娟大当家牵马坠蹬，愿在他手下心服口服干大事。

路娟娟剃了大光头，成了“十八路诸侯”土匪头目中最疯狂的一个，他心狠手辣、世故圆滑、诡计多端，带领一众土匪纵横两省间，危害甚巨。民国十九年，向阳乡磨石山、蟒头山已容不下这股土匪。时值中原大战，路娟娟部土匪从向阳乡一路抢掠至南山地区。十一月，路娟娟部土匪火并了南山地区猛龙山小股土匪，在猛龙山设寨，扎下根来。

十七

狼女每隔些时候便到猛龙峪马车店里看望锁牢。头一回来时，狼女躲在门前显得怯怯的，锁牢出门去迎接她时，她笑得像四五月间盛开的桃花，脸颊微微露出桃红颜色来。张天龙掌柜瞥见了狼女的大辫子和笑红的脸蛋，不再提给锁牢说媳妇的事。

狼女每次来，都带了吃物，不是六月间红的胭脂杏，就是七月间熟的三华李；五月间，她还用桑叶包着沾有清晨露水的桑葚让锁牢吃。

官道上依旧来往着做经纪的人，张天龙掌柜对正帮忙给客人装马车的锁牢说："你也二十三四了，差不多就把那一笑就脸红的姑娘迎娶回家吧。"

锁牢边忙边抬头看了看天，有些腼腆地实话实说："到腊月吧……腊月客人少了……我回去迎……"

张天龙听罢喜悦，说好好好，你腊月成婚时我给你当主婚人。

哪有人自己提出来当主婚人的？都是主家提着礼如刘备请诸葛亮一样，不请个两三回都把主婚人请不出山，何况张天龙还是当保长的人。人和人都是相互的，你对我忠，我也就对你诚，张天龙掌柜是要好好成全这个忠厚的伙计。

南山地区这一年是少有的暖冬，但架不住别处有寒冷，一入冬月，住马车店的人越来越少了。张天龙掌柜几乎每天都催促锁牢回家忙自己的事，说你回去把你家屋子修一修，到马车店里抓些麦衣回去，找干土和麦衣一起和成匀匀的稀泥，把屋外的墙面抹一抹、搪一搪，就是牛粪蛋儿，面上也要光么！还说，你把你家里炕上的草席换一换，席用的时间长了，席篾儿都烂了，人家新人到你家里去，不能叫破席篾儿扎了新人的腿么。锁牢只是点头答应，不见行动。

张天龙掌柜不知道，两年以来，锁牢利用有限回家的时间，早已把张天龙掌柜说的那些事干得妥妥当当了。他不光搪了家里茅草屋的外墙，还搪了里墙；不光搪了墙，就连茅草屋最顶上的茅草也换上了一层新草……张天龙能想到的他全想到了，张天龙掌柜想不到的，他也想到了，他在猛龙镇给狼女买了红方巾、新手帕，还扯了一丈布，给要成为一家人的三口人做了新衣服。这样一直到冬月底，锁牢料理好马车店在腊月里可能用到的方方面面的东西，这才对张天龙掌柜说：“东家，迎亲日子定的是腊八，我要回去收拾一下。”

张天龙掌柜道：“那赶紧回去，日子紧，不敢误了事。”旋即又道，“腊八那天一早，我必到！”

锁牢左肩背了一袋面粉，右肩背了一捆蒲草要回家。他细细看了马车店里的一切：十张炕、七张桌子、一二十个方凳、七八条条凳、五个牛槽、堆满了草房的草料、墙壁上客人带来的腊肉、柜台后辛辣的玉米酒、堆放在墙角的豆子，他还看了伙房里的柴火和摞成一摞儿黑色的碗。走出猛龙峪马车店，锁牢看了猛龙峪马车店的招牌，看了树立在店前的酒旗。锁牢的目光还穿过酒旗，看到了猛龙峪马车店后的整个猛龙村。

猛龙村夹在八字状的猛龙峪当中，张天龙保长组织乡民、保丁在村前垒起一丈多高的石墙，一百好几十户人家的房屋，有序或无序地躲藏在石墙后头。房屋有砖屋、木屋、石屋、泥屋、草屋，还有村中一棵老槐树上的小树屋。屋前，驴拉磨、猪吃食、狗在吠、鹅拧人、公鸡站在石碌碡上高声打鸣。养育畜禽的是人，畜禽们生机无限，人也生命丰富——有老者在磨豆腐，有小伙儿在打土坯，有妇人在石臼里捣辣子，有童子晒软枣，有大汉劈硬柴，也有姑娘搓洗衣衫。

离开猛龙村更远的山谷河流边，生长着一眼望不到边的蒲草，蒲草的茎叶都干透了，在风中“沙拉沙拉”响着。

一切尽收眼底，锁牢背起东西回家去，准备准备要当新郎官了。

腊月初七日傍晚，天上下起“油光溜”。暖冬天气，天上降雨，快落到地面时却结成了冰，冰滴在地上，人走在上面犹如走在油上，一走一出溜，故称作“油光溜”。这类天引发潮冷。一遇潮、一遇冷，娟娟大当家的后背又麻又疼，这是四年多以前张天龙掌柜的一顿棍打落下的毛病。娟娟大当家龇牙咧嘴，吸着冷气拍打自己的后背，一拍一打无知觉；再拍再打，他猛然忆起被棍打的往事。身处猛龙山，眼看猛龙峪马车店就在自己脚下，无仇且要扰他三分，何况张天龙是仇家。路娟娟当下召集人马，要报拌料棍打之仇。

入夜时分，娟娟大当家和二当家王母鸡率领土匪五六十人冒着“油光溜”从猛龙山上滑下来，来到猛龙峪马车店前。“油光溜”像细沙子一样打在土匪们的脸上，打在他们用草绳牵拉着的火炮上，把脸打得刺疼，把炮打得铮铮作响。队伍立定，娟娟大当家先给手下们露了一手，他掏出匣子枪，“叭——叭——”两枪，打掉钉着猛龙峪马车店招牌的木楔，招牌落地折成三段儿，再“叭——”一枪，打断酒旗旗杆。屋内有人惊醒，土匪们破门而入，大叫不准动，只叫掌柜的出来说话。有马车店帮工上前回话说：“东家不在店里……”

“那驴日的在哪儿？”喽啰回望娟娟大当家，娟娟大当家不动声色，喽啰便问帮工。

帮工说张天龙掌柜不住店，他夜宿在家，家在猛龙村。娟娟大当家手一挥，土匪们向帮工和几个住店的贩子开了枪。可怜帮工和贩子们中枪，瞬时身亡。

土匪们拉牛的拉牛，搬货的搬货，看上腊肉的取腊肉，好喝酒的端起坛子大喝了一口；他们撞倒了桌子，踢撒了豆子。搬光弄净，他们掀翻了牛槽，打碎了水缸，在草房里的麦秸上放了一把火。时候不大，整个猛龙峪马车店已是一片火海，“油光溜”下到火中，越下火越旺。

刚刚躺到炕上的张天龙保长听到夜空传来三声枪响，紧接着又听到一阵枪鸣，他猜度情况不妙，马上起身召集保丁，组织乡民到石墙后做防范。原要到马车店去查看情况，一见火起，张天龙掌柜知道多年来的经营本钱已荡然无存，当下狠心，说不管是谁，此仇不报非君子！

不等他将来报仇，仇家瞬时已来到猛龙村外石墙下。“油光溜”下在张天龙的眼睫毛上，张天龙保长忍住愤怒，眨着冻硬的眼睫毛在墙内问话：“敢问来的是哪路英雄？来猛龙村何事？”

“故人叙旧。”墙外有人答。

张天龙保长探出头去，火把照耀之下，路娟娟的大光头红亮红亮，“油光溜”打在光头上，发出细微的声响。张天龙一时认不出来人是谁，他要抬手一枪把这光头崩了去。

“大掌柜贵人多忘事，连我路娟娟也不认识了。”大光头说。

“路娟娟”三字听在耳中，张天龙保长心中一惊，手中的枪放下了。“这是个冤家。”张天龙保长忆起了往事，心中思忖道。

路娟娟手一摆，身后的喽啰们推出一门火炮来对着石墙，路娟娟大声说：“墙内的人听着，我今天是来找张天龙的，和其余人无关，你们胆敢放肆，我这大炮可不长眼哦。”说完他又对张天龙保长道：“大掌柜，猛龙村这纸墙可经不住我这大炮轰，你要是个好样的，你自己一个人走出来，不要为害其他人。”

思量了片刻，张天龙心想只要他出去，猛龙村这一村人就保住了，而他出去了，一旦找到机会，就一枪打死路娟娟。想罢，他道：“既然娟娟要找我叙话，我张某人奉陪！”

张天龙手背在身后揣着枪，在冻地上一走一滑走到石墙外。突然，张天龙滑了一个趔趄，把枪摔落在地。他忙爬着拣枪，路娟娟"叭——叭——"两枪打在地上，张天龙只得缩回手，两个喽啰滑着脚步上前，把张天龙架到娟娟大当家跟前。这时，娟娟大当家手一挥，喽啰们架着火炮对着石墙开炮了……

"你这个言而无信的小人！"张天龙保长扑着骂路娟娟。

"咹，小人？我这样的人连笑一声都不能笑，我不是小人是什么？"路娟娟拿过去的事说事。

张天龙不再说话，路娟娟向身边的二当家王母鸡伸手。伸了半天，没见王母鸡有动静，他问王母鸡："棍呢？"

王母鸡反问："啥棍？"

路娟娟骂道："啥棍！我只想把你日死！我叫你到马车店草房拿的拌料棍呢？"

二当家王母鸡宽阔的嘴巴蠕动几下，想说什么却说不出话来。

"我本想拿棍把你打死……"路娟娟对着张天龙话说半截子，"叭——叭——"两枪，一枪打在张天龙眉心，一枪打在他心口——这一幕看得五大三粗的王母鸡打了个寒战。张天龙栽在地上，口鼻出血死了。可怜他等着明晨去给伙计娃锁牢主婚，不想今晚却走向了阴暗、冰冷的幽冥世界。

在火炮轰倒石墙之后，保丁、乡民与土匪们开展着冰与火般的战斗。"油光溜"继续下着，地面的冰越来越滑，枪眼里喷出火苗子，人们打着枪就滑倒了，滑倒了爬起来继续打枪。势单力薄的乡民武装哪里是作恶多端的土匪们的敌手，在五更天就被打光了。

天一亮，土匪们挨家挨户抢人抢东西，牵走了驴，宰杀了猪狗，抱走了鹅与公鸡，打死一百多口男丁。在强逼了三十多名女人之后，还带走了姑娘、少妇整十双……

猛龙峪马车店烟火冲天，猛龙村血流成河。“油光溜”在天明以后不下了，路娟娟觉得他的后背也不疼了，他说：“这事怪了！”

十八

腊月初八日，天放晴。五更还是冰冻世界，太阳出来后冷冰消融，世界呈现温润、祥和的景象。锁牢家中热闹喜庆，十三岁的学生娃杨牵牛身穿新衣服书写了喜庆的“囍”字贴在门上、墙上、灶台上。

一大早，锁牢穿了新衣，拉着借来的骡子到狼沟迎新娘。狼女是孤女，仰仗四邻照看大，锁牢从骡子背上的褡裢里取了炒花生、粘牙糖、红苕干散给狼沟四邻们。花生是香的，粘牙糖、红苕干都是甜的，大家乐滋滋地嚼着，说这小伙子一看就是个好小伙，是个顶梁柱子，狼女跟了他，这俩人都是能把日子过好的好人手。锁牢把穿了新衣裳后越发显得俊俏的狼女抱坐在骡子上，吆喝四邻共去他家吃腊八面、喝喜酒。吃腊八面是为过腊八节，喝喜酒是为庆成婚；既节又庆，好节庆！

院子里用土坯盘着三个火炉，火炉的柴烧得正旺。其中一个火炉烧着水，另两个火炉上架着两口大锅，帮忙的邻人把胡萝卜丁、白萝卜丁、豆腐丁、红豆、黑豆、黄豆、黄花菜、地耳八样子食材放进锅内翻炒后加水熬，熬成满满两大锅。

锁牢的姑姑带着帮厨的妇女们把锁牢背回来的一袋面粉悉数擀成一张张面片，只等主婚人来宣讲完主婚祝词，她们就把面片切成细条下锅。

狼沟的来客，本处的亲戚、邻家共坐了五桌人。张天龙掌柜说好一大早就来，但是已经快晌午了还没有到。左等右等等不到，锁牢心想，东家肯定是被啥事架搁住了。

他给姑姑耳语了几句，姑姑招呼妇女们切面下面。切面刀在妇女们手下快如风。不大时候，面切好下锅了。两锅腊八面煮得是稀稠刚好、咸甜适宜，红是红、白是白，黑是黑来黄是黄。

锁牢提了一坛玉米酒递给牵牛，牵牛给五桌上的客人都倒上了酒，给叔父也倒了一碗。锁牢高声道："在各位高邻，各位亲朋的帮忙下，今天狼女正式入我杨家门。今天请大家来喝一口玉米酒，吃一口腊八面，我也有一句话要说，我想说，我会好好干活，叫狼女，叫全家人都能吃上饭！高邻亲朋们的情分我永远不忘，只要大家有下苦的活，我能帮上忙的活，你们只要叫我了，我就来！就是你们不叫我，我知道了，我也来！"说罢，锁牢端着碗敬酒，众宾客喝起了情深义重的酒，吃起了真心实意的面。这样的日子，恐怕会越来越好吧！

不好的消息是后晌传来的。

两锅面吃得光光的，酒也喝得一滴不剩。宾客们有夸锁牢眼光好的，有夸狼女寻郎君会寻的，甚至还有人夸牵牛，说这侄娃子有眼色，一看就是个好样的。酒足面饱宾客散后，牵牛帮着锁牢归还了骡子，归还了四处借来的桌子、碗筷等，他独自下山回猛龙峪马车店歇宿，第二天要去学堂上学。人走路都是走一走，望一望，尤其是从山上往山下走，人更爱望远。牵牛走到半路望马车店，一望望不见，再望还是望不见。牵牛紧跑了几里路再望，仍旧望不见马车店，只看见猛龙峪马车店那处地方冒着烟。牵牛转身，一路小跑回家。

“咋啦，咋回来了？路上碰见狼啦？”锁牢走上前问侄子。

牵牛气喘吁吁，脸色煞白，拖着哭腔说：“马车店……马车店……马车店着火了……”

灯打翻了？灶前将柴引着了？客人吃烟把被褥点着了？……锁牢脑子里闪现了一百种疑问。

在锁牢人生大喜的日子，他震惊于人类遭受的苦难。残阳如血，当锁牢再一次站在离店前同样的位置看猛龙峪马车店、猛龙村时——锁牢全身颤抖起来了，他的喉咙似乎被黏液粘住了；他的鼻子似乎出不成气了；他的耳朵似乎听不见了；他的牙齿似乎要碎了；血似乎要从锁牢的眼睛里流出来了。

这是人间地狱啊！

十九

李善人不准人再把他叫善人，也不准人把他叫李无病，他说俺既不善，俺也有病，俺的名字是李健。再有佃户上李健的门时，叫惯了还是把他的东家叫成了李善人。李健伸手招呼一旁说，给俺乱棍打出去。只招呼不见动静，原来李家上下已经没有可以使唤的人了。李健自己抓棍去打佃户，没打到人家自己还跌了个狗吃屎，把脸摔烂，血直流。李健到西原地区看西医，西医在他脸上缝了几针，留下长长一条疤。这以后，面孔狰狞的李健不大出门了，也不多说话，任由鸦片烟大肆摧残，他的脑子一天一天糊涂了起来。

以前的薛金枝和李健是金花配银花，现在他俩成了葫芦配倭瓜。现在的薛金枝是端起鸦片烟锅忘了忧愁，放下烟锅便记起忧愁，一愁就哭，哭久了便伤了神，得了癫症，时好时坏。人闲拨舌，驴闲啃橛。有闲人拨舌头，说怪不得娃是个傻子，原来他妈就是个疯子。薛金枝病症发作时不知人说她闲话，病症好时她去寻嚼舌头的人。还不等开口，薛金枝哈欠连天眼泪直流，人指头都快指到她脸上了，说你看你看，这还是个女大烟鬼。

不愿多搭理东家李健的佃户们交来的租子顶大能对付上赋税。两口子抽鸦片烟，有了就抽，没有了卖一头牛、卖一块地或卖一间屋继续抽。有的李家的佃户春季种下地，到了秋季交租，却不料要交到别家去，为啥？因为不到收租子时李健已经把它卖了呀！除了抽鸦片烟之外，李健就干了一件事——早早给自己和薛金枝预备下了棺材和寿衣，这不是他有什么先见之明，这是一辈一辈人传下来的，他爸当年也是早早就给自己预备好这些物品的。

其余的事儿就凭花朵支撑着，上要伺候两个有非正常念想的人，下要照看抱着布老虎乱跑的李天官。李天官一跑，花朵就得去找，找到时发现李天官的布老虎不知被谁抢了，傻儿睡在地上打滚说要老虎哩。花朵只得一次一次为李天官做憨态可掬的布老虎，做出了黑虎、白虎、上山虎、下山虎、笑面虎……虎与虎同，都是一个身子四条腿，一个脑袋两只耳；虎与虎又有不同，花朵做出的布老虎有的牙大眼窝小，有的身短脖子长……各有各的趣味，各有各的看头。有人抢了李天官的布老虎抱着去逛集市，围着要看布老虎的人甚多，这个人要摸一摸布老虎的耳朵，那个人也要掐一掐布老虎的身子。这被集市上眼尖的布匹经纪人看见了，料定这物儿有行市。经纪人就找人打问，一打问打问到李天官，再打问打问到形式各异的布老虎出自花朵之手。经纪人便拿着铜板和布料上门，恳请花朵做出更多布老虎，他好拿到集市上卖。

花朵试着做了几个，布匹经纪人卖布的时候捎带着试卖，果然好卖。于是再做、再卖。一来二去，花朵专做上了布老虎，靠给集市上的经纪人供应布偶支撑住一家人吃喝拉撒、门户往来。

李天官活在布老虎的世界里，他快乐无比，他还学会了新词语："花朵姨……花朵姨……花朵姨……"

花朵的哥哥花海继承了他父亲的营生，继续在西原地区的集市上当着挑粪人。有道是：人比人，活不成；驴比骡子，驮不成。花海眼里看不见花朵生活的苦，只想象到她过得好——她住在大宅子，应该天天在喝蜜糖吧！她家有田地几百亩，应该夜夜盖着锦缎子吧！

过上些日子，花海就会来到李家，向花朵讨钱用。讨钱的借口林林总总，今天是家里吃不上油啦，明天是你嫂子走路把腿窝了，后天是二伯的三外甥打发女要上礼呀……花海讨到钱了，没有一次干正事，不是跑到酒馆里吃猪头肉喝烧酒，就是跑到窑子里耍一个五马长枪、赵子龙大战长坂坡。花朵没有钱给他时，他便日娘带老子地骂起来，说你有钱不给俺，只顾自己吃喝，不管自己屋里人死活，你是到了财东家屋里就不认自己屋里人了，是把心瞎了！花海骂花朵时花朵也不恼，她心想，你骂俺好比是要给俺一个什么东西，俺不接那东西的话，那东西还在你自己手里。

他要钱花朵不恼，他骂人花朵也不恼，但有一桩事甚恼人。

近来花海上门越来越频繁，他想把自己的女儿花蛾嫁给十四岁的李天官做"公子夫人"。

花朵第一次听到花海提起这话，觉得不可思议，便问花海："你不知道天官脑子不好？"

花海咧嘴说 :“这谁不知道？方大圆的人都知道！”

“那你咋还要把花蛾说给天官呢？”花朵疑惑。

“不管天官公子傻不傻，花蛾跟了他还不就跟你进了李家门一样享福呢？想当初俺把你卖……把你给了李家，人家还说三道四的呢。你看你，你现在这日子过得多好，要吃有吃，要喝有喝，光俺听说你们财东家庭里，你连布都多得用不完还做了布娃娃耍哩么！”花海一脸的无耻加艳羡。

花朵气得说不出话来，她坚决不同意她哥的想法。她自己是受害者，不愿再看到任何一个女孩儿受到不幸，甚至畸形婚姻的苦难，何况是自己的亲侄女花蛾。

但花海不死心，他想象着如果花蛾嫁给李天官，自己就可以过上无数种好的生活。他要当上公子哥儿的岳丈，要摆起岳丈的姿态指挥“小财东”向他贡献美酒、皮袄，他将不再是一个挑粪人，他会戴上金镶玉的戒指，顿顿吃上油泼宽扯面。

花海像个鬼魂一样，日日在李家门前踅摸。

你道花蛾十几岁、二十几岁？错！民国二十年二月，花蛾九岁半。

二十

修了屋，成了家，锁牢连年积攒下的金钱用去大半。历经一冬，再开学时，牵牛说他就不去学堂上学了，高小快毕业了，国文、算术、常识他全都会了，他要帮着叔父干活。锁牢问 :“高小完了上啥？”

牵牛答 :“上初中。”

锁牢又问 :“初中学啥？”

牵牛熟答初中全部课程 :“国文、英文、历史、地理、代数、几何、体育、图画、劳作、物理、化学……”

这些话语锁牢听不懂，好几个字词还是头一回听。自打上学起，锁牢眼见得牵牛能写能算，为人处世显出不一样来，锁牢心中常拿牵牛跟张天罡比，思忖着这侄儿将来必定不比张先生差。当下见他把听不懂的话语说出来，知道他心里是舍不得学堂。再说了，现下能有啥活干呢？

“屋里的事不用你管！继续上，上完高小你上初中……”锁牢说道。

夜间，锁牢估摸着牵牛说他不上学了是因不好开口向自己讨学费，于是从剩余不多的银元里数出几个，悄悄来到牵牛住的屋子，把银元塞在他的枕头底下。牵牛并没有睡着，但他没有动，他察觉到叔父悄悄进屋，慢慢出屋。牵牛鼻翼翕动，眼角潮湿，忆想着叔父放牛追牛时急得满头大汗的情景、剜药挖药时被蜂蛰的情景、在马车店里没黑没明干活的情景；他眼前也闪现了张天龙掌柜每天叮嘱他好好念书的情景；他脑海里更出现了张天罡先生朗诵《少年中国说》时五指并拢、挥舞的情景。想着想着，牵牛默念出一句话：“我要让人们都过上好日子——”

牵牛再上学的时候借宿在从小一起上学的同学韩木犊家。韩木犊家当下就韩木犊一个人，牵牛住他家跟他也是个伴儿，俩人一起上学，一起歇宿。韩木犊父亲曾在猛龙镇保安队当马车夫。两年前，猛龙镇保安队往豫省押运木头，半路上遇到连阴雨，雨连续下个不停，把路下得泥泞湿滑不堪，韩父驾着的马车翻在路上，马脱缰跑了，木头散落了一地。保安队头目气急败坏，要韩父赔马、赔马车、赔木头；先不说赔起或者赔不起，保安队头目要的是马上就赔，马上要那些东西整齐利索地出现在眼前。夜晚，韩父冒着雨逃了，逃到豫地大别山里了。韩父久久不归，据说是在大别山里当了红军。韩母改嫁了猛龙镇保安队里死了妻子的邵姓镇丁。邵镇丁容不下韩木犊，韩木犊只得独自生活。韩母给韩木犊交了学费，定期给儿子送些面和馍。韩母在婚后常遭邵镇丁毒打，每次来给韩木犊送吃食不是脸上有掌印，就是走路一拐一瘸。牵牛和韩木犊在一起时，韩木犊说他以后一定要杀了邵镇丁为母亲解恨。而且韩木犊常说，他大在大别山里当红军，他长大了也要去当红军，红军是镇丁们的克星，也是穷人们的保护神。韩木犊问牵牛：“等我长大了我要去当红军,你去不去？”牵牛说：“如果红军是穷人的保护神，谁不当？”

从民国二十年（1931 年）夏天开始，戏楼学堂里有几个高年级学生悄悄离开了学堂，没有回家也不知道去了啥地方，学生家长找到了学堂。之后，先生们之间流传出那几个学生去了大别山当红军的消息。每晚睡在一张炕上，韩木犊与牵牛叙说那几个高年级学生的日常，猜测着他们去了大别山当了红军后拿着枪帮助穷人打镇丁的情景。说着说着，韩木犊已经计划着一到冬天学堂放假他就去当红军，还鼓励着牵牛同行。

成了家的锁牢没有闲着，整个腊月、正月都在编草鞋。在背回的一捆蒲草即将编完之前，他去猛龙镇他熟悉的地方收割更多蒲草。猛龙峪马车店、猛龙村已是一片寂静，但是，山谷里河流边干透的蒲草仍在微风中摇弋,官道上仍旧来来往往着贩卖货物、牛马的商旅队伍。中原大战打完了，官军们料理起了剿匪事务，土匪们暂时隐匿了，贩子们比往年还要多起来。

在猛龙峪马车店里住过的牛马贩子张大成赶着羊去往西原卖羊，撞见了背着蒲草的锁牢，张大成停下来向他打问马车店的事，说：“哎呀，我说锁牢啊，我去年秋季还在你们这里歇店，店还都好好的么，现在咋成这样了？咋弄成一包渣了！”

羊群已自顾自朝前走了，锁牢拣紧要处给张大成说了猛龙峪马车店遭遇的路娟娟部土匪祸害。

张大成唏嘘不已，摇着头说："可怜……可惜……"缓一缓，抬头又问锁牢，"那你现在干啥差事？"

锁牢沉默不语，张大成便知他还没找到出路，他拍着锁牢的肩膀劝了一句："眼目要朝前看……不行了也干个啥经纪……"

说罢，张大成追着羊群继续走他的路了，锁牢怔在原地，经纪？能干个啥经纪呢？痛心猛龙峪马车店、猛龙村惨遭土匪灭绝人寰烧杀的同时，锁牢失去了他在猛龙镇的栖身之所，不再有干一天活吃一天饭的日子可过。干活吃饭之余挖草药可以积攒体己，但仅凭挖草药养活一家人吃饭，再加供学生娃念书，只怕远远不够。

回到家中，锁牢发现狼女已把剩下的草鞋都编好了。锁牢灵光闪现："我何不到官道旁卖草鞋？"历来做经纪，是本大利小利不小，本小利大利不大。想干些本钱大的经纪是干不成，只能从本钱小甚至不要本钱的事情干起，蒲草遍地有，花些力气割下来，编出草鞋来卖是个出路！刘备不是也卖过草鞋嘛！

说干就干，狼女在家编鞋，锁牢挑了草鞋去官道旁卖。刚交春，天还冷，走路的贩子们脚上多数捂着棉鞋呢，头一挑子七双鞋卖了十天，第二挑子十五双鞋卖了十六天。锁牢不懂经纪卖得慢，狼女心灵手巧编得快，第三回攒了三十双，锁牢一担子全担到路边。

张大成卖完羊从西原回来，见锁牢在路边卖草鞋，两人搭话，张大成说："啊哈，锁牢兄弟你寻下卖鞋的差事了，卖得咋样？"

锁牢照实说了。

张大成踱着步子围着一堆草鞋转，道："这样卖怕不是个卖法，这路上才多少人？这样卖要卖到猴年马月去了，锁牢兄弟我给你说，你这样顶不住事啊。”

话说完，张大成掰着指头算起来：“三百里路……一天走五十里……就算路上歇一歇，再加上卖鞋花上几天，顶大二十天能打个来回！锁牢兄弟啊，我给你出个主意，你把草鞋担到西原去，西原地方大、人多，当兵的多，你放到西原市集上卖鞋。一双草鞋三两重，你头一回先担上一百双，往后路走熟了，根据你的力负，你再自己估摸你一回担多少合适……”

张大成账算清，经见多，他还出主意——卖鞋得利后，见紧缺物可担回南山。

钟不敲不响，话不说不明。听明白了张大成说的话，不久后，锁牢便担了一百双草鞋走官道出南山行三百里路往西原去卖草鞋。

往往一方的常见物，到另一方便是缺物。西原地方是大河冲积出来的平原，历来是种粮的好地方。西原荒地少，小流域亦少，类似菖蒲一类物儿肯定有，只不过稀少。至于渭水、泾水那样的大流域，那河水势大得河岸就长不住草，更别说长蒲草了。没有蒲草，人们自然没有办法自己编草鞋，要穿草鞋就得买。达官贵人乃至李健之类的财东自然可穿布鞋、棉鞋、牛皮鞋甚至洋皮鞋，但平民不说穿洋皮鞋，就是能穿得起布鞋的人也少之又少，多数人平日就是打精脚片走路，打精脚片干活。总有些事儿打精脚片干不成，比如说出远门打精脚片肯定不行；还比如说打精脚片到盐池帮工也不行，无论踩在卤水里还是盐粒上，那人的脚就受不了！所以，锁牢编织的卖价不高的草鞋要与西原地方的平民的脚交成好朋友，他的草鞋一到西原，人们纷纷你一双我两双地买，不到一天就把一百双草鞋卖了个精光。

第二回，锁牢担了二百双草鞋，还是一天时间卖光。草鞋既便宜又结实，谁不买呢？

甚至于锁牢担到第七八回的时候，驻扎在西原地区的军士们都要跑到锁牢这里来买草鞋呢。饷元有限的军士更爱买草鞋，他们要行更远的路，脚可能还要踩比盐池更伤脚的地方，比如说要踩在燃烧的油料上；还比如说要踩在布满炮弹、子弹碎片的战场上……兵丁们买罢锁牢的草鞋，还叮嘱他，记得下回来了多担些，他们的姚团长要采购了草鞋做军需用呢。

姚团长并非团长。姚团长系国民革命军上校师部附员，一个月前刚自省城来西原赴任，职责是西原地区后勤军务帮办，也就是监督西原地方上征收军用粮草的“督粮官”。“姚师附”话不好念，念出来做“姚师傅”恐长官不悦，军士们依职衔呼他作姚团长。

初来日，姚团长独自着便服寻了一处集市看西原风物。天下风物大同，又各有各的不同。大同是指日月相同、文字相同、斤两账算相同，人皆要吃饭、喝水、睡觉、生育习性相同；山都叫山，水都说水。不同处也多有不同，地势不同、屋居不同、方言不同、人要吃米吃面风俗不同；草木各异，以致物产不一。不说别的，就说在这本省地界上，就人人嘴里离不开一个“我”字。南山与北地均把“我”就称“我”，偏这西原地方，是要把“我”字叫了“俺”的。

姚团长看风物，就是要看个不同处。集市上有卖衣卖饭的有卖菜粜粮的；有牛羊市里低头捏价的老者，有嘈杂处龇牙咧嘴耍猴瘦子的；有青年小伙猛吸凉饸饹，有没牙老妪慢咂热油糕……

姚团长边走边看，突然见一赤身汉子，担一对儿粪桶，对着一名女子叫骂。

骂人的正是花海，骂的是到集市上送完布老虎要回家的花朵。花海骂道："咹，你这一天都有心思做布娃娃哩么，你都没有心思把你侄女提携提携？你光顾你自己吃好耍好，你就不顾你娘家俺们死活么！你是良心叫狗吃了呀，还是你生下来就是狼心狗肺呀？"

"你才是狼心狗肺——"花朵实在忍不住了。

"好啊，你个花朵，你翅膀硬了，会飞了，你还敢顶嘴！"花海放下粪桶，抽出扁担便要去打他妹子。

光天化日下在姚团长面前欺负人，这还得了，姚团长上前喝一声："住手——"

姚团长着布衣长衫，留着分头，花海扭头过来上下打量姚团长，瞪起两只眼睛像铜铃，嘴里骂道："你个臭教书的，你算弄啥的，与你的屁事不相干！"边说边舞弄着扁担，要上前来打姚团长。

姚团长是黄埔军校的高材生，是参加过北伐的人，北洋军阀他尚且不怕，何曾惧怕这类莽夫。姚团长连架势也不摆，眼见得花海上前来，一个弹腿就把花海踢得卧在地上起不来。花海手拿着的扁担飞起来，砸到粪桶上，砸得两只空粪桶倒了一双，其中一只粪桶"咕噜咕噜"滚到花海怀里，花海抱住粪桶也不嫌臭，他指着姚团长嘴硬："你……你……你给你爷等着！"

制止了莽夫作怪，不等花朵说对或者说不对，姚团长扬长而去。他神情自若，衣衫飘扬！花朵也不去理花海，眼角含泪要回家，花海指着花朵的背影骂着："你绝对是把心瞎了……你眼看着人家欺负你哥哩么……"

过了几日，姚团长带了卫兵到西原各处拜访乡绅，一是礼节性见面，二是过问民间粮食储存情况。由各乡镇地方官陪同着，姚团长从西到东，从北到南，走了大半天，与见面的乡绅们寒暄得都很好，问下来的情况也都说粮食充裕。姚团长就本地财东名录上寻了一户，说要去此乡绅家中看看。乡镇地方官们面面相觑，姚团长情知有名堂，便辞了他们说今日就到此吧。

姚团长打马要暗访，一路寻到财东家，一切都恰恰好，恰恰好选的是财东李健家，恰恰好花海也来李家，仍在门口踅摸着要见花朵。花朵真是不想见他，但花海一来就在外面喊花朵的名字，把李天官喊得抱着布老虎跑出来流着涎水跟他一起喊："花朵姨……花朵姨……花朵姨……"

花海拿着一根糖葫芦在李天官的嘴边抹着糖浆。他抹一下，李天官喊一声，抹一下喊一声，花海说："对……对……对……就是这样喊叫。"

花朵实在受不了了，她走出院门来，要劝他哥死了那份瞎心。

花朵出来时，花海正在李天官嘴上抹糖葫芦。花朵一把夺过糖葫芦扔到门前的粪堆上。花海赶忙跑到粪堆上拣回糖葫芦，说："这么好吃的东西可不敢糟蹋了！"说着低着头咬在糖葫芦上，一口没嚼完，他看见了一双黑皮靴，顺着黑皮靴往上看，花海看到了站在他面前的姚团长。姚团长表情冷峻，军帽周正，制服笔挺。

原来前几日踢打他的人是个队伍上的大官，花海颤抖起来了，说：“军爷——”

两个卫兵已一左一右站到李家大院门口，姚团长理也不理花海，径直往门里去。走至门口，卫兵立定向姚团长敬礼，姚团长还礼。

花朵性弱，一辈子心静如水。此刻，她心跳了一下。

二十一

进得大门来，穿过一个院子，见穿着红裤子绿衣服的薛金枝正在第二个院子里胡言乱语，说："你看……你看……你看那驴踢你……"

姚团长打量四周，并不见驴，又听得她说："天官……天官……你小心那梯子……你小心那梯子……"

姚团长再看看四周，也没有见梯子。

花朵也跟随着进来了，姚团长指着薛金枝小声问花朵："失心疯？"

花朵点了一下头。

薛金枝时而清醒时而疯魔，是故花海只敢在门外哄着李天官叫喊而不敢进来，任何一种权贵对花海这样一个挑粪人来说，都好像是伸出一个小拇指头就能把他捻死的人。万一遇到清醒的薛金枝，花海害怕话说不好，耽误了他和薛金枝认亲家。他只敢把魔鬼一般的幻想寄托在自己柔弱的妹妹身上，让妹妹去和李健、薛金枝说和。

花朵进到屋内去叫李健，说外面来了个军爷。李健抽着鸦片烟说：“我管他军爷……老天爷……我管他谁是土地爷哩！”他已然是飘飘欲仙，糊里糊涂。

花朵只得告知姚团长：“老爷得了病，不方便见人。”

姚团长说：“那我改日再来。”

花朵说：“改日来怕也不行。”

姚团长歪头吸气“嘶——”一声，这是疑惑了。

花朵做了个请的手势，引姚团长到堂屋。

姚团长自坐了下首的椅子，花朵给姚团长倒了一碗水，自己立在姚团长左前旁。然后小声道：“老爷吃鸦片烟，脑子顶不住事了。”

“家里其他人呢？”姚团长问道。

花朵摇了摇头。这时，李天官抱着布老虎跑进来了，李天官个子不小了，嘴唇上的胡子已是黑绒绒了，脸上还是幼儿表情。

姚团长指着李天官问花朵：“这是？少公子？”

花朵点头道：“就这一个独苗儿。”

“那你是？”姚团长问。

花朵不答，只在眼里泛出泪花来。姚团长情知不便，不再追问她的身份，而是话锋一转，“方才门外那个汉子是……”

“那是俺哥！”

“亲哥？”

“亲哥！”

姚团长闭目思索，土地财产登记册子上登记着财东李健家有田三百余亩，大小房屋四十余间——李健自民国十七年起卖田卖屋，千余亩良田等已卖至如此。本想李财东应是富足有余，不想日子过到如此被动之光景，全家只有一个正常人，还屡屡被恶亲戚欺凌。

花朵恰逢身段韵味长成之年纪，眉宇间又有苦楚意味，这不禁让姚团长内心升腾出保护这个女子的心境，姚团长喝了一口水，问："你这院落里可有别院？"

"这是四进四出的院子，老爷怕出门进门走路走不动，除了前面两院住人，后面两院都空着。"花朵答。

"好！"姚团长轻拍手侧的桌子。

过了十天，一队卫兵跑步进驻李家大院。卫兵们清扫了李家四进四出院落里的后两进院子，在李家大院设了两道门岗，一道设在大门外，一道设在第二院和第三院之间。一个卫士班住第三院，姚团长的夫人姚婷婷自省城来，住进第四院中。保护一个团长师部附员夫人需要一个卫士班？当然需要！因为，姚婷婷不仅仅是姚团长的夫人，她还是国民革命军第某军副总指挥姚振邦的独生女儿。

姚团长在李家大院既办公又住宿，不时出门至军营、西原国民政府督办军务。

姚婷婷是个自来熟性格，嘴巴闲不住。李健与薛金枝、李天官住在第二院，花朵在第一院独住一屋。没过几日，姚婷婷就来花朵的屋子看她做老虎，一边看一边说："姐呀！你做得真好！我在南京见过真老虎，真老虎都没有你做的老虎好看呢！"

花朵没有见过真老虎，她问姚婷婷："真的？"

"当然是真的！真老虎太凶，你做的老虎喜庆。"姚婷婷快言快嘴，说着说着，话题就从说老虎变成说家常事儿，姚婷婷把自己在南京还见过啥，她爸是谁，她跟姚团长咋认识、咋结婚的事儿全说了。说完，姚婷婷眼睛"扑闪扑闪"眨着问："姐，你说说你！"

花朵"唉——"了一声，说："我这话都不知道从何说起……"便闭嘴不言。

只不过大家此时都知道了她的身份——她是财东李健的小妾。

姚团长托夫人付给花朵赁屋的钱，姚婷婷把钱放在花朵的桌子上，回屋后却发现钱仍回到了自己的口袋里。

因听军士说他们姚团长要采购草鞋，锁牢和狼女没黑没明地编草鞋。秋天，借宿在韩木犊家的牵牛从学堂回来了，锁牢让牵牛给草鞋过数，牵牛数了草鞋，是九百七十一双。看着堆得像山一样的草鞋，锁牢要牵牛到学堂里告个假，跟他到西原走一回。牵牛没有出过山，乐得答应了。第二天，牵牛便在学堂里告了假，同时，跟韩木犊说了自己要去西原，暂不去韩家住了。韩木犊悄悄对牵牛说："我等你回来，我们去大别山找我大，我们去当红军。"

锁牢叔侄二人一趟趟把草鞋搬到了官道旁，央告顺路往西原去的马车捎了大多数，再一人担了一担子草鞋去往西原。山大、岭深、路遥远，这样一路走一路歇，经十天才到地方，他们又打问着来到李家大院找姚团长。

听得卫兵进来报告，姚团长放下手中事务，他近来确需草鞋，师属某团近日拉来一批民伕运送铁道物资、修建铁路，民伕打精脚片影响相关进度，需采购草鞋助力某团早日完成铁道运送、铁路修建事宜。在桌前坐久，姚团长需活动，他手一摆，卫兵出去了。姚团长整理着装，出门来见卖鞋人。

双方皆愣住了。

还是牵牛先反应过来了，牵牛呼唤他梦中常见到的人，他说："张先生……学生杨牵牛向张先生问好！"说罢，牵牛鞠躬，激动得满脸绯红。

锁牢愣着不知道说啥，这是那个布衣长衫的张天罡先生吗？张先生怎么姓了姚了？还当了团长了？

姚团长"啊呀"一声，说咋是你俩啊！赶紧迎上来摸牵牛的头，又要握锁牢的手。

锁牢不知道握手是干啥，他伸出左手攥到了姚团长的右手手背上，跟着姚团长的节奏上下摇动……略一清醒，锁牢左手还摇着呢，同时伸出右手轻拍了牵牛的腿面子。牵牛看了看叔父，锁牢向侄儿眨了几下眼睛，牵牛心领神会了，这定是叔父在嘱咐自己：该说的话说，不该说的话不要乱说。

姚团长一手牵一个人回院，门口的卫兵"啪啪"敬礼。礼毕后，姚团长用下巴努了努门外的马车和堆放在地上的两担草鞋，又向院内努了一下下巴。一名卫兵马上跑步去往卫士班，召唤众卫士前来卸马车、搬草鞋。

想当初，张天罡读了《北伐宣言》热血沸腾，得知叶挺独立团开始北伐，心中更有使命感上升，他辗转数千里往广州投军——恰逢黄埔军校招生，张天罡应征入学。毕业后，张天罡被分至国民联军司令部任军事参谋，后随国民联军参加北伐战争。中原大战前，国民联军队伍分流，张天罡被改组至师长姚振邦麾下任少校警卫营长。

姚振邦发妻早殁，赴本省赴任仅带独生女儿姚婷婷。姚振邦师长忙于军务，看顾料理姚婷婷之生活均交由警卫营长张天罡办理。姚婷婷面容娇美，值青春扬洒之年华，一见性情儒雅、行事干练、面貌俊朗的张天罡便生出了爱慕之心，每日里要张口闭口说张哥张营长，说他这里好那里好，就连走路都比别人走得好。每见父亲，她总要说出无数关于张天罡的好话来，姚振邦心知女儿相中了自己的属下，他觉得张天罡为黄埔军校生，同学同僚甚多，自己在本省任职孤立无援，何不借机将张天罡招做女婿以壮大自己的声势？

少将师长姚振邦找机会把话向警卫营长张天罡挑明了，张天罡不敢应承。张天罡未娶，姚婷婷未嫁，这本是一件好事，奈何这滇地彝人有一风俗，无儿便要招婿，婿上门当儿子养，但婿须改为女家姓。这便与别处不同，别处至多是女婿上门后，生养下的后代跟女家姓，没有自己还要改姓的道理。姚振邦对张天罡说：“别的我一概不要求你，你只需改做我姚姓即可。”

张天罡是儒家家世出身，老祖父常把三纲五常挂嘴边，如果改了姓，张天罡不禁会联想起自己的祖父须发倒竖、痛骂自己有辱先人的画面。这万万不能答应，大丈夫何患无妻！

春草生发，春猫夜半厮打号叫。情知父亲也相中张天罡，姚婷婷自家谋划了主意。姚振邦陪上峰乘专机往天津公干，姚婷婷借自己十九岁生日之机，单邀张天罡为其过生日。切了蛋糕，吹了蜡烛，姚婷婷提议二人干一杯。酒是法兰西来的葡萄酒，姚婷婷、张天罡二人边喝葡萄酒边聊天，从葡萄酒说到法兰西，从法兰西说到英吉利，从英吉利说到太平洋，又说至某国某民。

说着说着张天罡犯了书生气，义愤填膺说要是他的话，他要歼灭一切胆敢来犯之敌。姚婷婷见机，不断把葡萄酒倒在张天罡杯中，自家则换了预备好的滇地茶水，颜色一样，一个是酒，一个却是茶。张天罡以为自家是男儿，酒量不可输与小小姚婷婷。一口一杯、一口一杯，法兰西葡萄酒入口绵软，后劲甚剧，待张天罡觉察到有酒劲，已然是来不及了。

姚婷婷把张天罡扶到自己的闺房，她换上一袭精美的睡袍，褪去平躺在床上的张天罡的衣服……

猫又在外面翻滚了，似乎要闹一夜。

二十二

头晕脑胀的张天罡醒来了，光身躺在他怀里的姚婷婷似乎觉察到了，她背对张天罡嘤嘤地哭了起来。这一哭，在张天罡听来，分明是说：“我好心请你来吃蛋糕喝葡萄酒，你却要污我清白。”

师长姚振邦从天津回来后，升任中将副总指挥。张天罡向姚副总指挥回话说愿意与姚婷婷结为伉俪。姚副总指挥的红色领章上两颗金色的三角星星光芒闪耀，他盯住张天罡不语，张天罡红着脸低头说改姓也愿改的。

中将大人大喜，在张天罡与姚婷婷完婚后，军队少了一位少校警卫营长张天罡，多了一位中校警卫团副姚刚。一年以后，姚刚又升任团长师部附员，来到西原做“督粮官”。只等实职团长位置出缺，父亲大人便会把他推到团长位置上，掌一方军政重权。

原先一是忙，二是怕家人来寻，张天罡一直未曾与在南山的家人们联络，更改姓名后姚团长更不曾与家人通信。中将父亲只要求他改姓，也不要求结婚时男方亲属到场，所以，就连成婚这么大的事，他也瞒过去了。这有一种干下了丢人事不敢让人知道的心理，姚团长觉得，这还不是一般的丢人事，而是大大的丢人事！他要等到当上真正的团长时，再咋样婉转着把和家人联系的事情解决了。

“你们回去千万不敢把我改名字的事给我哥说嗷！”落座后第一句姚团长便如此向锁牢和牵牛交代，他还解释，“这里头有缘故哩！”

“你要敢说，你的草鞋我就不要了嗷！”姚团长指着锁牢，一脸认真。

黄埔生屡受器重，姚团长出身黄埔，即拥有了高贵的精英血统。随职务升迁，姚团长门前有岗，腰上有伯朗宁枪，人人见他称俊杰，说他不日定成吾国大栋梁。这让姚刚团长一鼓作气强挥鞭，要骑马登顶望四方。这一来，他多关注世界格局、时政要务，不喜了解民间生活百态。就工作而言，他只要草鞋助力铁道修建事宜，他不管你锁牢咋不在马车店当伙计却开始编草鞋了，是怎么编的，怎么运的，路上是不是有狼。他不会想，更不会问，他心里就不容这等子事，大栋梁还管这些鸡毛啊？昭告各地的匪患报告他也不曾读过，就连锁牢向牵牛眨眼示意的用意里包含的他哥张天龙之死、他张家因猛龙村被毁而灭门的事，锁牢没有想到姚团长不光不知道，而且他连家里人还好不好也没有问。可能在姚团长心里，家里一切还都是原来那老样子吧——祖父摇头晃脑读《论语》、哥哥在马车店里拨一拨算盘珠子……

锁牢想，这样也好吧，不知道心里便不苦。

老乡见老乡，只是个亲热，见大家熟络，姚团长的夫人姚婷婷端来了糕饼让锁牢叔侄俩吃，还给他俩一人冲了一杯蜂蜜水。

看锁牢喝了一口蜂蜜水，姚婷婷关切地问："甜吧？喝蜂蜜对人最好了，蜂蜜是最养人的天然吃食！"

锁牢回答："甜，是我吃过最甜的东西。"

看锁牢和牵牛吃着喝着，姚团长问牵牛些上学的事，问读什么书了，有没有读些文论、诗词。

"读了，读《满江红·怒发冲冠》。"牵牛知道张先生壮怀激烈，他要向先生证明自己是先生的好学生。

姚团长果然喜欢，他起身背手说来："岳武穆精忠报国，实乃我辈楷模，他杀得金兀术要叫他一声爷哩！要是岳武穆胸中没有满江红词牌《怒发冲冠》这样的大气概，岂可退金兵？岂能保国家？杨牵牛，来，你把《满江红·怒发冲冠》给我背一下！"

牵牛放下糕饼，用手背擦了嘴，站在姚团长面前朗声背道："怒发冲冠，凭栏处，潇潇雨歇。抬望眼，仰天长啸，壮怀激烈。三十功名尘与土，八千里路云和月。莫等闲，白了少年头，空悲切！靖康耻，犹未雪。臣子恨，何时灭！驾长车，踏破贺兰山缺。壮志饥餐胡虏肉，笑谈渴饮匈奴血……"

在四进四出的李家大院的第一重院落里，花朵还在糊袼褙，纳她的布老虎。她听见了从里屋传来了姚团长按捺不住大声诵读《满江红·怒发冲冠》最后三句的声音，"待从头、收拾旧山河，朝天阙！"花朵听不懂这是啥意思，但那种莫名的气势让她觉得姚婷婷嫁了这个与花朵她自己差不多年龄的"军爷"，真是不枉这一世做女人。

在李家大院歇了一宿，第二天锁牢向姚团长告别要回南山，说要赶年前再做一批草鞋送来。姚团长咳嗽了一声，一旁的卫兵就递上了草鞋钱和两个装好的包袱，姚团长道：“钱你装好，这是两包干粮，一包是西原的腊牛肉，一包是二十个饼子，路上消乏用吧……”说完，还似有话要说。

锁牢等着他说。

“锁牢兄弟啊，你能不能让牵牛在我这里待些日子，我再考他一考。”姚团长果然说了。

锁牢去看牵牛，发现牵牛也在盯着自己看。牵牛思量着同学韩木犊说的事，他在犹豫。

“你要听话！”锁牢吩咐牵牛，这是同意了姚团长的请求。

姚团长微笑点头，牵牛似乎不情愿，但也遵从了这个决定。

锁牢转身走了，背后还传来姚团长的声音：“锁牢你把那事记好，回去把嘴夹住……也不要说见我了……给谁都不能说……”

去时有马车队伍和侄子牵牛为伴，回程却只剩了锁牢一人。锁牢身上装着卖鞋所得，怕路遇歹人，白天躲在临近村庄的草窝、山洞里睡觉，只等天黑了才行路。姚团长给的腊牛肉他舍不得吃，天已冷了，牛肉不会变坏，他要带回家让他媳妇狼女吃。饼子锁牢也吃得少，过了一天一夜了，他才咬了两三口。他在草窝里寻些山药、葛根啃一啃。饼子他得带回去，给四邻分些，给狼女吃些——去年夏天狼女就跟他说口里不知道想吃啥，好像有点想吃饼子。一入秋狼女的肚子就大得明显了，刚怀上娃时没有吃上饼子，这次回去给她补上吧。

这个世上是有一些东西是不知道有黑夜的，比如说石头。石头它哪里管你白天或黑夜，呆在哪里一动不动就是了。还有些东西，它是追逐黑夜的，比如说赌博。赌博的人儿是等着黑夜来的，他白天等着黑夜来，黑夜盼着明天的黑夜快快来，恨不得一夜连一夜，他好当个连轴转的轱辘，赌出个昏天暗地来。

恐是上古年间智人生活需要，又或是某时人类有穴居需求，再或者是特定人群的丧葬礼仪所致，在这山连山的南山中，山崖上多有一些石窟。石窟离地十多丈高，窟内有石桌、石凳、石灶、石棺……当年的人是怎么上到山崖上，用什么器具挖出的石窟，又如何打磨的各类器物，这不能知，属谜团。

乡间多惩治赌博“摇宝”，收了赌资说充公。不能到乡间赌，被叫做“赌博轱辘”的赌徒们就到这些有现成条件的石窟里去赌。白天赌了怕过往行人发觉了举报,那就夜间掌着灯赌。“赌博轱辘”们编了藤梯，在夜幕降临时搭着梯子上石窟，上到石窟抽了藤梯。摇骰子摇到天明，赌徒们放下藤梯，各自去往各自的去处，待到晚间再相聚。如此一日一日循环。

赌博有输有赢，但总归是输，这就有输了钱的人回去凑本钱晚间来山崖石窟里寻赢了他钱的人，却不见那人再来了。为何？螳螂捕蝉、黄雀在后！

当赢钱的人兴高采烈带着赢来的钱走下山崖的时候，他就被躲在暗处的乡间治保维护者盯住了——或是乡丁，或是镇丁，也或是其他各类丁，只要他走到没人处，丁们大喝一声：“缴赌！”赢钱人的喜悦顷刻化作乌有。不用你申辩，申辩无用；人家自会说你跟谁谁谁，谁谁谁在啥地方赌了，从啥时候赌到啥时候。你只管乖乖把本钱加赢来的钱全缴上去就是了。赌徒们自作自受，谁叫你有钱不事营生偏偏要赌博来的！“赌博轱辘”们难改习性，输了的想赢，赢了的还想赢，别说屡遭“缴赌”，就算天上下刀子，他还是期盼黑夜，期盼骰子如珍宝一样在扣碗里发出“当当”声。再说了，被“缴赌”何尝不是一场赌，赌他个今天抓不住我！

走了一夜，眼看着天明了，太阳要出来了，锁牢心想，只要走到前面有人家的地方他就歇。正想着，路旁大树后钻出人来，用长枪顶到了锁牢后腰里。锁牢心想：“完了，碰到劫路的了。”

“缴赌！”又一人从树后钻出，立到锁牢身前。

原来不是劫道的，锁牢道：“我是过路的……”

“人人都说自己是过路的，过路过路，过路赌博的？”身前的人鼻子里哼了一声，拿出一张纸在锁牢眼前晃着，锁牢不识字，上面写什么他也不知道，那人用另一只手的指头敲那张纸，“看清楚，缴赌令！”

来人不由分说，在锁牢腰里抽了他装钱的褡裢，掂了掂：“哟嗬，赢得不算少！”

锁牢急着分辩：“这是我卖草鞋的钱……”

来人不相信，说：“你从鬼上卖草鞋卖这么多钱去！”

“这是我编了九百七十一双草鞋在西原卖的钱，我这两个包袱，一包是牛肉，一包是饼子，是西原姚团长给我的干粮。”锁牢照实说。

不说姚团长还罢，一说姚团长，身后用枪顶着锁牢的人儿，一把从锁牢肩上取过两个包袱，一枪托将锁牢打晕在地。他道：“还姚团长，你咋不姚总统呢？你个臭‘赌博轱辘’还认得姚总统？姚总统认得你是个辣子！”

不管锁牢额角被枪托打出血，打晕后人死了还是活着，俩人从锁牢的包袱里拿出牛肉和饼子，一口饼子一口牛肉，一边吃一边商量分钱的事。

锁牢醒来已是晌午，血把他的脸面都糊住了，结着一层干痂。锁牢用手扒开眼皮，环顾四周，那俩人早已不知去向，只看见远处的山崖有着零零散散的石窟。锁牢摸着脑袋慢慢回想发生的事，心说这俩人肯定是把我当成在黑窟窿里耍赌博的人了。锁牢艰难地起身，要去附近的集镇寻找他的财物。

前后有两个集镇，一个叫小庙乡，一个叫七里铺。锁牢先到后面的小庙乡去问，说一大早你们乡有没有乡丁去抓赌。有一高大乡丁说："我们乡丁是闲得没事了么？赶早就抓赌去，要把我们劳死呀！"锁牢又到七里铺去问，七里铺联保办公队里坐着一个老汉，一问三不知，是这也不知，那也不知。锁牢说："老人家你好好想一想，看你这里有没有俩人常抓赌的？"老汉张着大嘴啊了半天，最后说了一句："我们这里就没人耍赌博！"锁牢又跑回小庙乡打问，还是那乡丁，说："这事你最好去七里铺问去……"

锁牢来回不知跑了多少次，始终问不出个结果来。

他哪里知道，他的所得显然是被善于在空里叼食吃的人们吞吃掉了。往日里，锁牢去时担草鞋，回时按张天成指教的方法，不是担些瓷碗瓷盆，就是担几副锅瓢，都是些生活里的紧缺物儿。

无论草鞋，还是锅碗瓢盆，土匪及其他歹人都不要，他们不可能抢了你这物件儿卖了去换钱。靠卖那些东西过活，把当土匪的人们的黄花菜都搁凉了。这样，他以往没有被劫过，那些东西担回家中，挺着大肚子的狼女零敲碎打着把它们卖了也能有些利钱。一旦一人独行，又是白日歇，晚间走，任谁想，也知道锁牢身上有好货，没有好货他咋能这样哩？那俩人是早早就把锁牢盯上的歹徒？还是吃黑食的什么丁？不好说！说不清！

锁牢至家，大病了一场，不光过年前没能再编成草鞋担到西原，就是到了次年山桃花开时，锁牢也不能成行。

二十三

锁牢从李家大院走后不多久，李家大院的女主人薛金枝死了。这有些晦气，姚婷婷暂时离开李家大院回了省城。回后两个月，姚婷婷发现自己有了身孕，算算日子，胎儿应该怀在薛金枝死亡前后。

薛金枝是被电死的。

自打姚团长住到李家大院后，工兵们给李家大院通上了电，安装了电话。住在李家，只自己用电灯、电话面上不好看，姚团长吩咐工兵给李健、薛金枝处也安装了这两样稀罕物。

姚团长的电话用来协调各方，督办军务。李健使唤电话，不过是与烟馆联络，让他们送鸦片、送烟具，烟馆也时常打来电话，说什么上品货物下品价钱云云。糟心的是，往往电话一响，薛金枝的癫病便犯了，她总说电话里有人，是她爸在电话里，她爸要害她的天官儿。这纯粹是无稽之谈！薛金枝每每要扯掉那电话线，李健都把她挡住了。然而屡扯电话线扯不成，被薛金枝误认为是同一类物件的电线就被她盯上了。

这不，十一月初一下午，在电话又一次“叮铃铃——”响起时，薛金枝叫喊着要找她爸薛善人评理，她站到椅子上，顺着电灯泡去扯电线，想把电线里的她爸扯出来。这一扯，电流便把薛金枝“咬”住了——她站在椅子上全身抽搐。

李健正接电话，看着薛金枝手脚乱摇，心说这疯妹子今天又不知耍啥怪呢！接着照样干自己的事，直到电流过大熔断了保险丝，电断了，薛金枝才口吐白沫，像一截粗壮的木桩子一样，直挺挺从椅子上栽倒下来。

李健呼喊着花朵，让她来看薛金枝是咋了。花朵进来一摸，薛金枝没有了鼻息。花朵向李健摇头，李健的哭腔就出来了：“哎呀，俺妹子呀，你咋好好的绊一跤就把你绊死了呀——”

牵牛恰巧在姚团长屋里，想与姚团长道别回南山，然而话还没说，听见前院传来号啕声。姚团长引了牵牛从第四院出来看个究竟，路过第三院卫兵住的院子时，有卫兵向姚团长报告，说又断电了。姚团长道：“断电有何稀奇？即刻通知工兵修复！”卫兵跑步去办理该事项，姚团长和牵牛进了李健、薛金枝的屋子，鸦片烟鬼李健正伏在薛金枝身上哭，李天官坐在电灯下摔倒的椅子框上玩布老虎，花朵站在一旁抹泪。姚团长问：“无病兄，夫人这是咋了？”边问边看薛金枝，只见她手脚僵直、双目紧闭、头发倒竖、鼻腔出血，已然是魂归西方了。

姚团长叫李健的名号，他不敢恼，拖着哭腔说：“也不知道俺妹好好的为啥爬椅子……椅子绊倒把她摔了呀……哎呀俺妹子呀……你跟着俺都没有享过福……”

姚团长看到李天官坐的椅子框下有破碎的电灯泡，又抬头看到屋顶的顶棚被电线拽破一个窟窿，姚团长道：“人死不能复生，无病兄节哀！妥善料理嫂夫人丧事吧！”

李健自小与夫人薛金枝青梅竹马，往日也多有美好记忆，听人提起“丧事”二字，这是要与夫人阴阳两隔啊！李健哭着说不要，没说完就昏过去了。见状，花朵手足无措。姚团长系死人堆里摸爬滚打过的人，对薛金枝死亡并不感到大不适，对李健的昏迷也不能感同身受。他只是见花朵无助，有心想帮她。然而思谋片刻，姚团长情知自己不便出面，便吩咐牵牛，要他帮忙料理丧葬相关事宜。牵牛要告别的话没能说出口，只好遵命。

回到四院落，姚婷婷打问前院出了啥事，姚团长道：“李无病的婆娘死了！”

姚婷婷问：“早上我出门看见她还好好的，怎么突然死了？”

姚团长说:“李无病说他婆娘是摔死的，要依我看，是电死的。不过婷婷你不要声张，他们咋说就咋说吧。”说罢还叹息一声。

姚婷婷问：“为啥唉声叹气？”

姚团长说：“为他们装电是好意，没想到造了个孽。”说完，便让姚婷婷收拾衣物回省城父亲处，说要她回避丧事，等亡人百日后他会再到省城接她。

工兵来后，姚团长先让工兵去修了李健屋里的电线，换上新的灯泡。之后，工兵轻轻巧巧爬上木电线杆，换了新的保险丝。正值入夜，保险丝一装上，全院的灯泡都亮了。

薛金枝真正的死因被遮住了。然而两个月后，知道薛金枝是被电死的姚婷婷，发觉自己怀孕的日子就在薛金枝被电死前后。丈夫姚刚嘴里说过的一个“孽”字在姚婷婷脑海里不断闪现，且被她放大。因为她听人说过，各种死因中，就属被电死的人最冤枉，死状也最可怕。

这意味着：一个孩童刚刚被孕育，母亲已对孩童有了看法。

李健埋过他爸，也见他爸埋过他爷，在传统事项上，李健并不陌生。从昏迷中醒来的李健不得不面对夫人的丧事，他吩咐花朵：“治丧三天，两天打墓，一天过事。”他还对闻讯赶来的花朵的哥哥花海说：“打墓的事，只能托付给海兄你照看了……”这是李健老爷第一次跟挑粪人花海说话，还称了他一声“兄”，花海迫不及待地应承下了。

花海寻了李家的佃户们帮忙打墓，佃户们在东家他爹老东家坟墓脚下放好确定新穴位置和大小的标线，又撒石灰做出标记，要打左右连在一起的两孔墓出来。右侧的墓安葬东家夫人，左侧的墓在打好以后要用墓岔封起来，若东家百年之后，打开墓岔，可做夫妻合葬。为何不打出三孔墓，为东家的填房也留出位置？老爷过世后，小妾多有再嫁的，所以，不必预先留好墓穴。若再嫁了，是有别的计较。即便不再嫁的，待逝后，后人再打墓不迟。

花海照看打墓，是看佃户们有没有人偷懒，更是看墓打得够不够深，看墓眼的方位有没有对准一低一高的“案”和“朝”。“案”和“朝”是风水辞藻，“案”是案山，在西原指近前的土台或是土包；“朝”是指远处的群山，平原上，放眼一望几十上百里，远处某形状的某座高山可做朝山。人站墓口望案山、朝山，若“三点成一线”，则构成好墓穴的基本风水。当然了，还有青龙白虎水环绕等等，这个花海不懂，就连“案”和“朝”他也是听人说的。据说李家的墓地是李家祖上的布政使大人亲自选的，案山是一条土梁做“玉带”，朝山是南山群山中某形似官帽的山峰。花海说怪不得俺妹子人家家里过得好，原来是布政使爷爷选地方选得好。于是，他盯住看打墓的人们把“案”和“朝”对准了没有，花海道：“伙计们把这要对准，这对不准的话，把事就弄塌火了……”

李健把日子过倒糟了，来给李健夫人薛金枝吊丧的亲朋好友很少。李健有几个姑姑派自己的子女来象征性滴了几滴眼泪。李健的舅家人即是薛金枝的娘家人，自打多年前薛金枝给娘家人捎了那句仇家不仇家的口信，薛家与李家便不来往了。只有曾过继给薛金枝的侄儿薛言，头一天就过来吊丧，对着死后被暂时挪到炕上盖着被子的薛金枝哭了一场。

薛言已十八了，哭罢，他请花朵给她姑的尸身做梳妆打扮，为她姑穿上预备好的寿衣，又请牵牛搭手，两个小伙子把薛金枝入殓到了已放至堂屋的棺材里。花朵往尸身上盖上三层薄被，薛言从口袋里摸出一枚铜板塞在他姑嘴里做“口含钱”。尸首入殓好，把棺材盖盖上，薛言又招呼牵牛一起忙活，在棺材前布置出了灵堂，还在灵堂的地上铺了一层麦秸。一切停当后，薛言手牵穿好孝服的李天官，指着灵堂前的空处对他说：“好兄弟，你给你妈跪到这儿吧。”他自己先跪下了，李天官看薛言跪下了，四处张望了张望，也跪在了灵堂前的麦秸上。

亲朋好友虽来得少，但来了人吊了丧就得吃。花朵去往伙房蒸馍备着给来人吃，牵牛去给她帮忙烧火。打墓归来的花海第一时间先去李健处说了打墓的进度，也提一提今日他为这事出了多大的力。李健只是“哦”了一声再无言语。花海踅摸到伙房来，也不顾牵牛在旁，他对她妹子说：“这下好了，这下你就把李家的事拿住了！”

花朵只管忙自己手下的活。

花海又道：“你不要给俺轻狂！这下剩下的事你就听俺的，俺非把花蛾撬到这李家来不可！”

牵牛烧着火，看见花朵流出泪来。

花海又四处跑开了，他要好好看一看这李家的大院子，好好看一看大户人家的大世事。耳听得花海在远处跟人说话，牵牛不禁小声问花朵：“花朵姨，花蛾是你啥人？”

花朵说：“是俺侄女，”她下巴朝花海声音传来的方向努了一下，“是他女儿，十岁……”

牵牛问：“撬到这儿是啥意思？”

花朵闭目，用鼻子吸了一口气，又把气缓缓吐出来，她说：“俺哥想把俺侄女配给天官娃。”

牵牛张大嘴啊了一声，旋即用嘴吸一口气，使劲从鼻孔喷出两股气，喷得灶火里的火苗微微一晃。

花海又到灵堂前转悠，见只有薛言和李天官二人，他凑到李天官的耳边道：“公子，叔给你说个媳妇好不好？”

李天官口齿不清地说：“虎……虎……虎……”

花海又说：“叔屋里有个你妹妹，名字叫个蛾……花蛾……叔把她引来给俺公子当夫人好不好？”花海一脸渴盼，低头看着李天官。

然而李天官哪里知道他说的是什么呢。

跪在一旁的薛言嘟囔了一句："不是人！"

花海转头看向薛言，薛言却不看他，"不要在俺姑灵堂前胡言乱语……"

花海伸出指头指了薛言两指，薛言扭头背过他，这便看见牵牛从伙房走出来了，俩人目光对在了一起，牵牛先点了一下头，薛言见了，也点了一下头。薛言起身对花海说："来，你跟俺到门口来，俺给你说个话！"

薛言在前面走，花海在后面跟着，花海后面还跟着牵牛，再后面，李天官摇摇晃晃也跟了上来，跟着他们一起走出大门。

"猪狗不如！"薛言喊出这一声，转身一拳打到花海颈侧。

花海不曾防备，被打得朝右后退了两步，立定后，反应过来的他骂着："我把你个碎尿——"边骂边要向前扑，不及扑出，身后的牵牛跳起来踹踏到花海的膝窝里，薛言又一个勾拳勾到他下巴上。花海身子往后倒，横空出来个李天官张嘴咬到他右肘上。

一时间，花海脖疼、腿痛、下巴疼，倒在地上了还胳膊疼——李天官死死咬住他的胳膊不放，花海穿黑衣，李天官着孝服，白与黑交织，他倒地，李天官跟他倒地；他滚，李天官跟他滚。待花海滚不动了，薛言与牵牛上前来，对着花海连踢带踹，把他踢得哭爹喊娘——花海胳膊被咬掉了一块肉，衣裤被撕扯烂了。薛言从口袋掏出一把铜板撒在地上，说："看病加衣服，滚——"

对于有些人来说，钱是个好东西，花海咬牙忍住疼痛，跪在地上拾着铜板……

二十四

因共同对付花海产生交情，李家的丧事结束后，牵牛和薛言成了朋友。姚团长送夫人去省城都十天了还不见人，牵牛等他回来好向他告别，这一日，薛言来邀请牵牛到他在西原师范学校的寝所去玩耍。

三年前，薛言回到薛家。觊觎李家财物的祖父薛善人并不死心，一次次催促薛言再回李家，祖父道：“言娃你把爷的话听下，爷是过来人，人要干个啥事得好几辈辈人哩！你把李家的事弄到你手里，你脚下的路就宽了……”

薛言听得烦了，便出门散心，路过西原师范学校时，遇到一位先生正在教育一名学生，那先生云：“人要有独立之精神、独立之人格、独立之担当……”这话听在薛言耳里，印在了他心里。

于是，薛言一次次跑到西原师范学校听那先生说话。一回生，二回熟，三四回之后，那先生对薛言说：“我叫司平均，经我观察，你是个好同志。”

经司平均介绍，薛言到西原师范学校当了一名校工，负责上下课打铃、烧水、看大门。一干就是三年，这期间发生了很多事——比如说薛言跟着司平均为交农活动做了许多善后的事儿；又比如说民国十九年年馑，薛言参与组织了灾民自救队……

牵牛跟着薛言去西原师范学校，路上经过一个靶场，有士兵正在进行射击训练，过了靶场到了一处十字路口，一个女人站在路口，面前摆着一张简易桌子，桌子上摊着一张布，薛言把布拣起来抖了两抖，问女人：“今天的豆腐卖光了？”

女人说：“出摊时拿得少，卖光了！俺老汉已经回家去拿了。”

薛言说：“今天想割一斤豆腐。”

女人说：“那等俺老汉把豆腐拿来了俺去叫你。”

薛言说：“能行！好！”

再走了二三十步就到了西原师范学校大门，进了大门是个操场，操场边上开着一个小门，薛言指着小门对牵牛介绍：“刚才咱们进来的是前门，学生们上学、放学走前门，你看到的是后门，后门出去是个厕所，学生课间上厕所就走那门出入，我在学校里就是给人家看这两个门的。”这是自嘲自己的校工工作。笑罢，薛言顺嘴说了一句，“厕所过去有一条小路，顺小路一直往北走，能走到桥岭。”

学生们正在教室里上课，牵牛能听见有先生在讲课，也能听见有学生在读课文。

进大门右拐，是薛言的寝所，也是西原师范学校的灶房，是一个套间。外间是大间，盘着灶台，放着水瓮，薛言说这是给学校里的先生们烧水做饭的地方。里间稍微小些，放着一张单人床，一张用报纸糊着抽屉的旧课桌和一张方凳子。里间有个天窗，天窗外面是西原师范学校大门外的道路，天窗下的墙上钉着一个木楔子，木楔子上挂了几串辣子，辣子外面挂着一个旧书包，书包下面的地上堆放着米、面、萝卜、洋芋、红苕。里间显然是薛言晚上睡觉的地方，也是先生们堆放食物的储物间。

薛言介绍着西原师范学校里有多少人，都开什么课，体育课上先生教学生打什么拳，他旁听的英文课上“trees”是很多树的意思——薛言对牵牛说：“你说这外国人怪不怪，很多树咋能是锤子呢？树还能长到人裆里？”一边说着，薛言一边取了七八个红苕淘洗干净，架到锅里，在灶下生上火，蒸起红苕来。

蒸汽很快就从锅里冒出来了，薛言指着锅对牵牛说：“这是专门给你蒸的红苕，牵牛兄你一会儿吃了就知道了，俺们这里的红苕香得很，又甘又面。”

自己说了半天，见牵牛只听话不说话，薛言问：“对了，牵牛兄，你跟花朵姨家是啥亲戚？”

牵牛回答：“不是亲戚！”

薛言疑惑道：“不是亲戚？那俺姑殁了，你咋给花朵姨帮忙呢？”

“是张……姚先生叫我去帮忙打个下手。”牵牛继续回答。

“哦，住在我姑家的团长师部附员姚刚，最近桥岭上的红军叫姚刚头皮发麻哩……”薛言似乎更疑惑了，“你咋把他叫先生？”

近段时间相处以来，牵牛已不太想说姚团长什么话，他应付了一句：“是以前的事了。”

薛言叹了口气说:“他既是你的先生，这话不太好说。只能说，在姚团长眼里，穷汉人不是人，是生产资料！”

牵牛听不懂生产资料是啥意思，他只听懂薛言说姚团长把人不当人，他沉默着转头看向灶台。灶台里的柴火熊熊地燃烧着，红苕的香味已从锅里飘出来了。眼看红苕快要熟的时候，里间天窗外的道路上有人喊：“先生——”薛言头朝里间应了一声，“卖豆腐的把俺叫先生呢，俺哪里是什么先生！俺出去拿一下豆腐马上回来，”薛言指了指墙后，又对牵牛开玩笑，“牵牛兄你可不准偷吃热红苕哦，等下俺回来咱俩一起咥！”

牵牛坐在灶火前给火里添柴，一会儿工夫，外面传来一声闷闷的枪响，牵牛想起来时路上路过的靶场，自言自语说咋还在打靶呢？又过了一会儿，锅里的红苕熟了，牵牛揭开锅，满屋子里弥漫了红苕蜜糖般的香味。

拿着锅盖的牵牛听见一墙之隔的道路上多了许多马蹄声、脚步声，还有嘈杂的人声。从薛言寝所的门口望出去，西原师范学校里的先生学生们从教室里跑了出来，往大门外涌去，哄哄闹闹的人群里传来声音：“卫兵把人打死了！”

牵牛顾不得放下锅盖，走到里间寝舍，搬了方凳子放在天窗下，站在凳子上伸出头向外看——只见几十步开外的十字路口当中，薛言躺在地上，脑袋上往外涌着血……牵牛手中的锅盖“咣当”一声掉在地上了，有看热闹的人指住薛言说：“原来这小伙娃是个共产党！”

二十五

锁牢两手空空地回到家里，被枪托砸过的额角一跳一跳地疼着生出一个大脓包，锁牢咬着牙让狼女给他挤，狼女从脓包里挤出来很大一摊脓液。然而两天后，额角又鼓起更大的脓包来。锁牢呆在屋子里发冷，歇在太阳下发热；想到猛龙镇去割蒲草时走不动，想用刀子破开蒲草时手发抖。他只能强忍住喝了两大瓢热水，卧在炕上，在身上盖了被子，又在上面搭了一层一层的衣服，说要发出汗来，汗把身子里的毒气拔出来就好了。拔了一回不管用，拔两回还是不管用，越拔越重啦！

狼女挺着大肚子一步一步挪着下山到药铺里去为锁牢请先生，还没等请回来，狼女胎动，把娃生在药铺里了，是个男婴。还好是在药铺里，要是生在半路上，那想也不敢多想。

药铺里的先生高赛仙把狼女安顿住，按狼女说的路途登高走到锁牢家的草屋里来——锁牢已要昏迷过去了，他蜷在炕角打摆子，额角上的脓包明亮亮的，像个要煮熟了的鸡蛋。高赛仙紧忙生火，在开水锅里煮了一枚大钢针、一个弯头挖勺、一个铁盘子，又把纱布铰成粗细不同的纱条，放在锅里蒸。

高赛仙端着铁盘子盛着大钢针、弯勺和蒸好的纱布，把盘子放在炕沿的炕板上，伸手把锁牢从炕角搀出来，扶坐在炕沿上。接着将锁牢的手搭在自己的脊背上，让他的头靠在自己胸前。高赛仙一手扶着锁牢的头，一手拿起钢针对着锁牢额角的大脓包扎下去，脓液溅了出来，飞了有二尺远。先生一手用钢针别住扎开的疮口，一手衬着纱布缓缓在脓包上捏，直到把脓液捏净，从疮口里流出来血水。锁牢只觉得头一轻，高赛仙边换弯头挖勺边说："这就不敢挤嘛，越挤脓越往里头钻哩，要是钻到脑子里的话，谁把这都没治了。"

他说罢，锁牢只觉得头上的皮"咯吱咯吱"响，原来是高赛仙用弯头挖勺伸在瘪下去的脓疮里，转着圈子刮肉和皮之间坏死的腐肉，边刮边用纱布清理。挖光擦净，疮口里流出来的都是鲜红鲜红的血，高赛仙拿了一根细纱布条塞在伤口中——纱布条一头在疮口里，一头伸出半寸许，吊在外面，先生吩咐锁牢："这可不敢取嗷，要再溃了脓，是要用这纱条把它往出引呢！"他又开方子说，"最好是'何相公'煮水喝，把身体里的热气杀一杀，现在何相公难寻，我给你抓些'猪耳朵'，你煎了喝吧！"

高赛仙是个仁义先生，不光说病，连方子他都不捂着哩。完后，高赛仙去烧水，清洗器物，锁牢支撑着身体说："咋还叫先生你干这活哩……狼女——"

"你再不要喊叫，你媳妇到药铺里把顶门杠子都给你生下了！”先生一边说，一边给灶火里添柴。

“猪耳朵”是车前草，车前草叶片形似猪耳，故有此一称。车前草生在地面吸地气，有清热、消肿、解毒的功效。有道是：单方气死名医，草药能治大病。有了高赛仙先生开出的单方，喝了“猪耳朵”汤，锁牢的额角发痒，疮口愈合；再加上家中添丁后人心喜悦，锁牢的身体一天一天好起来。

自打棒槌瓮里的粮吃完以后瓮就空放着，前几年张先生不要锁牢送他的何首乌，锁牢便把何首乌带回家，放置棒槌瓮中，再在何首乌上盖了一些干南瓜蔓，把它隐藏了起来。要是高赛仙先生不提起“何相公”，锁牢都快把这事给忘了。

何首乌缘何叫“何相公”？据传有一何姓人，见深山中生长一草木，他吃菜常吃这草木叶，吃饭常用这草木根，何姓人长年龄，却不变老，活到八十了，头发乌黑，面目上仍是个青年相公的样子。人们惊奇，便把这草木依乌发之功效叫了何首乌，又依容颜永驻之功用唤作“何相公”。锁牢伸手到棒槌瓮里的南瓜蔓下去捞，捞到何首乌尚在，他便想起了当年自己必定要把何首乌送给张先生的心愿。

锁牢一边养病，一边伺候狼女坐月子，等感觉自己气力恢复，全身舒展开来；又等自家的娃娃过了百天，节气上已是阳春三月了。

三月一到，先是迎春花开，迎春花黄亮亮地生在崖上、石头上，笑眯眯地看着在崖下、石头边耕种劳作的人们。接着是山桃花开，山桃花开在石缝中，开在人家的院落后，娇羞地观察着人的生长及期盼。锁牢站在院里看见一只鸽子飞到院后的山桃花丛中，鸽子抖擞着翅膀，山桃花便摇摆了枝条。牵牛，牵牛咋还没回来呢？他一面想，一面回到屋子里对在炕上哄着娃娃的狼女说："咱儿就叫鸽吧，杨牵鸽！"

也只有迎春花和山桃花好好开了，后面的梨花、杏花、山丁子花都没有开好。一场春季里不该有的寒冷席卷了南山，冷风不知从哪儿来，脱下棉衣的人们再穿回棉衣也觉天气刺冷。待开未开的花骨朵在一夜间就被冻死八成，树木发出的饱满的绿芽子突然都被冻蔫了，手指头碰不到树上头，叶芽就纷纷滚落树下了。这不算完，老天爷转过身来，又安排日头爷加大干劲，把前面失去的热温补回来。热劲一来，人们脱下棉衣还不够，在原本要温和得多的天气里要起了精身子，人们心说着这天气恐怕过几天就正常了。然而过了三天不好，过了十天也不见好。锁牢去地里寻蒲草，新蒲草还没生出来，老蒲草干得发枯，一脚踩上去，蒲草们被脆生生地踩碎了，锁牢叹息："这是把草晒得连韧气也消了呀。"

坏天气到了四月间才缓过来。山间的草木没有发好芽子，就没有长好根子。原本在山里要啃树皮、吃树根、吃嫩芽的兔与鼠成群结队跑到麦地里，又是吃麦苗，又是啃麦根。在山上吃不到老鼠的游蛇一堆一堆迁徙到地埂上、地堰上。人不管兔和鼠吧，它们要把麦苗糟蹋完。人要去赶兔和鼠吧，地里全是蛇——长的、短的、壮的、细的，有黑的、有灰的，盘成一圈圈，堆成一堆堆，这爬虫令人惊惧！

鼠不断地涌来，蛇也不断地盘踞到麦田，人们是干急没法子，眼睁睁地看着麦地里的麦子被糟蹋得东少一块子，西少一片子。

一出错，全是错——寒冷的天气里鸟儿们错失了繁育的时机。没有鸟儿的啄食，虫卵得到了安静、完满的保留。河边、田边、山仡佬里的枯草在六月按捺不住地哺育出了数量惊人的蚂蚱。南山麦子比西原晚熟半月天气，在麦熟的季节，大半个南山地区的田地成了蚂蚱们的天下。蚂蚱里分了两类：一类是灰色的铁头蚂蚱，有一节指头长，长着巨大的牙齿，肌腱发达，跳得高、飞得快。它不光吃起麦来不要命，就是见了骡子，也要钻到骡子耳朵里咬上几口呢；另一类是绿色的长蚂蚱，大的有一拃长，小的也比食指长，它善飞，翅膀一扇，一飞两三丈，也善吃，盯住你一个东西往完吃。灰蚂蚱在前，绿蚂蚱在后，走到哪儿吃到哪儿，简直是把人吃害怕了。你就是双臂抡起来打蚂蚱，抡成一团花，除了把你自家的胳膊抡得疼以外，屁事顶不了。

麦子饱受煎熬，土地饱受煎熬。依靠土地生活的人更受煎熬。

地里打不出粮食，南山官产处征粮的事却搁不住，不论佃户向地主交租，还是个别自耕农直接向官产处交粮，往年的数目上是少收不成。为啥少收不成？兵员越来越多，局面上越来越复杂，少了粮，事夯不前去。不光不能少收，还要想办法多收哩。

锁牢到猛龙镇上寻活干，思量到猛龙镇官产处看有没有扛包之类的短工活计干一干，却遇见官产处有个叫刘军民的征粮官为了多收粮在拿着鞭子抽人。

被抽者呼号：“你把我打死我也交不上么！”

征粮官哼哼嘿嘿边抽人边说：“交不上你也得交！”

被抽者大哭：“我拿啥交？”

刘军民答："我管你拿啥交，我也是执行上面的任务哩，"边抽还边警示他人般说着，"打你还是轻的，你交不上粮把我的饭碗给我砸了，我真要你的命哩！"

锁牢一看，这里的活儿干不成，这是在人命堆里咂血喝。

回到家中，牵鸽从他妈的奶里咂不出东西，正在蹬着脚哭，嘴唇都要哭青了。锁牢走到后院里，四处打量，寻见一个老鼠窟窿，他用手刨，用脚踢，用木棍戳，硬从老鼠窟窿里刨出一堆草根和半把被老鼠咬得残缺不全的玉米。锁牢把这些物儿放到之前煎过"猪耳朵"的药锅罐子里，煎了半罐说黄不甚黄，说黑还有些灰的稀汤，交给狼女喂娃娃。喂着喂着，娃娃不哭了，等喂完，还剩一点儿，狼女把罐子递给锁牢让锁牢喝，锁牢把罐子推回去说："你喝，你喝着我给你说句话。"

狼女喝了一口，盯住锁牢。

锁牢说："咱们这儿现下活不成人了，"他看了要睡着的牵鸽一眼，"为了娃，咱们得走！"

"去哪儿？"狼女问。

锁牢眼睛朝屋顶看了一眼，说："牵牛还在西原，咱们先去把牵牛寻着。"

锁牢用一根绳子把何首乌系在自己后脊背，把衣服穿上，又把牵鸽抱在怀里，将襁褓拴在胸前的绳子上。

狼女细细地打量了才开启自己新生活的地方，她如今不得不离开这里了。三间茅草屋，两间屋子里有炕，地面上散落着一点点没用完的蒲草。一间伙房里盘着一眼小灶，唯一的家当是一个棒槌瓮。柴堆在小灶前，锅架在小灶上。如果再有东西的话，就是狼女自己背上背了个褡裢，里面塞了两个碗，锁牢说那是路上要饭用的，要了饭装到里面，吃着吃着就能走到西原。

离了家门，走上路之前，锁牢还引着狼女、抱着牵鸽去了父母和哥嫂的坟上一趟，他把坟上的草拔了，把柏树和松树上徒长的新枝折下来，护在坟头上。然后，锁牢在地上磕了个头，捏了一撮土塞到牵鸽的小手里，又捏着牵鸽的胳膊把土朝天一撒！亲人们，告别了！不得不！

二十六

这一路拖家带口到西原去，又与往日更不同。锁牢往日自己去，或上回与牵牛去，都是走官道。不想这一回官道上尽是要逃荒的人，每走一阵儿就见有人饿死路旁。这路上的人是把饭要光了，把道路两旁能吃的都吃净了。走官道艰难，难逃饿毙的命运，锁牢弃了官道，携妻儿只在小径上走，只在小河边行。他们在小径上吃草籽儿，在小河边吃小鱼虾，背上的褡裢休憩时给小牵鸽当被子用。

走了五六日，到了一处溪流边，要说这溪流也不大，顶大丈把宽，但是这处山势比较陡峭，溪流和山势叠加一起，有一种说不出的危险感。走在溪边路上，一会儿见水在面前开阔处平淌着缓缓流，一会儿又见水急切地从山的身子里钻出来迅猛地流。溪沿上的石头说是青石不是青石，说是料姜石不是料姜石，是灰颜色的石头，掂在手里不十分重。日渐晌午，人要吃东西了，锁牢把狼女和娃安顿在路旁，自己多走几步路，跑到前面去看在溪流里能弄些啥吃的。

锁牢刚要探下身子去溪水里摸，听得一阵“嘤嘤”的娃哭声，便朝狼女的方向竖起耳朵——不对，不是牵鸽在哭！他又仔细听了听，发现声音来自溪流在前方转弯的地方。

锁牢挽起裤子，贴着河沿的石头转过去，转了弯，躲在溪边石崖上的柳条后张望，一眼望见一头小花豹子，正爬在石壁上，朝石壁下的一个洞穴里瞅，娃哭声正是从石壁下的洞穴里发出来的。那豹子约莫尺半长，身上是铜钱般的斑纹，看样子是个刚刚开始学吃食的豹子。豹嘴里发出轻轻的哼声，前身压低，后腿蹬直，这是要有所动作？不好，豹子要吃娃！锁牢准备冲出去，又担心一旁暗藏大豹子，他折了一根柳条挥舞着大声呼喝起来。

小豹子被吓了一跳，沿着石壁跑跳起来，连着跳了几下，掉到了溪流里。它在惊慌失措中折腾了几下，朝着溪流的上游游去。游了数十丈，小豹子爬上了岸，钻进了溪流边的灌木林。过了一会儿，它又从灌木林里露出头来，俯在地上。

洞穴里的娃娃还在啼哭，锁牢等了一会儿，见没有大豹子出现，他鼓起勇气，顺着石壁攀爬过去，从洞穴口往里看——洞穴是个人字形的口儿，里面大，外面小，中午的阳光很好，刚好照到洞穴的底部。哪里有什么娃！只见洞底的浅水里卧着一个怪物，有一胳膊长，身上是黑色和灰色的斑纹，像鱼却长着腿，头跟身子一样粗。怪物嘴一张一合地发出声响，听起来像娃的哭声。锁牢用手中柳条去戳怪物，怪物挣扎着，只是不离开，锁牢再仔细一看，怪物的一只爪子夹到了石缝里。锁牢恍然大悟，怪不得豹子在这儿盯着——豹子是看这怪物在这儿被夹住了，想吃它呢。只是那豹子还小，不敢轻易钻到洞里来，刚才是在试探哩！锁牢心想，要是不管这物儿，这物儿迟早得被小豹子或大豹子吃了，它能发出人声，那它也是个灵物儿，救它吧！

锁牢跳进洞中，在水中摸了块下小上大的尖石塞到石缝里，再寻了一块掂起来很有分量的石头敲打尖石，打了七八下，石缝被打宽了。

那怪物得救了，它抽出爪子，尾巴一摆，朝着洞外的深水里游走了。

锁牢松了一口气，要扔掉手里重重的石头，却瞥见这石头在照进洞穴的阳光下闪光。锁牢撩水把石头洗了洗，搓了搓，这才看清，手里拿的是一个黄光灿烂，酷似狗头的金疙瘩。

锁牢回到石壁上，小豹子已不见了。他在溪里寻了几条泥鳅，折了些野芹菜，又用污泥把金疙瘩抹成黑泥疙瘩。

锁牢生起火，架上碗。把泥鳅加水熬好，让狼女喝了生奶。他自己把野芹菜嚼了，把黑疙瘩塞到了褡裢里。狼女笑说："你是南山人往出背石头哩。"

锁牢也笑了，反问："南山人不背石头背啥？"

快快吃罢东西，锁牢催促狼女赶路，说赶紧得走，这儿的山里有豹子呢。狼女问你见了吗？他点头说见了，见了个小豹子，娃都是他父他母引哩么，小豹子后头肯定得有大豹子。

紧走慢走，锁牢和狼女走了十一天才到西原，到后马上去姚团长处去寻牵牛。

作为"督粮官"，姚团长正头疼着。西原往年征粮难，今年更难。

往年已经公开枪决、击毙了多个组织佃户、自耕农开展拒绝交粮运动的地下组织，起到了一些效果。没想到今年地下组织更活跃了，发起了各种名目的农协会抵制交粮的运动，甚至袭击乡绅，联合佃户们对抗地主武装，分地主家的钱粮。他们一分，姚团长督促的地方征粮官便征不够粮了。父亲大人姚振邦中将已经亲自来电，把姚团长骂了个狗血喷头，说他胆敢完不成今年师属各部的粮食保障供应，以后能不能让他任实职团长就要重新做考量了。咋办，咋办？姚团长烦恼无比。这时，卫兵带着锁牢一家三口进来了。

还来不及说话，锁牢把褡裢扔在地上，褡裢里“咕噜咕噜”滚出一个石头，姚团长心想我如此烦恼，还有人背了石头到我这里来添堵，便要拍桌子骂人。

锁牢解开衣服，从背上取下了一直背在脊背上的何首乌，连绳子一起放在姚团长的桌子上。姚团长认得是往年见过的宝物，这心便一松泛，把要拍到桌上的手转而拿了何首乌，左右转动着看它，他笑一声道：“啊呀锁牢呀，这宝贝你还藏着呀！”

锁牢上前，帮忙把何首乌上的绳子解下来：“一直给先生存着，这次过来就给你拿过来了。”

姚团长指着锁牢道：“你是个仁厚的弟兄……好！那我成人之美，就收下了。”说完，姚团长起身走了几步，把羊头大的何首乌放在屋内靠墙壁的博古架上。

放好，姚团长转身回来，一脚绊在方才从褡裢里滚出的石头上。姚团长踢了石头两脚，石头上的泥被踢掉了一块，他惊异地拿起石头看了看，转而又抱着它到屋门后的脸盘架子旁，就着脸盘里的清水把石头洗干净，石头露出了金灿灿的颜色。姚团长端详了石头片刻，又扭头看了看锁牢的表情，自言自语道：“哦，这是个铜矿石！”接下来抱着石头开门见山问锁牢，“锁牢，你能不能把你这块铜矿石送给我？”

锁牢嘴张了几下，姚团长上前一步，指着石头对锁牢说：“我要它有紧要用处……勘矿做比照用。”

听他这么恳切，锁牢只得点头说：“好……好……”

姚团长紧忙将“铜矿石”抱了要进里屋，犹豫了一下，他又把博古架上的何首乌拿下来和“铜矿石”抱在一起，扭头对锁牢说：“你给我这何首乌，我可得好好保存起来。”说罢，转身进屋，将何首乌丢在里屋的桌子上，仔细将硕大无朋的“铜矿石”锁进了柜子，这才上下整理了衣服，从容地踱步出来。

“这是弟妹和娃吧？”姚团长看着狼女和牵鸽，向锁牢寒暄。

“是的，这是我娃和娃他妈。”锁牢答。

姚团长的目光又四处搜寻了一圈，问出一句话来。这句话，把大家都吓住了！

二十七

姚团长问："这一回，牵牛咋没跟着来？"

姚团长的眼神不像是在说笑，大家都被这句话吓唬住了。

锁牢忙问："牵牛不是一直在你这儿么？"

"啥？不可能吧？去年你刚走，我这里房东夫人去世了，牵牛给房东帮忙，我去省城办了个事，等我回来他就不见了，我以为他回南山了！"姚团长说道。

狼女在一旁插话："一直没见人么，我们在家里一直等他回来呢，就没见回去么。"

姚团长问："那是不是直接到学堂上学去了？"

锁牢摇头，说："不可能，就算他回去上学去了，今年遭了灾，学堂早关门了呀！"

几人猜测许久，说东不对，西不对，狼女哭腔出来了，说："哎呀，完了，牵牛娃可能叫人暗害了——"

锁牢喝一声："不可能！"

姚团长也说不可能，说牵牛是上过学堂的人，不可能轻易叫人害了，也不可能真叫人害了连个尸首都没见。

眼看天要晚了，姚团长没有问灾遭的咋样，更没有问锁牢在哪儿住，在哪儿吃，只说了一句："我晚上还有个重要的会见，牵牛的事你们去找着，我也四处打听着。打听到了消息，我想办法给你回话。"

锁牢一家人从第四院里出来，路过第三院，卫兵们正在吃饭，吃的是宽面，面上浇着青辣子和洋柿子炒好的臊子。他们没有停，快走出院子的时候，花朵从她屋里出来，给锁牢手里塞了一包馍，往狼女手里塞了三个鸡蛋。

薛金枝死亡日期对姚婷婷的影响还在。姚婷婷不是个基督徒，但是随着临产日子越来越近，眼看要生了，她这几天都去西原教堂里做祷告，她说主啊爸爸啊，求求你不要让我生个祸害！主啊爸爸啊，求求不要让我生个女孩！主啊爸爸啊，求求你不要让我生个女祸害！锁牢他们去找姚团长的时候，姚婷婷正在教堂里祷告。祷告完后，教堂里的洋神父请姚婷婷在教堂里用了晚餐，吃的是面包片，在面包片上抹了黄油，还吃了几根莴苣菜。

锁牢一走，姚团长马上到里间把"铜矿石"从柜子里抱出来，用小刀轻轻刮了些粉末下来，即刻安排卫兵通知工兵拿粉末去做化验，务必尽快出结果。

姚婷婷吃罢晚餐回到李家大院时，矿石的化验结果已经出来了——系纯度 92% 或称 22K 的黄金粉末，也就是说，那个"铜矿石”是一块名副其实的“狗头金”。

姚婷婷见姚团长正在看“狗头金”，便问：“你在看什么？”

姚团长不回答夫人的问题，他指着“狗头金”问姚婷婷：“你猜这是啥？”

姚婷婷看看，摇摇头。

姚团长一字一顿地答：“这是一个天然生成的国军将军位……”

姚婷婷不解，突然她觉得肚中胎动，便到卧房自顾自地去睡了。

姚团长独自坐在台灯下盯着“狗头金”。他心想，上面骂他督粮不力，却不料老天爷送了他这么一个只在古书上存在过的宝贝，谅他天下就没有第二个人再拿得出来！这宝贝要是拿去打点门路，那还不得想啥来啥？他又琢磨良久，想着想着，台灯灯泡发出的光散漫了起来，姚团长看见狗头金旁边的何首乌左右扭动着，扭一扭，再扭一扭，从何首乌里先伸出一只小脚，再伸出一只小脚，不大功夫，那块羊头大的何首乌变成了一个女童，女童头上扎着红头绳，手腕上戴着小铃铛，生着一嘴碎玉般的小牙齿，女童在桌上跑到他面前，挽了他的脖子叫了一声：“爸爸。”

姚团长刚要答应，女童跳下桌子，朝里间卧房跑去，姚团长起身去追女童，走至门口，便听得卧房里夫人姚婷婷呻吟着叫他的名字，说肚子疼。

姚团长立即唤卫兵找接生婆。接生婆是数月前就找好的，早已备好了接生物品日夜在李家大院候命。接生婆当下进了卧房为姚婷婷接生，姚团长贴耳在卧房门上听。过了半个多时辰，听得一声婴儿啼哭，接生婆从卧房出来了，对门口的姚团长道：“长官，夫人生了！是个千金！”

姚团长诧异,忙向桌上看去,台灯下只有金灿灿的“狗头金”,不见了羊头大的何首乌。姚团长把“狗头金”抱到柜子里锁好，翻箱倒柜地找起了那一大块何首乌，却怎么也找不到。他甚至在博古架上望了三回，把装“狗头金”的柜子再打开看了两回，把接生婆的衣服掀起来都看到那老妪的肚皮了，还是没有找到何首乌！它飞了不成？怪哉！怪哉！或者它真化作了……

真是稀罕事！

二十八

杨牵牛是到西原和北地之间的山岭上当了红军了。

那日，薛言请牵牛在西原师范学校他寝所里吃红苕，红苕没吃到嘴里，薛言让人打死在西原师范学校门前的十字路口了。牵牛站在凳子上向外看，看见姚团长手持马鞭骑在高头大马上，身后带着一队卫兵，雄赳赳、气昂昂地杵在被打死的薛言身前，抑扬顿挫地对着人群发表言论："国际风云汹涌，我中华大国必将战胜万难，开天下太平。然每有鼠辈，屡屡纠集刁民公然犯上，为祸地方乡绅，为害一方秩序，置吾国大计于不顾。此贼薛言狡猾无耻，藏匿在这文明殿堂，近来借参加丧事之机潜入李家大院，图谋为害乡绅李健，狡猾薛言岂是吾辈敌手，此贼行迹被吾等察觉，追索至此。今日正法该匪人，以儆效尤！以正视听！"

薛言的血流了一地。

听着姚团长的演说，有人小声问："这就是带佃户把董善人家的粮分了的那个共产党吗？”

人不回答，有个汉子抢着说：“这屃不光分董善人家的粮，这屃是薛善人的孙子，办灾民自救队的时候，他连他爷的粮都分哩……”

那个说话的汉子是花海，牵牛这才察觉，方才在窗外喊“先生——”的不是十字路口卖豆腐的女人的声音，而是花海的声音。

是花海为报复薛言和牵牛打他而诬告了他吗？这已不重要了，姚团长和花海同谋杀害了薛言是事实！

仅剩的与姚团长做个告别的想法在牵牛心里消失了。

牵牛从凳子上下来，从木楔上取下薛言的旧书包，把锅里的红苕全装了进去。他穿过操场，走出后门，顺着道路径自往桥岭走去。

牵牛马上十五岁，天资聪颖，几日里已看到姚团长不再是往日的张先生，那一刻看得更明白了——姚团长只关心《满江红》气势浩大，并不关心岳飞是在杀敌后才有的大心胸，也不关心老秀才祖父、马车店掌柜哥哥死活；姚团长在乎自己更名失去脸面，并不关注锁牢咋走上了卖草鞋的路；姚团长觉得自己为李家拉电拉灯做好事，并不承认电把人电死的事实……

从姚团长激昂的言论里更能听出，姚团长只在乎自己能不能当好“督粮官”，而不管你“刁民”能不能吃上饭。你只要敢为“刁民”讨生路，他姚团长就要恨你入骨，贬你作匪作鼠。

尽管你薛言只是去吊唁你姑姑，但你似乎破坏了人家的国际好风云哩！好吧，牵牛知道薛言说的生产资料是啥意思了，说人是生产资料指的是——姚团长要你当他的奴仆，你种粮你自己不要吃，只要他吃，好叫他当官，好叫他开天下太平！

这是作恶！

站在凳子上的一刻，牵牛更明白了，世上不仅有一个姚团长！还有很多这样那样的团长！这样那样的团长一起制订了莫名其妙的规则。姚团长作恶，这规则更作恶，是这规则连接了地主与军阀、官僚；是这规则把人分成了高与低、贵与贱；是这规则致祖父、祖母、父亲、母亲于死地；是这规则致叔父、婶婶勤勤恳恳也吃不上饭；是这规则致自己是个没有土地、甚至没有资格当佃户的人……

韩木犊说了，红军是穷人们的保护神；薛言说了，桥岭上就有红军让姚团长头皮发麻哩！既然姚团长们代表了恶，那么站在他对面会是善。牵牛一步一步向北而去，他不回南山了，他要即刻就当红军。

读书且放下吧，不能读书读得像姚团长这样，让人生出一身鸡皮疙瘩！未告知叔父？且放下吧，我杨牵牛要和我的学长们一样，行动起来为叔父们谋生路。好日子来时，我们自会相见！

在西原北部和北地的西南角交界处，又见一群山峦连着另一群山峦，绕开北地地区的川道斜向北方延续。这些山峦连成一道山岭，南北绵延上百里乃至几百里长。这山岭便是桥岭。上古年间有一轩辕圣人在桥岭北端山岭中辛劳耕作，便有了后世数千年中华故事。

桥岭在北地地区西南侧探出一角，在这一角两旁的台塬下，川道、谷沟里有着零零散散的人家。深秋季节，地里种着的玉米早已经收了，有人在地里抱着玉米秆儿，恐怕是要抱回家当柴烧，也可能是要铡成短节儿，拌上麸子，喂养牛马。走了快一百里路，走到此处的牵牛上前问路：“劳驾，请问红军在哪儿？我要去当红军！”

牵牛连问了几个人，人们都扔下玉米秆儿跑了。直到遇见一个放羊的男童，男童拿着玉米秆儿在嘴里咀嚼，想咂里面的汁水。玉米秆儿已快干了，怎么咂得出？牵牛从书包里摸出一个红苕递给男童，男童咬了一口，对牵牛说：“你刚在那边问人的话我都听着了……”他又咬了一口红苕，手指头指向台塬后的一座山岭。

桥岭里的这处山岭有个名字：虎尾巴梁。形容山势是个虎尾巴的样子——前面粗，后面细，末端还有短短一簇密密麻麻的虎毛，是山腰和山脚之间方圆数十里的树林，树林里有各种各样的树，有松树、柏树、桐树、楸树、槐树、椿树、榆树、柳树、桑树、橡树、白杨树、青杨树、青桐树、皂角树、核桃树……红红的枫树长在山边，黄黄的树叶落满了林中道路，松鼠们在树上窜来窜去找果子吃，牵牛在树林中转着圈子找红军。

红军在哪儿呢？红军在哪儿呢？

牵牛找了一天找不到，夜宿山林继续找，两天还是找不到，第三天开始，牵牛顺着交错在林间的小径走，每隔一段时间就喊一声：“我是薛言的朋友，我要当红军！”树林里静悄悄的，似乎连一个人也没有。书包里的红苕慢慢吃完了，牵牛在核桃树下和松鼠争抢埋在树叶里的干核桃。干核桃也要找光了，仍旧不见有什么人影。牵牛站在山间一块大石头上思忖自己是不是没有走到男童指的方向上，他边思忖边在石头上来回走，不想一脚踩了个空，从石头上摔下去，连着摔了几个跟头，头磕到一棵桐树上，晕了过去。

牵牛醒来后，发现自己已不在树林了，他身处的地方是个两三人高的石洞。

见牵牛醒来了，一个戴着眼镜、穿着破布衫、梳着分头的青年人弯腰递给他一碗水，看着他把水喝了，青年人说：“我也是薛言的朋友，我叫司平均。”

这是薛言死后多日来第一次有人跟牵牛提起薛言，牵牛的眼泪忍不住地掉下来，道：“薛言叫人打死了……”

“薛言同志牺牲的消息我们已经知道了，我们都很痛心。”司平均站起来，指着身后说。

顺着他的指头，牵牛看到石洞中忙碌着一群同自己一样破衣烂衫的人。说是要饭的吧，手里不见抱碗，也不见身后拖枣杆；说不是要饭的吧，他们一个个面黄肌瘦，穿着单衣打着精脚片。

司平均继续向牵牛说：“我们的队员看你在树林子里转了好几天了，我本来想今天就去接你，没想到差了一步，就看见你从石头上摔下来了……伤势应该问题不大……”

牵牛止住泪，问：“你们……是红军？”

司平均点了点头，又道：“严格来说我们是游击队，不过也属于红军武装。”

这话当然听不懂，只知道他们确系红军。牵牛看着司平均，看着石洞里这些人，这和他想象的不一样。姚团长们骑着马，穿着靴子，军衣笔挺，腰里扎着牛皮腰带。他原以为红军也应该如姚团长们一样，没想到，红军是和自己差不多一样的人。司平均又道："薛言同志遇害后，我们的同志已经把他的遗体抢运回来下葬了，就在山后山坡上，以后路过会看见。"

牵牛泪又流出来了，说："都怪我，都是我把薛言害了，必定是因为我和薛言把花海打了一顿，花海报复……"

司平均举手示意牵牛先别说话，然后为牵牛还原了事情的真相。

自打薛言认识了司平均，司平均介绍薛言化名为郭军到西原师范学校当校工，不久，司平均发展郭军成为地下党员。一年多以前，司平均在西原师范学校悄悄开展学生运动，被西原顽固势力代表西原商会会长冉鸿运察觉，经西原党委研究，派司平均同志赴老虎尾巴梁展开工农武装工作，配合上级组织建立老虎尾巴梁游击队，转由郭军同志以更隐秘的方式开展学运工作，并与进步学生共同组织开展农民运动。

为了切断帝国主义国家、军阀、官僚剥削农民的纽带，铲除依附顽固势力吞食人民劳动成果的帮凶，消灭恶霸地主势在必行。地下党员薛言的确化名郭军秘密组织灾民自救队消灭了董善人——董霸的私人武装，分了董霸的粮食与田地，这是因为恶贯满盈的董霸甘当军阀、官僚走狗，欺凌佃户、霸占人妻、一亩地收租近七成……但薛言还没有针对薛善人开展过工作，只在一次回家时，劝解祖父薛善人说新时代即将到来，留些田地够自家耕种即可，应将田地分给佃户，让佃户们先当上自耕农，再慢慢自己当家做主。

祖父薛善人大怒，站在院子里骂薛言是个败家子，说薛言一看就像闲得没事组织灾民自救队的瞎瞎种儿。挑粪人花海对李健、薛金枝家的家事尤为关注，他在一次挑粪卖给薛家时，听薛家的帮工说了这件事。但从帮工嘴里说出来这话就变了味，帮工说："薛言就是组织灾民自救队的共产党，连他爷的粮都要分呢！"这是没有真凭实据的事儿，花海当时也只当个笑话听。

薛言和牵牛在李家大院大门外打了花海以后，花海怀恨在心，跟踪了薛言，伺机要报复他。本只是想打薛言几拳，踢薛言几脚，但无意中被他看到西原师范学校的学生们叫薛言做郭先生，学校的先生叫薛言做郭军，这让他回想起之前帮工的言语。接下来的几天，花海以挑粪人身份做伪装，继续跟踪薛言，发现薛言在秘密开展着学生运动、农民运动，系共产党无疑。

于是，花海候在李家大院门口，在姚团长从省城回来的第一时间，也即薛言请牵牛出门后不久，他以二十个大洋的价格把薛言出卖了。花海还为姚团长公开击毙薛言当了喊话的"掮客"，并为举证薛言是地下党当了证人。

听完，牵牛问司平均："你咋知道这事的？"

司平均指着牵牛的腿，这是在问牵牛能挣扎着起来不能。

牵牛手撑着地慢慢站了起来，司平均扶着牵牛走出石洞，牵牛看见花海被绑在石洞前的木桩上，嘴里塞着"封口布"，他应当是被游击队员下山抓回来的，司平均说的情况应由审讯他而得知。牵牛回头张望，看见石洞洞侧放着一柄鬼头刀，牵牛侧身问司平均："司平均同志，除了了解完的情况以外，还有啥话要问这个狗贼吗？"

司平均摇摇头。

牵牛推开司平均扶自己的手，一瘸一拐走着，掂了鬼头刀在手。“我不知道当红军用不用立‘投名状’。”面容坚毅了的牵牛一边向司平均说着，一边提着鬼头刀走向花海。突然，只见牵牛目光如炬、剑眉倒竖，向瑟瑟发抖的花海大声喝出：“而今我杨牵牛立誓除恶人——”

话未落，鬼头刀到处，恶棍花海人头落地。

二十九

很快，姚团长为女儿取名阿慧。

听到婴儿第一声哭，姚婷婷顾不得疼痛，马上问接生婆：“男还是女？”当听到“女”的回复时，姚婷婷大叫一声昏了过去。醒来后，姚婷婷不仅不抱这个孩子，连看也不想看，她认定这个女儿系薛金枝冤魂转世无疑。姚团长向她说了他的何首乌奇遇，姚婷婷不信，她说：“我没见什么何首乌，我只看见你抱着你的国军将军位位。”

姚团长说得次数多了，姚婷婷说：“罢！罢！罢！即使有个什么何首乌，更吓死人了，神不神鬼不鬼的，是啥？怪物啊！”

喂奶更不提了，要不是因为奶水胀得厉害，姚婷婷连把奶水挤在碗里的事儿也不干。寻奶娘一时间不好寻，姚团长不得不把女儿托付给花朵，养在花朵屋里。每日姚婷婷挤奶他自盯在一旁，生怕姚婷婷挤出奶倒掉了孩子喝不上，一旦挤满一碗，姚团长就端出去交给花朵，让花朵用银质调羹、玻璃奶瓶喂养孩子。

奇妙的经历却让姚团长自己更多地关注了阿慧，每日要三四次地去看她，抠一抠她的脚丫，亲一亲她的小手，问问花朵娃娃吃得怎么样，睡得怎么样。在姚婷婷挤不出奶水以后，姚团长拉来了奶牛、奶羊，甚至在省城里买了罕见的奶粉交由花朵哺育阿慧。

姚婷婷以往常到花朵的屋里看她做布老虎，跟她聊天。自打阿慧交由花朵喂养后，姚婷婷再也不到花朵屋里去了，她心理上拒绝承认阿慧是她产下的胎儿。她表现得就像一只老虎，姚团长提起阿慧她就要咆哮，咆哮着告诫姚团长不准阿慧姓姚，姓姚的家里容不下什么精灵古怪。

花朵像个真正的母亲一样，拥抱着阿慧，关爱着阿慧。如果说布老虎给了花朵生存的寄托，抚养阿慧则带给了她心灵上的安慰。布老虎没有生命，无论你摸它多久，它只是一动不动呆在那里，布料上可能会残留些许人的体温，可一放下，瞬时又化作冰凉。阿慧不一样，第一天见到她时，她只不过是个比老鼠大不了多少的幼小生物，通体灰褐，眼、鼻、口、耳皱皱巴巴地拧巴在一起，当花朵把奶嘴伸到她嘴边，她马上噙了奶嘴吃奶，这一生灵脉动，让花朵热泪盈眶。第二天，花朵一抱阿慧，阿慧便紧紧贴在她身上，花朵的心要融化了。第三天，第四天，第五天……花朵看着娃娃眨眼睛、打哈欠、吃手指……每一天都有不同，每一天都让花朵期待阿慧生出新的技能，带来新的惊喜。花朵每每凝视阿慧，全身上下便散发出母性之美。

这一日清晨，阿慧轻蹬小腿，发出了她人生的第一声笑声。一束阳光越过屋檐照进花朵的屋里，光束里，小小的微尘在跳动。

花朵坐在炕边，爱怜地看着会笑的阿慧，阳光落在了花朵的脸上，照得她脸蛋上的绒毛生出一抹光晕。

这一幕，让进门来送新奶瓶的姚团长惊呆了，他情不自禁地走到花朵身边，在她的脸上亲了一口。花朵没有惊慌，她的脸蛋微微发红了，胸腔轻轻起伏着。花朵看着姚团长的眼睛，姚团长也看着花朵的眼睛，光束里的微尘快速跳动了起来。也不知过了多久，似乎时间很长，小阿慧发出一声呓语，花朵忙从姚团长的手里接过新奶瓶，转身去清洗这个哺育工具了。

姚团长心神不定，匆匆在小阿慧脚边摸了几下便出门回屋，路过李健住的屋子时，姚团长听见财东李健在猛烈地咳嗽：“咳——咳——咳——”

民国二十二年初，中将副总指挥姚振邦的专车队伍来到西原，西原剿共大队总司令杨名山奔前奔后伺候着。姚振邦在肯定了杨名山所做的剿共工作的同时，希望他能够大力打击活跃在老虎尾巴梁一带的赤匪队伍。杨名山司令在做出保证的同时，提出剿共队伍经费不足。

姚振邦说：“你个死脑筋，你不会让乡绅们组建民团吗？羊毛出在羊身上，羊儿还不是自己去吃草？民团打赤匪天经地义嘛！”

忙完公事，姚振邦吩咐杨名山帮忙安排一场家宴，他要和自己的家人叙一叙。

姚婷婷不得不抱了阿慧去西原“省爻斋”大酒楼去见自己的父亲，姚振邦中将看了一眼阿慧，说了一句几乎一锤定音的话，他说：“这女娃长得不像我们婷婷，不像我们姚家人。”

姚婷婷白了姚团长一眼。

在“省爻斋”大酒楼最大的雅间里，坐在琳琅满目的美食前，一开局，陪同姚振邦做家宴后勤保障工作的杨名山便频频敬起酒来。

姚团长借口上厕所出了“省爻斋”大酒楼，叫卫兵以最快的速度驱车回了李家大院。再回到大酒楼时，杨名山的酒还在敬，姚团长对杨名山客气道：“名山兄好酒量！”杨名山听出话里有话，这是姚团长在嫌他碍事，便道：“今天难得姚大人与民同乐，杨某实在三生有幸，便要好好敬敬大人及姚兄！”说罢自己持酒壶当酒盅，给姚振邦敬了一回，然后照例又敬了姚团长一回，最后自觉地说自己酒量不济不敢再喝了，他到楼下去等着，专候姚大人慢慢用膳。

待杨名山退出后，姚团长对姚婷婷道：“我与父亲有话要说……”

姚婷婷抱着孩子去了别处雅间。

姚团长在桌上清理出位置，从身后掏出一个大檀木盒子，摆在姚振邦面前，姚振邦看他：“这是何意？”

姚团长打开盒子道：“父亲请看！”

姚振邦站起来，看见盒子里赫然放着一个硕大的“狗头金”，他看了又看，问：“验过了吗？”

“验过了，22K，”姚团长把“狗头金”从盒子里抱出来，递给姚振邦，“天然生成，足足重十五斤四两七钱。”

姚振邦掂了掂“狗头金”，继而看着姚团长。

“父亲把此物送至南京方面，或贡钧座，或贡宋部长……”姚团长轻声说。

见父亲大人会意，姚团长把“狗头金”装回檀木盒子盖上。姚振邦大声传唤雅间外立着的内哨卫兵，卫兵推门跑步进来，立正敬礼。中将大人下命令：“把狗日的杨名山给我叫上来，今日姚某父子二人要与他大战三百回合！”

其实这是姚团长等不及了。把那枚“狗头金”送谁，他已思考甚久了，他本打算是寻觅机会直接以学生的名义孝敬校长的，然而身边事务繁杂，脱不得身，一时近不得身，又见姚振邦颇有轻视自家之意，一时兴起，便为姚振邦做起成人之美之事来。

酒毕饭饱，杨名山喝得酩酊大醉，一个劲儿说姚大人英明，姚振邦越发要英明起来，在“省爻斋”大酒楼外，杨名山指着酒楼招牌道：“‘省爻斋’三字，妙！省是省悟，爻是阴爻阳爻。爻之变化，乃世间万物之变化。这地方是省悟人世变化的地方，妙啊妙！不易啊不易！”

回到李家大院，姚婷婷第一时间把阿慧交给了花朵。进到屋来，姚婷婷对姚团长道：“父亲也说那妖孽不是姚家人！”

姚团长不接她的话，只道：“我为姚家付出了代价啊，我硬是把我自己一个中将的位位变成了一个少将的位位了！”

果不其然，五十五天以后，去了南京一趟的副总指挥姚振邦调离本省，任华中某大都城卫戍总司令。在总司令大人及相关方面人物的共同运作下，民国二十二年秋，姚刚所在的国民革命军旅级部队改番号为新编师级部队，国民革命军姚刚升任新编少将师长，新编部队从本省移防豫地。

秋天的叶子从天空中悠悠地落了下来，落在李家大院门前的一辆黑色轿车上，卫兵们提着行礼列队送别姚师长。一名卫兵抱着十三个月大的阿慧。姚婷婷与花朵拥抱作别。姚婷婷亦建议姚师长以此国际性礼节与花朵说再见。姚师长身上将军呢挺括，衣上的铜扣饱满有光泽，它们凸显着主人的华贵，暴露着主人的雄心壮志。

可能，花朵期待着姚师长能抱她一下。

“李夫人，辛苦了！”少将师长姚刚没有听夫人姚婷婷的建议，这也是他第一次称呼花朵为李夫人。他与听到“李夫人”三字时有些惊慌的花朵握手，边握手，边指了卫兵手里的阿慧说：“阿慧暂时继续跟着李夫人，等我们在豫地安排妥善，即派员来接阿慧。”

花朵轻咬嘴唇点头，点一下，又点了两下。

太阳要下山了，姚师长红领章上的一颗三角将星被夕阳照射成金红色，一片叶子从他眼前飘过。姚师长一巴掌拍落了叶子。

一名卫兵跑步打开黑色轿车的车门，手护住车顶，姚师长一侧身上了车。卫兵轻轻把门关上，退后一步走，向右转，向开车的通勤兵打手势示意前进。收罢手势，卫兵向后转，跑六步，立定，向右半边转，向着屁股上冒着烟缓缓驶离李家大院的黑色轿车敬礼。

讨账的人在姚师长及卫士班撤离李家大院的第二天就陆续上门了。连年收租不抵赋税，再加之吸食鸦片烟，李健已把李家所有的家当败完了，他还欠下了债务。

在没有钱可讨的情况下，来得还算早的讨账的人们拿走了李家祖辈传下来的字画、瓷器、玉石、古床、家具，甚至搬走了装着衣物的柜子。来得晚的人没有有价值的东西可拿，便打死了狗吃肉，挖走了院里的果树移栽，端走了锅，提走了盆，就连放在墙角罐子里的小半罐煤油也被人们拎走了。

背上了债的人是背上了墓碑。

李健一纸文书将容身的院子卖给了与他称兄道弟过的冉增娃，用换来不多的钱还了实在撑不过去的账，最后还剩下一点儿，全被他用来买了鸦片烟。在冉增娃上门收房之前，李健日夜不停地抽鸦片烟，终于在一个人们还在睡梦中的清晨放声痛哭。哭完后，李健起身，连滚带爬地走了几十里路到泾水边，投了水把自己淹死了。他的尸首顺着流动的泾水漂走了。

西原上大名鼎鼎的财东李健尸骨无存，就此消失。如果人能预料到后面的事，想来花海也不会在盯着佃户给薛金枝打墓的时候连着打左右两孔墓了。当然了，没有那么多如果，花海连自己的如果都预料不到。

李家大院的买主冉增娃马不停蹄地逼走了花朵。到李家十多年，活成一场空，李健投泾水，或许花朵会想投渭水吧？但是投不成啊！花朵怀里抱着幼小的阿慧，身后跟着眼看就要十八岁、智力却相当于五六岁孩童的李天官！

一饮一啄，莫非前定。花朵叫天天不应，叫地地不灵，她在李家大院三里外的尼姑庵前叹息时，庵里转出来一个尼姑，指着李天官问："这是李善人的娃吧？"

花朵叹息着点头，尼姑伸出手，说："进来吧，外面凉。"

待进庵坐定，尼姑对花朵说："因果不昧啊！当年李善人来贫僧处求子，贫僧送他八个字‘诸恶莫作，众善奉行’，不想他行善不足作恶有余，将好时辰化作阿鼻地狱。”

说罢，尼姑又送花朵四个字：“善己爱人！”

这一句方便法门说在绝境处，花朵即刻领受了它的妙用，当下自作坚强，暂在尼姑庵里安顿下来。

三十

民国二十三年辰月望日，在北地，军台岭乡护军堡村村前的慢上坡上，普通农民王捉住的架子车上套着的牛失了前蹄，牛跪在地上要起起不来，后面的架子车上拉着一车子土，王捉住手把住架子车辕进退两难。眼看架子车要扶不住了，从路边草窝里跑出一男一女两个人，男人在前一手扶牛头，一手拽住牛鼻圈要把牛扶起来；女人在后两手把住架子车帮，用肩顶住车帮上的挡板鼓劲推车。女人一推，牛身受的负重轻了几分，再经男人一扶，牛挣扎着站起来了。

男女二人护送着王捉住拉土上坡，到了坡顶，王捉住缓缓抬起车辕，直起身子，把架子车停住，长长地叹了一声。

这一双男女脸生，身上衣衫破烂，女人转头跑回刚搭手的地方了。“还是个牛娃子，腿软，”王捉住示意着面前的牛，对也要抬脚到坡下去的男人说，“刚才多亏了你俩。”

男人回说："这一车子土也不轻。"说完拍了拍手，迈步走了。

接下来的几天，王捉住见到帮忙推车的一男一女在村里要饭，女人的怀中还抱着一个小娃，思谋了思谋，他到家里拿了两个馍出来寻见要饭的一家人，将馍塞到男人怀里，下巴努了一下女人怀里的小娃问男人："娃多大了？"

村中厚厚的土城墙上长着一簇山桃树，开了山桃花，男人看了一眼山桃花，回道："两岁吧！我娃百天的时候我家院后桃花开，去年在西原也见到桃花开，今年这桃花又开了，我娃应该是两岁了。"

男人、女人和两岁的娃正是锁牢、狼女和他们的孩子牵鸽。他们四处寻找牵牛已两年了，先是在西原找，找遍了西原的每一个街道、每一处村落，都没有找到牵牛。等着看姚团长是否有牵牛的口信也没等到，去年冬天再去寻姚团长，李家大院已换了人。锁牢一家又顺西原一路向北走了二百多里路寻到北地来，在北地地区边要饭，边打问牵牛的下落。

"哪儿人？"王捉住问。

锁牢断断续续说："从南山来，寻人，我侄儿……应该马上十八了……"他把他的目的也说了，这是不放过任何打问牵牛消息的可能。

"听你刚那口气，出门两年了？"王捉住猜测。

锁牢点头："两年了，边要饭，边寻我侄儿。"

王捉住继续问："打算在北地寻多久？"

"按在西原花的时间看，在这儿少说也得半年一年……"锁牢答。

王捉住"哦"了一声，招手道："你来，跟我来。"说着，王捉住把锁牢一家引到一处地方。

只见南北方向上有一道高高的土城墙，一条天然生成的土崖东西走向顶在土城墙的半中央，土崖下有一排土窑洞。

“你看，前面这四个窑是我的，是我家。我就住在第二个窑里，第三个窑是我儿住的，第四个里育牛做饭权当是个灶房加饲养室，”王捉住指着靠近土城墙一侧的四孔土窑洞对锁牢道，说着话题又一转道，“挨住城墙的头一个窑自打我爷手里以后，再就没有住过人，里面我平常放些麦衣、玉米秆。我看你也是个本分实诚的人，你把那窑收拾收拾，暂时落脚到这儿吧，落下脚慢慢寻你侄儿！”

“落住脚慢慢寻，比你这样寻着要强，时间长了，你在野地里住、野地里吃，不是个办法。”王捉住指了指狼女，“再说你媳妇还抱着个娃，不为大人想，也要为娃想哩！”

锁牢想说什么却什么也说不出，王捉住伸手指头逗了逗狼女怀里的小牵鸽，又把手指头抽出来指到自己家，说：“走吧，先进窑里喝些水！”

军台岭乡与护军堡村皆有来历。

南山是大山，西原是平原，北地地方却是黄土丘陵地势。人离远看丘陵是座大山，人朝着大山走，走着走着大山不见了，是因为远看只能看见高低，看不见自己脚下长长的慢上坡。人看不见大山了，是因为走到山顶上了，似乎可以称作：远看全是山，近看全是无。然而从塞外发端的溪流汇集了雨水，形成了一条叫做漆水的河。漆水要在西原流入渭水，继而流入黄河，这便在北地的黄土丘陵中犁出一条长达上百里的川道。川道宽处七八里，窄处或不足一里。人类逐水而居，居住在漆水两侧的川道以及靠近川道的黄土塬上。川道中依水、依人形成的官道通达了塞北大漠与广袤的西原平原。于是，这川道的狭窄处，成为历代兵家必争之地。上古以来，屡有兵马屯集在北地川道一处狭窄地方两侧的黄土岭上，防御北方大漠游牧民族入侵。岭上黄土台塬多设有校兵场、点将台，人们便把这处黄土岭叫了军台岭，在军台岭黄土台塬中成型的人类聚落群体在后世演变成为了军台岭乡。军台岭乡中其中一个黄土塬，曾驻扎前秦护军，明清时期，人们在这地方夹板夯土建起高大的土城墙护卫北地城。在历史的演化中，土城墙逐渐失去了它的军事功能，人们在土城墙四周聚集居住起来，便自然形成了一个村落——护军堡村。

南山人住茅屋、石屋甚或树屋；西原人住三合院、四合院，院子里盖着砖屋、厦屋；在北地地区，漆水两岸川道里的人们住着土坯屋。诸如护军堡村这样的黄土塬上的人们，就在厚厚的黄土崖上挖土运土，挖出土窑洞，居住其中。土窑洞深浅不一，高低不同，王捉住借给锁牢一家暂住的土窑洞深丈许，一人多高。

锁牢把窑洞收拾干净，发现里面盘着土炕，土炕上连着一眼土灶，窑洞深处还挖着一个小小的拐窑，拐窑里面放着一些王捉住暂时不用的锅、碗及各类盆盆罐罐。狼女把炕扫了，把炕上原有的草席抖干净了，王捉住抱来一床铺盖，提来半布袋面——锁牢一家吃住全有了。

王捉住拉架子车上坡，锁牢只是搭了一把手，就在陌生的北地有了栖身之地，这可能就叫与人为善，结善缘吧！

三十一

缘分不止如此！

王捉住为何费力到山坡去拉土，不在窑洞四周随便挖几镬头？当然不能随便挖！土窑窑背上的土取不得——窑背是窑顶的背面，窑生在土上，把窑背上的土取了窑也没了，不光不能取，真要是土流失了，你还得拉土往窑背上盖呢。窑面上的土也不能取，人们在土崖上打了窑洞后，把窑面上打理得干干净净、光光滑滑，任你下小雨下大雨，只要来了水，水就顺着光滑的窑面流走了。若偷懒在光光的窑面上挖一回土，挖一回就想挖第二回，一旦刨出个小土坑，夏季下大雨，轻则把小土坑冲成大坑，重则水流到坑里打转转，盘旋着冲出水疮窟窿，水顺着水疮窟窿流进窑洞里把你窑也冲垮了。

王捉住要拉土衬牛圈——牛在牛圈里屙尿，需撒干土保持牛圈干燥，牛畜粪便、尿液混合干土后可做农家肥，衬牛圈就是这个意思。王捉住盘算着到其他地方寻土太远、太费事，比到荒坡上取土还费力得多。他照旧到山坡上寻了一处荒地，把荒地里的料姜石拣了，把地皮上的草根草籽铲了——为了防止草根草籽带到农家肥里，将来施到田地里生杂草。取地面薄薄一层土回去衬牛圈使唤——衬牛圈的土要干土、熟土，干土才吸水，熟土才好沤粪。

王捉住再去拉土时，锁牢跟着他一起去，帮忙拣石头、铲草、取土、装车、拉车……拉了十来车土够用了，料姜石在荒坡边垒成了一堆堆，草也铲掉一大片。

“我可能大你十来岁，有句话不知道当说不当说，”拉着架子车在坡顶，王捉住对锁牢说，不等他回答又道，“寻人归寻人，要饭归要饭，迟早还要有个立身法……”

“捉住叔——”锁牢要说话。

王捉住止住锁牢：“不敢叫叔，兄弟你把我称哥吧！”

王捉住站在坡顶指着荒坡上取土挖出的一片片地，对着锁牢说：“兄弟你看，不挖不挖，挖了这有二亩地了……你明天拿了镢头去把那地方再规整规整，挖一挖翻一翻，叫土晒一晒，现下种麦是跟不上了，老人说‘清明前后，种瓜点豆’，等清明下雨了，你拿上一升豆子撒到里面吧，再种下些南瓜……后季你就能吃上了，慢慢把脚步稳住……”

一处地方有一处地方的生存智慧，锁牢跟着王捉住学着北地的生存智慧，他说：“我听你的，捉住大哥——”

此时，中国工农红军独立营尖刀排排长杨牵牛执行了营长司平均的命令，他率领红军战士迷惑、阻击、歼灭了前来“围剿”

桥岭红军部队的三省军阀队伍中的一个加强连，杨牵牛正在和同志们一起清点缴获物资，用战斗成果默默庆祝胜利。

杨牵牛刀砍花海之后加入桥岭游击队虎尾巴梁支队，该支队在一九三二年二月改编为中国工农红军桥岭游击队虎尾巴梁支队，当年十二月正式改编为中国工农红军某团三营，杨牵牛是从红三营战士成长起来的优秀红军排长。

民国二十二年初，西原剿共大队总司令杨名山接到国民革命军第某军副总指挥姚振邦发动地主势力组建民团围剿赤匪的命令，召集冉增娃等一批大地主商议，成立了以地主护院、家丁、帮工等为团丁的西原民团。西原民团有一百余人，每随国民革命军第某军特务团、西原剿共大队进犯驻扎在桥岭地域的红某团。红某团把遏制、打击西原民团的任务交给红三营，红三营小战士杨牵牛主动请缨前往西原打探敌情。经司平均等三营干部开会讨论，鉴于杨牵牛与国民革命军第某师上校师部附员姚刚有师生关系，且红军身份未暴露，便同意他乔装打扮前往西原搜集情报，同时见机行事。为以防万一，司平均派虎尾巴梁儿童团团长张二娃与杨牵牛一同前往。

儿童团团长张二娃是谁？杨牵牛上山日，路边放羊咀嚼干玉米秆的男童即是。

三月二十日，张二娃在“省爻斋”大酒楼前探得，西原剿共总司令杨名山中午要在雅间请姚团长吃饭。杨牵牛问二娃：“信儿准不准？”

二娃道：“准——我听到酒楼掌柜交代伙计要把雅间布置好，中午杨司令要请姚长官吃饭。”

十点半，杨牵牛便等在“省爻斋”大酒楼门前。十一点，杨名山的汽车载着姚团长而来，杨名山为姚团长开车门，弯腰请他下车。

杨牵牛唤了两声：“先生……姚先生！”

姚团长从车里下来看见了杨牵牛，忙上前来拉住杨牵牛一连串问：“你咋在这儿？你咋走的时候都不说一声，你去哪儿了？你大大去年到我这儿寻你哩！你见你大大了没有？”

杨牵牛答：“我回南山上学了……”

“你大大说学堂都关了你还上啥学哩？”姚团长又问。

“……学堂关了后，我去同学家耍了一阵儿。”杨牵牛边想边答。

杨名山拉着姚团长进酒楼，边拉边问：“这是？”

不等姚团长回答，杨牵牛抢答：“姚先生是我的先生！”

“呀！高徒！失敬！”杨名山也拉杨牵牛一起去酒楼，说，“走，走，走，边吃边说。”

坐在了酒楼的雅间里，杨名山先说起了民团的事儿，他说：“啊呀，姚大人就是英明，出的民团的点子就是好，这下把赤匪打得钻到山里不敢出来了。”

姚团长迎合说：“父亲大人向来料事如神，走一步可看十步，民团组建以来不仅杨兄受益，就连我姚某人的督粮工作也好做了许多。一定要继续广募英雄，壮大民团武装，不仅要将赤匪打得钻在山里，还要歼灭之，令其绝迹！来，祝杨兄麾下民团队伍早日壮大！”姚团长与杨名山干杯，也同杨牵牛碰杯。

杨牵牛被酒辣得缩了一下脖子，姚团长指他笑道：“稼娃，稼娃，一看你杨牵牛就是没有经过世面的稼娃！”

杨名山端了一杯酒与杨牵牛的酒盅碰住，侧头对姚团长说：“名师出高徒，你姚兄的学生定是少年英雄！”回过头来又对牵牛说，“来吧，干了这一杯就是大英雄。”

杨牵牛一饮而尽。

姚团长再没有问杨牵牛那些问题，他是个聪明人，聪明人多刚愎自用，可能他听了杨牵牛的话认为杨牵牛的确是到同学家去玩了，后来回家了，然后锁牢也回家了。于是，他就问了另一句：“那你这一次来是干啥？”

见时机已到，杨牵牛故意拉长声说：“我来寻个事干，我也想当个——”

不等姚团长接话，杨名山抢话道：“好！好！好！来我民团当英雄！”

姚团长微笑着，杨名山的巴结谄媚让他受用，他默认了杨名山对杨牵牛的邀请。

杨牵牛住进了西原民团训练场，西原剿共总司令杨名山亲自交代民团团长冉增娃，不必安排杨牵牛参加团丁训练，他想干什么就让他干什么。自由活动的杨牵牛发现，民团有三间寝舍连在一起，多数团丁既训练还要帮地主干活，并不住训练场，三间寝舍有两间空着；团丁们训练后把迫击炮、枪支、炸药包等军械存放至统一的军械仓库；常驻民团训练场的二十多个团丁夜间喝酒吹牛消磨时间。

于是，杨牵牛以练酒量为由，每天买酒回来喝，民团上上下下称呼杨牵牛作“小酒鬼”。

四月十三日上午，杨名山来访训练场，冉增娃低头哈腰陪同总司令检视民团相关事宜。杨牵牛跑去跟在杨名山身旁，俩人一边走一边说话。走到训练场，杨牵牛说训练场的草该拔了，杨名山说，哎呀！是该拔是该拔；走到民团寝舍，杨牵牛说寝舍卫生该打扫了，杨名山说地确实脏是该扫。等杨名山检视完毕走后，杨牵牛对冉增娃说："炸药包跟迫击炮、枪械放在一起太危险了，炸药包要是爆炸了，把迫击炮、枪支都炸完了，应该把它搬出去。"

一上午，只见杨牵牛说啥杨名山同意啥，总司令对年纪轻轻的杨牵牛的建议言听计从，让冉增娃把民团军械管理办法当了小儿科，他慌忙不迭回答："是该搬！是该搬！"

冉增娃马上安排团丁们搬炸药包，一名团丁问他搬到哪儿，冉增娃道："俺看你脑子是叫驴踢了吧，寝舍那两间房，随便搬了堆到哪间里不就对了？它还能把你炸死不成！"牵牛与冉增娃胡乱说几句话，看着人们把炸药包搬到了民团寝舍。

牵牛借口买酒走到酒铺，交代候在酒铺后巷子里的老虎尾巴梁儿童团团长张二娃："事不宜迟，马上回营报信，火光为号，十五日子时端民团的老窝！"

张二娃飞奔而去，牵牛到酒铺买了十坛子酒，自家抱不动，唤酒铺掌柜推车送过去。见牵牛一下子买了十坛子酒，民团众人指着他说："哎呀不得了，你不是个小酒鬼，你是个大酒仙！"

接到张二娃情报的红三营骨干司平均向战士们下达了伪装前往西原的命令，红军战士化装成牛马贩子、学生、乞丐……十四、十五日陆陆续续到达西原，在西原民团训练场附近隐蔽处埋伏。

十五日夜戌时，牵牛把十坛子酒搬出来，对常驻民团的团丁们说："弟兄们前日封了我做酒仙，我这酒仙得请弟兄们喝酒啊。"

有队员接话道："俺们都等了两天了，你可算把你的美酒拿出来了。"

大家说着闲话开始喝酒，喝着喝着开始行酒令：划拳、打老虎杠子、猜大押小……训练场门口的两名哨卫听见嬉笑吵闹声也按捺不住地轮换进屋来喝了几回，牵牛还热情地给他们一人送出去一碗。

喝到亥时，十坛子酒喝完了，团丁们喝得头昏眼花，一个个倒在铺上拉起了鼾声。

子时将近，牵牛佯装醉了，端着空碗说着胡话说出去找哨卫干杯，只见两个哨卫都坐在地上，身子靠墙打着呼噜。月亮正是又大又圆最明亮的时候，牵牛翻进堆放着炸药的寝舍空房，在腰间掏出准备好的导火索……

爆炸声传来，民团训练场寝舍火光冲天，埋伏在外的红军战士们手持火铳、大刀、长矛冲进西原民团训练场，一马当先的红营骨干司平均一刀一个砍翻了睡眼朦胧的哨卫，牵牛打开军械库招呼大伙取枪。二十多个团丁被炸死大半，没死的人酒劲正酣，歪歪斜斜地从火中冲出来要去取枪，被枪支在手的红营战士各个击毙。

此一战，红营捣毁迫击炮十门，缴获各类枪支一百余支，端了西原地主武装的老窝，有力打击了西原剿共势力，促使西原地区农民运动更加蓬勃地开展起来，也吸引了更多的西原优秀青年加入到了红军队伍。

西原剿共大队总司令杨名山要枪毙民团团长冉增娃，冉增娃托人给杨名山送了三十根金条，外加十五斤鸦片烟才保住性命。在听了冉增娃说杨牵牛教唆他把炸药包堆放在团丁寝舍的情节后，杨名山坐车上了姚团长的门，对姚团长说：“俺来给你说一声，你那学生娃是个赤匪。”

一九三三年五月，红营外出作战，被敌人打散，幸存的司平均、杨牵牛历经困苦回到老虎尾巴梁。数月后的会议上，上级决定恢复该营建制，会后五日，正式宣布成立红军独立营。司平均任独立营营长，杨牵牛有勇有谋，担当红军独立营侦查、诱敌任务，任红尖刀排排长。

在王捉住和锁牢谈荒地种豆的时候，杨牵牛正在清点战斗里缴获的物资。突然，儿童团团长张二娃送来情报，说一小股敌人正在靠近，红尖刀排排长杨牵牛振奋精神，他要率尖刀排继续投入新的战斗……

三十二

开了二亩荒地种豆子，锁牢在北地边打短工边寻牵牛。短工活计无非是川道里人盖土坯房了他去打土坯；黄土塬上人打窑时他去帮工挖土、担土、“洗窑背”——清理窑背、窑面上的杂草和虚土；谁人家中打家具割棺材，他去帮人伐树、解板、打下手。豆子收后，接着要在地里种麦翻地、挖地，锁牢索性又在一旁开出二三亩地一并种了麦子。锁牢种下麦后不久，王捉住的儿子王来运在离军台岭乡二十里外的小煤窑里当上了把头，于是锁牢一边打短工，抽空也去小煤窑上担些煤做煤炭小经纪。这样一来，地和地上的作物把人缠住了，短工啊、经纪啊的事情也把人箍住了。

一日一日耕种，一日一日劳作，不知不觉，锁牢一家在护军堡村过了八九年。

看着牵鸽也慢慢长大在军台岭完全小学读书了，锁牢当初暂时落脚在北地的想法变成了要在北地扎下根来。

民国三十二年，锁牢把勤恳耕种、经营挣来的钱拿出来，在护军堡村买了一处废旧院落，在院落里打了两孔窑，又在窑前盖了一间土坯房。两孔窑里，锁牢与狼女住一孔，牵鸽单独住一孔，他长大了嘛！土坯房既当灶房又用来存放工具、杂物。

这个当口，有邻人要卖他家的骡子，骡子有驴的耐力、马的力量，既能种地使唤又能驮东西。锁牢有心要买，但是钱不够。这时，王捉住主动作担保人，教锁牢付了一些定钱，锁牢与邻人约定一年时间内还完余下骡价。也许诺给邻人少许利钱。先把骡子拉了回来使唤。

窑打毕是九月十八，骡子拉回来是十月初七。

十月十九日，锁牢吆着骡子去小煤窑上驮煤炭，刚走出军台岭乡地界，一队国军士兵将锁牢包围。有人牵骡，有人使枪杆顶住锁牢阻止他拽缰绳，一名头戴“青天白日徽”军帽的尉官拿出一张纸，对锁牢道：“我们是国军粮食管理处征骡行动队，你的骡子被征用了！”

锁牢挣扎着问：“啥叫被征用了？”

尉官不耐烦道：“征用？征用就是骡子留下，你走人！”

“那你们不是抢么？”锁牢问。

尉官解释：“是征用，不是抢！是征用你的骡子上战场运武器，要打日本人哩！”

锁牢拽着自己骡子的缰绳不放，说：“没有这样的征用法，你们征用我的骡子也得我愿意啊！”

尉官喝道：“要你愿意？你算老几要你愿意！这是战区的命令！麻利给我闪人！”骂完，他用眼睛示意一旁的士兵，士兵挥舞枪杆，一刺刀挑断了驴缰绳，锁牢手里只留了短短一截儿麻绳……

至于国军征集民用物资给不给等价物或钱不知道，反正“征”锁牢骡子的士兵们一个大子儿也没给他。

骡子失遗了，欠的骡账还在，担保人还在，不能叫担保人捉住大哥为难，更不能赖人家的账，一年时间要还清账，靠种地和贩卖少许煤炭肯定不行，只有一条路可走了——

冬月，锁牢要去下煤窑。

据说下煤窑很苦，狼女劝锁牢不要去，锁牢却说：“人穷志气不能短，哪怕下苦下死了，也不能叫众人失笑了咱。”

不光漆水在黄土丘陵上冲出了长长的川道形成北地地区，北地境内各个小溪流亦在漆水东西两侧绵延不断的黄土岭间冲出一道道谷沟、一条条平川。或许亿万年前的远古时候，北地地区并不是黄土丘陵地貌——北地厚厚的黄土层下，贮蓄着丰厚的煤炭。人们集聚在个别平川里，到平川侧的谷沟里掘洞挖煤。王来运当把头的小煤窑由西原人刘智明投资开办，煤窑设在勺子沟，依沟得名，叫做勺子沟煤窑。

勺子沟煤窑的窑口在沟底右边，通风口在沟底左边，鼓着大劲的鼓风机把空气从井口灌到窑井里，空气在犹如迷魂阵一样的地下巷道里胡扑乱撞着寻找出口，一旦寻到通风口，已然污浊的空气便携了乌泱乌泱的煤尘冲出通风口，煤尘被气流卷扬到半空中缓缓落下，混合了地热的污浊空气弥漫了整个勺子沟，那是什么味道呢？可能是腐烂的窑柱的味道、窑工汗水和尿液的味道……整个勺子沟被煤尘染得乌黑，即便是冬天，这条小山沟里还不时散发出暖烘烘的酸臭气息。

煤窑口树着大大的绞车轱辘，绞绳上坠着两个篱笆筐子，下煤窑的窑工坐着篱笆筐子上下窑井，煤也通过篱笆筐子从井下运上来。

窑口不远处是勺子沟煤窑的窠木房，王来运呆在窠木房里差遣工人、督促采煤进度，他曾是勺子沟煤窑里最好的斧子工，胳膊看起来比椽粗。担煤做小经纪是王来运出给借住他家的锁牢的主意，锁牢能下煤窑当背煤工也是他给窑主刘智明说的事儿。第一次下井前，王来运对锁牢道：“锁牢叔，你能来煤窑下苦肯定有你的道理，这我不劝你，但你在窑下万万在意你个人安危！”

锁牢坐着篱笆筐子下到窑井底，筐子底部安着轮子，说是轮子又不能完全叫轮子，是在木头轱辘上缠了薄铁片。矿道主道墙壁上放着电石灯，窑工们推着篱笆筐子往前走，看见一面陡坡，把篱笆筐子停在陡坡下，顺着两边的梯子爬到陡坡顶。两侧是侧巷道叫掘进巷道，有五六尺高，七八尺宽，是井下采掘煤的地方。头戴矿灯的掘进工钻进侧巷道内，找出煤层的纹理，如庖丁解牛一般，把煤从大地的胸膛里剥离出来。掘进工背后的背煤工则要把这些煤装进背篓，背在身后，弯着腰钻出侧巷道，站在陡坡顶端，把煤倾倒在篱笆筐子里，再由人把筐子推到井口，用绞绳绞上去。

掘进巷道有长有短，意味着背煤有时候距离近，有时候距离远。不管远近，上一个工，背煤工要背够二十背篓煤。一背篓煤轻则八九十斤，是上好的大块煤；重则一百五六十斤，是细碎的小块煤，甚至粉末状的面煤。大体上，背一回煤要半个时辰。把头在井上看着时间，到了差不多的时候安排人往井下送一次饭——饭是玉米面馍，能吃几个吃几个。背煤的时间加吃饭的时间，意味着锁牢们天蒙蒙亮下窑井，上到地面已是黑夜了。地下是黑的，地面也是黑的，整个世界是昏暗无光的。

背煤工上完一个工，尽你最大的劲头背一背篓煤上地面去，对这背篓煤过称、计重即为背煤工的下井所得。

腰酸、腿疼、抽筋、碰擦伤，这些身体上的苦痛被锁牢咬碎了咽在肚子里，他挽住一股劲儿背煤。除开过年煤窑歇业时锁牢不得不在家歇了几天外，他在一百二十天里上了一百零九个工，给自己挣了一万一千三百五十九斤煤。如果勺子沟煤窑不出事的话，他可能还会干下去。三月中，煤窑上出了事故，活干不成了。再估摸着也差不多够数了，锁牢把一万一千三百五十九斤煤卖了换钱，赶在约定给钱的时间远未到来之前，锁牢把骡子价给邻人还上了。

四月初二日，北地有集会，在集会上转了一圈的锁牢称了二斤点心，拿纸包了带回来，放置家里柜中，一连两三天都要打开柜子看看，防着点心被老鼠咬了。到了初七，锁牢在荒坡挖地，远远望见王来运上坡回家，他放下活计，拍了拍膝盖上的土，回窑打开柜子，把点心拿出来。锁牢仔细看了纸包上并无老鼠糟踏过的痕迹，就提了点心走到王捉住家来。

王来运正与王捉住父子二人坐在家中柜桌两旁叙话。王捉住坐在窑洞深处柜桌左边。坐在窑门旁柜桌右旁的王来运见锁牢提了点心进来，忙起身迎他，邀他坐在自己坐的位置，自己则坐到了柜桌对面的炕上。

锁牢坐下，把点心放在柜桌上先对王捉住说："捉住哥，我对不起你,你好心给我当担保人,我却叫你跟着我的事操了心了。”

转头又对王来运说 :“也叫来运跟着受麻烦了。”

王捉住先说话，他说 :“锁牢兄弟，你咋说这话，哥哥我是打心眼里敬重你的为人……”

“就是就是，我大刚还说佩服你呢,”王来运抢话，双手拍着炕沿边的炕板，“锁牢叔你还麻烦我呢！我刚还给我大说，多亏你救了我！”

“窑主还升了他当总管哩。”王捉住指着儿子对锁牢道。说罢，王捉住拆开锁牢带来的点心，先给了锁牢一个，再给了儿子一个，自家拿了一个到嘴里咬着说甜，又指着剩下的点心给锁牢吩咐:“你拿过来了，咱都吃，你也吃……剩下的给狼女和娃拿回去，你下煤窑这段儿最操心的是他们！”

三十三

勺子沟煤窑窑主刘智明在西原开着砖厂，又在北地开着煤窑，他时常两边跑，哪边忙了去哪边。人大多都有自己的爱好，有的人爱读书，有的人爱听戏，有的人爱下棋，有人爱钓鱼，也有人爱捉鳖……刘智明说自己的爱好是信佛，见佛就拜，见庙就烧香。但这事哪里能跟爱好挂上钩呢？毕竟信佛就是信佛，而不能说是爱好信佛。所以，连刘智明自己都不知道，他真正的爱好是猎奇。但凡听见有人说何处母猪生了个大象、乳牛产下了麒麟之类的事儿，刘智明卯时听了，等不到辰时，就要去看到底有没有这回事儿，有一回天上响了炸雷，有人给刘智明说，八里路外的独木桥上被雷击死一条小腿粗的大蟒，蟒挂在独木桥木头上，头上生着鸡冠子，身子上露着小爪子，身子重得把木头都要压弯了……刘智明一听，不顾天上要下起大暴雨，撑了雨伞便赶着去看。大雨下得河里的水涨起来了，独木桥眼看要被水淹了，刘智明还非得上桥，伸头看桥上的每一处地方——即将要幻化成龙的大蟒当然是没有。但这样的消息一次次传来，刘智明欲罢不能。

除了勺子沟煤窑这样的小煤窑以外，北地历来存在着吃人不吐骨头的黑煤窑，窑主勾结了地痞流氓、黑心掮客，绑人、骗人到煤窑里做连牛马都不如的奴隶。据《北地矿业志》记载，清时有一位四品道台微服私访，因不是北地口音，被“魔鬼”绑走，扔进黑煤窑挖煤。道台报上姓名官职，令窑主立刻放了自己。窑主留心打听，某某道台大人确实姓谁名谁，窑主惊恐——擅抓、役使朝廷命官定是死罪。手下爪牙出主意：“权当不知道，任他真道台又能咋地？”在黑爪牙皮鞭棍棒的毒打之下，道台只得与其他窑奴一样，在与世隔绝的地下挖煤，受尽非人折磨。心怀生之渴盼，道台每每咬破手指，寻大块煤写：道台某某。如此过了三年，北地知县冬日取煤生火炉，在煤上发现血字，仔细观看，乃是失踪上司之名。知县知晓本地煤窑猖獗，一思量便知上司是被黑煤窑里的黑心鬼给勾走了。真是丧心病狂！知县即刻点齐兵丁，按煤炭来路顺藤摸瓜，寻到奴役道台的黑煤窑，大开杀戒，才将四品道台解救出来。

古事如此天怒人怨，当下也令人发指。五十里外有个死了父母的半大小伙，原给地主家放羊做长工，不料秋收后被地主辞退，他便四处寻找别的活计，待走到北地东侧的平川里，路遇好人说看他饥饿，引他到路旁饭铺吃饭。吃罢饭，那人说去算账却半天不见回来。饭铺掌柜的来了，对半大小伙道：“他把你卖了二十块钱，钱他拿走了，你不能走了，要走你给我二十块钱！”半大小伙哪里拿得出钱，只得由人摆布，被饭铺掌柜转卖到黑煤窑里做了永无出头之日的苦役。

二月间，当把头王来运从外边带来一个中等个儿的哑巴丢到勺子沟煤窑的窑井里干活，并且干完活不给哑巴记工的时候，众窑工皆以为王来运勾结上了掮客贩子，干起了如同黑煤窑里用黑劳力一样的无本吃人买卖。

王来运本已不下井了，哑巴来后，他还屡屡下井，监看哑巴背煤背得咋样，只要背篓里的煤浅了那么一点点儿，牛高马大的王来运对哑巴拳打脚踢，打得哑巴鼻口出血，哇哇乱叫。窑工们听见了，不知道哑巴在说啥。

王来运原本是个斧子工，啥叫斧子工？掘进工掘进，背煤工背煤，掘进工和背煤工算是一对儿搭档。另有一对搭档叫掌锤工和斧子工，掌锤工是查看井下岩石的岩层结构，摸准岩层的纹路，找到合适的位置掌锤、打眼，在岩眼里装填火药，开拓出掘进巷道，并在巷道顶部安放顶棚的工种；在掌锤工掘出掘进巷道后，斧子工则使用窑斧三两下砍出支、护巷道顶棚所需的窑柱，支撑在巷道顶部的着力点上，维护煤层不塌方，保持掘进巷道畅通，保障掘进工掘煤顺畅。

三月的一天，王来运又下到窑井里巡看，恰逢掌锤工开出了新的掘进巷，斧子工也支护好巷道去了通风巷了，掘进工开始进巷掘煤，锁牢和哑巴等掘进工掘出煤了，上前装煤到背篓。王来运走进巷道，看着哑巴装煤，他提着沙包一般大的拳头喊着："装……装……往满装……不装满我打死你……"

话还未落，支护着顶棚的窑柱扭动了起来，工作面上发出了"咔——咔——咔——"的声音，王来运忙拾起刚才斧子工放在巷道旁的斧子，剁着新窑柱，往棚顶上顶——斧子工王来运专心致志地处理起可能发生的冒顶，锁牢也赶上前来帮忙。这时，蹲在地上装煤的哑巴拾了一大块煤，举起来，砸在王来运头上。

血瞬间糊了扶着窑柱的王来运的眼睛。哑巴还要砸第二下，甚至第三下……回过神的锁牢一把扶住哑巴的胳膊往后压，锁牢个子高，哑巴伸手要抓锁牢的衣服抓不住，锁牢膝盖一顶，把哑巴顶得后退五六步，坐在了刚打开的工作面的一堆煤里。锁牢牵了王来运的手就往巷外走，王来运手捂着头，只感觉有热乎乎的东西顺着手在流，他骂着:“看等一时我不把你驴日的皮揭了……”两人刚走出掘进巷,里面“咔——咔——咔——”的响声越来越大，最后发出了一声轰隆声，工作面冒顶了，掘进巷道里面塌方了。

锁牢松开王来运的手，要扭身去掘进巷道救哑巴，感知到锁牢意图的王来运一把拽住了他，说 :“锁牢叔，那狗日的是个日本兵！”

啊！原来哑巴是本省的抗日部队在晋省与日本人开战时抓回的日军俘虏啊！他呜哩哇啦说的是日本话呀，怪不得窑工们都听不懂，把他当了哑巴。抗日部队回本省，日本俘虏半路逃脱，一路逃到北地，不想被专给小煤窑里当掮客的人耍弄到手里了。有常走远路的人说这人说的日本话,是个日本兵。掮客卖了他几回，卖不掉，有心贱卖腾个利手，恰好碰见了勺子沟煤窑把头王来运。掮客对王来运道 :“王把头，这是个东洋劳力，五块钱卖给你！”

王来运历来不干黑良心的事，但听说了那人是日本兵，他答应买了。不过,他对掮客道:“他值屌钱还值五块钱？只给你一块！给你一块钱也不是他值这价，是叫你以后把瞎瞎事少做些，这样的事有多少你做多少！”

听闻自家煤窑出了事，还有个人被塌死在窑里，匆匆从西原赶到北地的刘智明听了事件的全部经过以后，不但没有追究王来运的责任，反而马上宣布提升王来运做主管，他拍着手大笑道："哎呀，来运啊来运，你在煤窑上弄了这么多年事，别的事弄得也还可以，但单数这个事弄得最美，弄得最嫽！简直是一方奇闻呀！"

然而，让爱好猎奇的刘智明称奇的事，不光有这日本兵背煤事件，世上诸事仍旧在发生、发展。

三十四

锁牢把剩下的点心带回家，十二岁的牵鸽吃着点心，听着父亲锁牢叙说王家父子对自家的关照，在听到锁牢提起王来运要当勺子沟煤窑的大总管时，他起身回到自己独住的窑洞。牵鸽在军台岭完全小学里读书甚用功，表现甚为优秀，国文老师看中牵鸽，常与他说历史之发展，文化之脉络，还给了他笔墨纸张，嘱他多练字，说字乃人行事的第二面孔，把字写好，能生出无形的本事。

护军堡村脚下有一眼古泉，泉水清洌，入口甘甜，有前人不知何年何月在泉旁的坚石上刻画了一个寸许深的“福”字，那字笔力雄浑，有魏晋之风。人们依这“福”字，把古泉叫了福泉。牵鸽自幼就在福泉旁玩耍，常用手碰触福字，也不时用草棒照猫画虎般在土地上、土崖上、土堰上勾画这个字。上学以后，在老师的叮嘱下，牵鸽更加勤苦地描摹起这个“福”字来，不知写了几千几万回，在小小年纪里已把字写出了好的气象。“福”是吉祥字眼，牵鸽听了王来运当大总管的好事，他回窑，铺设了纸张，使笔蘸了浓墨，在纸上写出一个吉祥气四溢、如斗大小的“福”字来。

待字干后，牵鸽卷了字纸送给了王来运。

人逢喜事精神爽，吉祥话儿更爱听，王来运道了谢把“福”字带回勺子沟煤窑，贴在了自己上工、休息的窠木房里。这幅张贴起来的字被清晨睡醒后在矿口转悠的刘智明看到了。

他紧走两步，上前细细打量了那幅字，问他的总管：“哪儿来的？”

“东家喜欢？喜欢了你拿去！”王来运睡眼惺忪道。

刘智明上下比划了比划“福”字，摇头道：“大……大……大了最起码四寸！”

当年，刘智明父亲和叔父烧第一窑砖时，两兄弟各找了一块方方半尺的方砖泥坯，刘智明父亲在泥坯上写了一个“福”字，刘智明叔父在泥坯上写了一个“寿”字。他们一个是举人，一个是秀才，使唤东西写字犹如先锋官使唤亮银枪刺杀敌将一样得心应手，他们力道遒劲，写出的“福”“寿”字刚健优美、古风犹存。砖烧成后，兄弟二人在砖厂前修了个照壁，将笔力雄健相当的“福”“寿”二砖背后抹了泥，嵌到了照壁当中，做了个福寿壁。前来砖厂买砖的人，依了这个福寿壁，把刘家的砖厂叫做福寿砖厂。然而八九年前，或是因为当时在“福”砖背后抹泥抹得少，又或是日久年深自然运化之故，这一块刘智明父亲写的“福”字方砖从照壁上脱落，不知去向。好好的福寿壁俨然化作了“寿壁”！那么砖厂里烧出来的砖或许就成了寿砖。这有些寿衣、寿材的意味。前来买砖的人们窃窃私语，说又不箍墓么，买这砖干啥。原本要买砖的人，也不想买了。

父亲、叔父都已离世，要他们再写个“福”字不可能。为了照应前来买砖人的心情，刘智明请人写了个“福”字泥坯烧了嵌在照壁里了。因为心中有个对原来“福”字的印象，后来请人写的这个“福”字，刘智明咋看咋不对，咋看咋不顺眼，咋看咋觉得与秀才叔父写的“寿”字配不上对。七八年来，他多次寻访书法人士、书法大家写字，写出的“福”字终是找不到原先那种感觉。有时候在自家砖厂前看着令自己别扭的“福寿壁”，刘智明都有心把壁拆了去。

当看到牵鸽送给王来运的“福”字时，刘智明眼睛亮了，那一副字力道内敛又稍显实力，与自己印象中的“福”字不说完全一样吧，也是个八九不离十。你道为何一个十二岁的少年能写得出跟举人一样力道的字？原因只在于，牵鸽值幼儿期时便观察出福泉旁的“福”字刻在坚石中的笔划深浅不一，他摸那字时在石间探究出了哪一笔浅些，哪一笔深些，哪一笔在何处深又到了何处浅。及至在后来千万次的练习中，牵鸽在写字时也该重时重，该轻时轻，该按时按，该提时提。加之举人要写几十几百种字，牵鸽却是日日里照着这一个字练，自然是少年笔写出了举人字。

打问出字的出处后，刘智明欣喜，托王来运帮问牵鸽啥时候放假，给他也写这样一幅字，不过是要写在砖坯上。

三十五

护军堡完全小学放了收麦假，锁牢家的麦子很快收完了。应王来运的请求，牵鸽跟着勺子沟煤窑窑主刘智明坐他的汽车去往西原。

六月天气闷热，车进到西原地界时司机打瞌睡，错过了一个岔路。绕回去吧路太远，不绕回去吧前面路生。

已经快到了，思量着条条大路通罗马，刘智明道:“对啦对啦，就顺着路走着吧,也错不到哪里去。”谁知一开下去,一路是岔路,一时间东南西北分不清了，车开到了一个小庵子前。

说自己爱好是信佛的刘智明当然要下车进庵烧香，牵鸽也就跟着他去看看。进了庵门，还不等拜菩萨呢，怪事出现了，刘智明看见这庵子的墙上也贴着一个“福”字，样貌、大小都和自己父亲写的字相像。刘智明问牵鸽 :“这是你写的？”

牵鸽看到这幅字确实与自己写的有些相像，但他在那些日常运笔轻重的地方看了看，确定这不是自己写的字。庵子里坐着一个敲木鱼的老尼姑，刘智明合掌上前："打扰法师！"

老尼姑停住了敲木鱼，看着刘智明。

刘智明指着墙上的字问："敢问法师，墙上的这个'福'字是哪儿来的？"

老尼姑道："这是李阿慧小施主以往来看贫僧，供养给菩萨的。"

李阿慧正是姚团长之女阿慧。多年以来，说会来接女儿阿慧的姚团长没有了音讯。

当年无家可归时，花朵带着李天官、阿慧住在尼姑庵里，靠做一些布老虎换钱。阿慧三岁时，快二十岁还傻玩的李天官一日在外玩耍，回庵时手里提了一块方砖，花朵拿了方砖看，上面有个字，她不识字也不知道那字是什么意思，就拿给已会走路、对诸事好奇的阿慧玩，拿了木棍让她照着砖上的字画图案。

那方砖正是福寿壁上缺失的那块。

事情是这样的——砖厂制砖少不了水，有马车拉了水桶给砖厂送水，去时好好的，马车夫驾着马车到放水的池子把水放了往回走时，没走几步路，还没出砖厂，马车车厢里的空水桶过轻，从车厢里溜了出来，马车夫把空水桶装回车厢，思量说这路不平装上过一会儿还得溜哩，他看见砖厂大门口照壁上嵌着两块砖，马车夫不识字，也不知道那照壁上贴两个砖是啥意思，只知道砖厂里砖多，又不缺这一个两个。那两块砖明显粘得不牢，马车夫就伸手上去抠了一块下来，塞到空水桶下面支住它，省得马一走桶就后溜。抠下来这个砖就是"福"字砖。支好后，马车夫又赶着马车去拉水了。

装水是在离尼姑庵不太远的一道水渠边，李天官恰好抱着老虎在水渠边玩，这马车夫看着傻乎乎的李天官抱着的老虎好看，伸手抢了他的老虎。李天官要他的老虎，马车夫不还，生着小孩子脾气的李天官便在马车夫的马车上抽走了他那块砖——这是你拿了我的东西，我也要拿你的东西的意思。于是就把方砖拿回了家。

从三岁开始，阿慧就照着这个砖来写“福”字。

花朵在尼姑庵里呆了四年多，到了民国二十七年，突然有一天，有一个姑娘来找花朵，花朵看姑娘，咋看咋不认识，姑娘叫了她一声：“姑！”她才猜出来的人是花蛾。花娥给花朵说她那可恶至极的父亲花海当年失踪不见了之后，她和母亲还有弟弟靠给人浆洗衣服、做手工活生活下来。去年看她长大了，她母亲便带了弟弟跟着一个陇地来的货郎担儿走了。今年经人介绍，她跟西原工业公司的工人订了婚，西原工业公司现在马上要搬到北地去，她也要跟工人结了婚去往北地。家里在西原集市边的屋子接下来没有人照看，她是千方百计打问到姑姑在这庵子里寄住着。所以，花蛾来的目的是接姑姑回去，让姑姑给帮忙看着房子，万一将来她弟弟回来了，照样有个落脚的地方。

就这样，花朵一家搬到了位于西原集市边上的娘家去住了。

娘家临街，花朵做了布老虎也不用交给经纪人卖了，她自己在家做，做好在门前摆了个摊子卖。这样的收益更大一些，不光能够养活三个人穿衣吃饭，还把阿慧在八岁的时候送到了西原集市旁的西原女子学校读书。

阿慧读书的时候女子学校要造学生花名册，需要登记学生姓名、父亲姓名。阿慧当时还没有姓，花朵记得姚婷婷说过不允许阿慧姓姚，如果登记父亲姓名为姚刚的话，阿慧姓别的姓也不合规章。花朵索性让造花名册的教师登记学生名为李阿慧，父亲则写成李天官。女子学校里有个书法老师。书法老师第一天上课便说了一句话："女子把字写好了，不输大丈夫！"这一句话，烙在了小小的李阿慧的心里。在她长大的过程中，她见识到了养育她的花朵太多的辛劳和无奈。她立誓要把字写好，那块方砖也成了她最常用的临字字帖。有纸时，她在纸上一遍一遍写"福"字，写到纸黑成一片还要写。没纸时，她伸出食指在空里比划着写。一日复一日练习，加之心中誓愿加持，将满十二岁的李阿慧写出的"福"字英气逼人、顶天立地。

为感戴尼姑往年的收留，花朵在每年观音菩萨生日和成道日均带李天官、李阿慧去尼姑庵看望老尼姑。当年观音菩萨生日的时候，阿慧带给老尼姑一幅自己写的"福"字，老尼姑双手合十道："南无观世音菩萨，我们一起把'福'供养给菩萨吧！"此字，即刘智明看到的字。

刘智明即刻在观音大士像前烧香、跪拜，供养了老尼姑一些钱。他感叹："哎呀，今天的迷路实质上是菩萨把我接引了。"

刘智明问老尼姑李阿慧小施主的住处，老尼姑说："你到西原集市边看，有户做布老虎的人家就是小施主家！"又问了迷路地方的大致方位，刘智明与牵鸽径往西原集市边的临街铺子里去找李阿慧。

好找得很：车开到了就看到布老虎了，一看到布老虎就找到了花朵，一找到花朵也就找到了同样放了麦假的李阿慧。李阿慧与牵鸽差不多高，牵鸽注视了这个与他一样写“福”字的女学生，只见她大眼睛，留短发，人如小鹿一般，而眉宇间微微生出少有的干练沉稳。

当刘智明问李阿慧那个“福”字是跟谁学着写时，李阿慧转头到屋内抱出一块方砖来……

刘智明打问了举人父亲写的“福”字方砖在李阿慧处的来历，也给花朵、牵鸽、李阿慧讲了这块方砖的身世。最后，当他反复确认面前站着的一个傻汉子名字叫李天官，而且当初是他把“福”字砖抱回来时，刘智明不仅不为在“福”字砖缺失的若干年里他受到的身心折磨而遗憾，相反，他拊掌大笑道：“我刘智明一生听了许多有趣的传闻，自己置身于传奇故事里，这还是头一回！这一回传奇故事特别好，特别有福气，因为这一回故事名叫‘天官赐福’！”

牵鸽的字不用写了。李阿慧听了刘智明父辈福寿壁的故事后，把“福”砖归还了刘智明。

当天下午，刘智明就将方砖“完福归壁”，他还放了一大串子炮。炮声中，刘智明说：天官赐福我们众人，真可喜！真可贺！

一九四五年，抗日战争胜利结束。

一九四七年春天，西北野战兵团奇袭桥岭西南侧北地川道中的国民党军队补给点，切断了进犯解放区的国民党军队在塞北和西原之间的南北交通、运输线。在战斗中，野战军俘虏国军少将等四百余人，缴获大量军用物资。

为防止敌人援军追击反扑，野战军第十七团团长杨牵牛率野战军在他熟悉的虎尾巴梁掩护十五团押运俘虏、物资回桥岭驻地。黎明时分，十七团的野战军战士们隐身在虎尾巴梁下的树林边，看着十五团的战友们陆续越过安全位置，往桥岭深山走去……

突然，侦查连连长张二娃来报："报告团长，敌军大批卡车在十里外山下川道聚集，敌军正在役使大批老百姓挖壕沟，建造防御工事，搬运枪支弹药……"

来的是国军一个训练团——训练团自西原来，保安团从北地抓了数百名民伕返回西原路线受阻，西原绥靖区命令保安团与训练团共同组成联合作战部队反扑野战军桥岭驻地。

一场阻击战要打响。杨牵牛道："看来敌人这是要一步一步推进到我军驻地来。立刻召集各营营长听我命令……"

一营在川道阵前与敌方展开了激烈的战斗。敌方物资充裕，弹药有限的一营边打边退。联合作战部队指挥官督促民伕快挖战壕，他要乘胜追击，一举歼灭弹药不足的一营。战斗从清晨打到了午后，弹药渐渐打光的一营已不及应对。追至虎尾巴梁树林边缘地带的联合作战部队指挥官大喜，指挥部队冲出壕沟、防御工事向一营发起胜利的追击。

这时，听得一声声爆炸声，指挥官举望远镜回头查看，只见停在川道里的卡车被炸得飞上了天。指挥官大惊，原来与其交战的一营是诱饵，野战军主力偷袭了联合作战部队的大本营！指挥官忙命令联合作战部队掉头回营——

然而他打错了算盘，袭击大本营、炸卡车的只是绕道前去的张二娃率领的侦察连。待联合作战部队纷纷掉头要回救大本营时，见时机已到，杨牵牛团长示意号兵吹起"嘀嘀嗒嗒"的冲锋号，隐藏在老虎尾巴梁树林里的二营、三营、四营的战士们呼喊杀出，下山冲向已掉头的国军作战部队。一营战士们重新抖擞精神，加入了消灭反攻敌军的战斗。

一时间，敌军顾头顾不了尾，找掩体无掩体，找战壕无战壕，被杨牵牛指挥的野战军十七团打了个落花流水，抱头鼠窜。

战斗结束后，除被炸毁的卡车以外，十七团还截获敌人卡车二十一辆，其余缴获物资数不胜数。野战军战士们把枪支、火炮往卡车上装，被抓来做民伕的老百姓们纷纷上前帮忙。夕阳下，在前沿阵地上夸奖一营营长和侦察连连长张二娃的杨牵牛突然看到帮忙装车的老百姓中有一个再熟悉不过的背影——你猜他是谁?

三十六

没错，是杨牵牛团长的叔父锁牢。

四月间，好好在路上走着的锁牢被保安团的士兵抓了民伕，锁牢挣扎着道："抓我干啥？"

士兵答："征你做挑伕！"

锁牢呼号："你征我也得我愿意啊！你们原来抢我的骡子，现在连我人都抢了吗？"

"你算老几叫你愿意？这是绥靖公署长官的命令，谁敢不愿意！谁抢了你的骡子，谁倒是见你的骡子了？"士兵蛮横无理。

锁牢挣扎无用，就这样被保安团带往西原做挑伕，不想转运挑伕道路受阻，就在并入联合作战部队预谋反扑桥岭时，逼迫锁牢和其他抓来的挑伕们修工事、搬运物资。野战军团阻击并击溃国军两个团的联合作战部队后，保安团做鸟兽散，锁牢和其他挑伕们重获了自由。

锁牢正帮忙装车，感觉身后有人盯着他，他回过身来，夕阳正照在杨牵牛的脸上，把他照得黑里透红，红里透黑。

欣喜的眼泪控制不住地流了下来，锁牢喊了一声:“牵牛——”他朝前走了几步去拉牵牛的手，又说，“娃呀，我都寻了你多少年了寻不着么，我从南山寻到西原，从西原寻到北地……”

抱住叔父，杨牵牛也哭了，边哭边说 :“大大你不要哭，今天不是寻着了么！”

抱了好久，杨牵牛推开叔父说 :“你看，我这不是都好好的么！”

侄儿已长成了一个魁梧的男人，他身形宽阔，面貌成熟，眉宇宽大，一双眼睛炯炯有神，锁牢摸着侄儿的粗布军装，说:“我就知道你好着……我就知道你好着……”

当夜，吃着从敌军处缴获来的罐头，锁牢和杨牵牛叔侄二人喝了一瓶酒，一边喝酒一边叙话。锁牢先说，杨牵牛听。听了叔父的话，杨牵牛知道自己已有了一个叫牵鸽的堂弟和一个两岁的叫牵梅的堂妹，目前叔父全家落脚在北地。按保密条例，杨牵牛隐去部队番号、部队作战目标等相关内容，向叔父大致说了自己何时加入游击队，怎么成为红军，自己从哪儿来又如何在此地见到叔父——七七事变后，抗日民族统一战线正式形成，杨牵牛所在的红军部队改编为八路军部队赴晋地与日军作战。在一次战役中，在杨牵牛所在团担任副团长的司平均同志牺牲，杨牵牛接替副团长继续完成战斗，后该团编入晋绥军区第一纵队回到本省。在国民党反动派大肆进军解放区之时，晋绥军区第一纵队与其他兄弟部队联合，成立了西北野战兵团。屡立战功、经验丰富的杨牵牛被任命为西北野战兵团警备第十三旅第十七团团长，与各兄弟旅团重返桥岭地区，遏制、打击反动派进犯解放区之图谋。值得一提的是，杨牵牛在晋地与日军作战时曾与姚刚相逢。那是在一场八路军与国军共同歼灭日军侵略者的战役之后，杨牵牛副团长率部清理战场，一辆国军吉普车驶过战场时停了下来。杨牵牛望去，看见车里坐着姚刚。俩人之间的距离不算近也不算远，约莫有七八丈。姚刚盯住杨牵牛看，杨牵牛也盯住姚刚看，俩人没有说话，时间过得异常漫长。突然，杨牵牛与吉普车之间有一个装死的日本兵伤兵摸爬着在拿枪，“叭叭”两声枪响，日本兵向阎王爷去报到了。姚刚看着自己手里的枪，也看见杨牵牛手里拿着枪——俩人是同时向日本兵开枪的。姚刚眼睛一闭，沉默半晌，向开车的卫兵道：“继续前进——”杨牵牛看着吉普车开远，也沉默良久，继而忙着收集战场胜利品了。

因还有作战任务，第二天，杨牵牛送别叔父锁牢，杨牵牛说：“解放区的人民都在用实际行动支持即将到来的解放事业，人民的好日子就要来了！大大啊，你回去后，也要尽可能投入到解放事业中去……”

锁牢是五月八日回到护军堡村的。六月七日，锁牢带着牵鸽往勺子沟煤窑方向去担煤，快要走到煤窑的时候，看见一队士兵带着一群民伕走来，锁牢忙将牵鸽推在路侧堰下，嘱他顺着堰往前跑，找个地方躲起来。锁牢自己来不及躲避，就被国军四十六师第三后勤部拉伕队堵在面前了。一个士兵二话不说便踢飞锁牢肩上的担煤担子，两只煤篓子滚到了路旁，士兵拿枪杆子对着锁牢，让他自己站到民伕队伍中去，锁牢叹了一口气，士兵踢了锁牢一脚道：“不准唉声叹气，你敢破坏了我的心情我毙了你！”

躲在堰下的牵鸽眼睁睁看着自己的父亲被抓却无能为力，只好顺着地堰跳到堰下的树林中，顺着树林中的小道往勺子沟煤窑走去。

勺子沟煤窑的刘智明听了牵鸽所说，略一思索，取了一张纸，写了一个便笺，他说："牵鸽，你拿着这个条子，到北地第一中学找一个叫吕畅的老师，看他有没有办法。"

吕畅是刘智明在西原公学留法预备科读书时的老师的孙子，他既是北地第一中学的老师，也是三民主义青年团北地分团的区队长。三民主义青年团简称三青团，它是什么机构呢？简单理解即是破坏学生运动的国民政府下属青年组织，在国民党统治者内部，该组织有权力显赫时，也有被排挤时。

牵鸽拿了刘智明的条子去找吕畅，在北地第一中学门前遇到了自己在护军堡完小的同学郭喜，郭喜非得跟着牵鸽一起进北地第一中学。

吕畅在自己的寝舍里看了刘智明给他写的条子，沉吟着道："办法嘛，不是没有……"说完抬头看着牵鸽。

牵鸽愣着不知干啥，跟着他的郭喜戳着他小声说："办法不是没有……就是有条件……"

"吕老师，你看需要我做什么？"牵鸽问。

吕畅伸出了一个巴掌，道："五十个大洋！"

牵鸽"啊"了一声，没说话。

吕畅起身做手势要送牵鸽他们出门，说："今天抓的伕，俺估计明天可能就该送到战场上挑物资了，你们再回去想想。"

牵鸽说："我马上回去想办法！"

吕畅又坐下来，说："现在办事，都不好办！要不是刘前辈搭话的话，俺都不愿意管你这事！俺管这事吧，俺不可能张着嘴给人家拉伕队的队长上嘴唇把下嘴唇一碰，人家就把人放了，你说对不对？"

牵鸽说："对……"

"对，那就回去凑钱去！"吕畅双手一摊道。

牵鸽回到家里，搜集了家里所有的钱，又找王捉住、王来运借，想了各种办法，总算在第二天中午把五十个大洋凑够了送到吕畅处，放在他的桌子上。见了钱，吕畅说："行了，你回去吧，应该你前脚到屋里，你要放的人后脚也就回去了。"

见牵鸽走了，吕畅从一堆银元里数出二十个，拉开桌子抽屉拨拉进去，接着揣了剩下的银元去往北地绥靖区某大队，把银元给了大队长。大队长如法炮制，把银元拨了二十个到自己的抽屉，之后揣了十个银元走到暂住在绥靖区里的拉伕队，把十个银元偷偷交给拉伕队的队长，在拉伕队长耳旁小声说："看你们拉的人里面有没有一个叫杨锁牢的，他是我一个朋友的亲戚，把他放了吧！"

拉伕队长用手捂住装了十个或不知多少个银元的军裤口袋，斩钉截铁地对大队长说："下不为例！"

三十七

一九四八年五月，边区漆水区人民政府文书伍秀治在护军堡村征求村民意见遴选村长。王捉住提议让锁牢当村长。伍秀治问锁牢：“你愿意不愿意当村长？”

锁牢没有回答，旁边有人给伍秀治说锁牢是外乡人。

伍秀治思考了思考，问道：“你是哪里人？”

锁牢答：“原是南山人，现在落脚在这里。”

“你父母呢？”

“死了……”

“南山家里还有没有兄弟姊妹？”

“有个哥，还有嫂嫂，在要饭路上冻死了！”

“你咋来到北地的？”

特派员问锁牢话时，村民代表们也都在听。锁牢见人多，他说：“这样吧伍文书，今天这儿人多，”锁牢指了指王捉住，继续说，“都是乡党们，尤其捉住哥，还有来运帮衬我，叫我才立住身了，我要么把我的事今天给大家都说一说？”

伍秀治拿出笔和纸，说：“能行！能行，我们都听你说！”他伸右手比划了一下周围一圈人。

锁牢眼睛抬了一下，张嘴呼出了一大口气，开始说起来：“我这人说话说得少，当众人面说话更少。我今年四十二了，上一回给众人说话是我结婚的时候对我的四邻和亲戚说过话，今天是第二回对着这么多人说话。叫我回过头去想我以前的事，我其实是不敢想。我十五岁的时候，家里没粮吃，我哥和我嫂嫂去要饭，冻死在荒地里了。我妈为等我哥，又饿又冻也死了。为了省下一口粮叫我和我侄子吃，我大活活饿死了。我带着我侄子在马车店里打工当伙计，马车店的掌柜和他们全村人活活叫土匪路娟娟给害了……”锁牢流出了眼泪，他抹起泪来，边抹边摇头。

除了村民代表以外，更多的村民也来听锁牢说话。见锁牢抹泪，一些妇女已经发出啜泣声。

“土匪害人那场面太惨，我经常做梦都能梦见那些人被火烧的、被枪打的样子，原先那村里有一棵大大的槐树，上面长的是树叶子，土匪把人害了以后，就在那树上挂满了老老少少的尸首啊！”锁牢泪流如注。

土匪把人挂在高处，是为了彰显自己的恶，还威慑剩下的人，叫他们不敢抵抗。人群中的男人也咬着牙齿，流出泪来。土匪害人的状况，无论南山还是北地，各处人都感同身受。

“没办法活下去了，我编草鞋做个小经纪。最后一回，我没黑没白地编了九百七十一双草鞋，我媳妇狼女怀着娃，跟着我编草鞋都快把眼睛编瞎了。我来回走了几百里路去西原卖草鞋，想着卖了鞋好换些钱，把我和狼女的吃饭顾住。回去的半路上，叫借抓赌博名义抢人的乡丁把我的卖鞋钱抢了，连我给我媳妇和邻人带着尝一尝的几个烧饼馍也抢去了，他们不光把我抢了，还把我打得头上生了伤疮，差一点点就去见了阎王爷……我媳妇为了去给我寻医生，挺着大肚子走了十几里路，差一点点就把娃生到半路上……当年遭了年馑，地里没有打下粮，征粮的人不光不减少征粮量，还要加大量。如果交不上，就要把人活活用鞭子抽死……我看我娃还小，一路要饭逃荒，在西原漂了两年，最后来到咱护军堡村，”锁牢又指了指王捉住说，“亏了捉住哥见我漂着不是法子，把我收留了。后来的事捉住哥也知道，我开荒打短工，攒下钱买了个骡子，我还没有用呢，叫人家当兵的给征了，后来连我人也征了两回。我一心想好好下苦，好好干活，要把日子过好。但是，我凭两只手再咋鼓劲就是不行。原来我以为这是我的命。命就是这样，过不好有啥办法呢？后来我在老虎尾巴梁碰见我失遗了好多年的侄儿。听了他说，我才明白了，不是我命不好，是人家硬给我身上压了两座大山，这两座大山叫：帝国主义、封建主义……”

伍秀治补充：“上个月开会，总结是三座大山：帝国主义、封建主义、官僚资本主义。”

“把话说到这里，刚伍文书问我愿意不愿意当护军堡村的村长，我其实是愿意的。我为啥愿意？因为我不想让这些大山压在我身上，我愿意推翻这三座大山，我不光愿意，我还要拿颊骨顶着它，叫它滚得远远的！”

伍秀治一边记录，一边道：“说得好……说得好……就要选你杨锁牢当村长……”

村民也附和着。

锁牢看了伍文书一眼，也看了周围的村民，他继续说：“我上一回说话时，我给我的四邻和亲戚们说，我要叫我家里人都吃上饭，我也愿意给他们下苦。这么多年不能如愿。我想来想去，我把话没说错，不能如愿的原因是，光凭我一个人不够，如果要我当护军堡村的村长，我也说一句话，我愿意和大家一起干，我们一起干好，才能吃饱饭，才能过上好日子！不知大家愿意不愿意？”

伍秀治带头鼓掌，并随越围越多的村民们一起喊：“愿意——愿意——”

当了村长的杨锁牢发动护军堡村民做军鞋、捐衣服、送军粮，用实际行动支援前线解放战役。

一九四九年二月，已经成立县政府的北地首次解放。三月，军台岭乡撤乡设区、福泉乡成立。护军堡村划归北地县军台岭区福泉乡管辖。

三月十五日，国民党组织军队反扑北地，北地县人民政府向外转移，接到县民政局通知的杨锁牢立即动员了八十头驮骡帮助县政府转移重要物资和粮食。四月二十一日，野战军发起对国民党军队的追歼。四月二十七日，野战军在当地游击队配合下开进北地。一九四九年四月二十八日，北地县再次解放，建立了稳定政权。

一九五〇年二月十七日，姚刚乘坐飞机由海南飞至台湾。

到豫地的第一年，姚刚每说起要派人到西原接阿慧，姚婷婷便要哭要闹，在家把门摔得“嗵嗵”响。姚刚只能心说等一等，等姚婷婷的“心魔”过了再去接女儿。后来，姚婷婷又陆续生了两个男孩、一个女孩，忙碌且身边有儿女陪伴的姚刚自己把接阿慧的事淡了下来，他想着以后时间还多着呢，于是更专注地做起自己的栋梁大梦来。随着时间的推移，姚刚从新编调任总统特派战地视察官，陆续由豫地转战川地，再由川地往海南，最后如丧家之犬由海南逃往台湾。他是女儿没接成，栋梁梦也破碎了。

在逃往台湾的飞机上，人员混乱，座位上坐满了来自各个部分的国军军人。姚刚在飞机上遇到了昔日戏楼学堂里的一个学生，学生名叫韩木犊。张天罡的学生、杨牵牛的同学韩木犊当年满怀心愿要当红军，不料当年冬天就被他的继父邵镇丁押着参加了国民革命军，先后在桂地、赣地、湘地、粤地干兵差。一九四九年十月，韩木犊随兵败粤地的国民党大部队撤到了海南，在海南防卫部队里当着一个团长。韩木犊见了姚刚大惊，说张先生你都是这么大的大员了，怎么没有给你家里人报仇？姚刚见话说得蹊跷，仔细一问，这才知道了自己总想着时日还多，多年没和南山家里人联系，而自家一家人早已被土匪灭门。姚刚一场梦醒，自以为自己是个栋梁，不料活成了一个连家里人都没照看好的大痴傻、大罪人。姚刚坐在高空飞行的飞机上哇哇大哭，一飞机慌乱的人们看着中将视察官姚刚扯自己的头发，扇自己的耳光……

就在姚刚从海南逃往台湾的同一月，担任着南山军区第二分区参谋长的张二娃率部剿匪。张二娃按照赴任前老领导杨牵牛的要求，亲自抓获并枪毙了盘踞在南山多年的大土匪头子路娟娟。

三十八

解放后，刘智明将勺子沟煤窑捐赠给了北地县政府，回西原经营砖厂并专心研究民间传闻。北地县政府将多个煤窑合并，组建了北地煤矿。刚刚毕业的高中生杨牵鸽参加了北地煤矿管理委员会举办的矿工技能和思想觉悟学习班。一九五〇年三月，在学习结束以后，文化程度高的杨牵鸽在北地煤矿管委会做了文书工作，经管委会大会选拔举荐，他还成为了一名新民主主义青年团团员。伍秀治来到了福泉乡工作。杨锁牢和护军堡村民在福泉乡驻村工作队长伍秀治的带领下，开展了土地改革运动，杨锁牢和其他贫雇农一样分到了属于自己的土地。翻身农民虽有了自己的土地，但普遍缺少牲口、农具。驻村工作队号召村民们互助合作，谁有牛了用谁的牛，谁有力了出谁的力；今天合作种你的地；明天合伙耕我的田。杨锁牢为调动所有人的积极性，在号召基础上说互助合作不光帮自己，还要帮比自己更困难的人，谁困难了先帮谁干活，把困难户的活干完，再干自己的活不迟。这样，包括困难户在内的农户们都踊跃响应了互助合作的办法，逐渐在护军堡村里成立起三个村民互助小组，杨锁牢担任第一互助小组长。

在各个互助小组自给自足又互相帮忙的情况下，一九五一年，护军堡村庄稼丰收。全村共八百五十亩玉米，亩产平均三百斤，比往年增加了五成。杨锁牢忙于百废待兴的村中事务，他交代狼女用烧灰肥、杂草沤肥、刮山皮等办法在自己家里的二亩半玉米地里做试验，试验出：增加肥料和精细化管理后，玉米平均亩产可以达到七百八十八斤。这一种尝试及其结果被伍秀治汇报给县上领导，受到了县上的重视，开始在北地县全县进行推广。俗话说：拾粪不如衬圈，衬圈不如推埝。冬季农闲时节，杨锁牢带领全村劳力修埝地三百亩。而且，开了荒地二十亩，还修了一条水渠，扩大水浇地二十七亩。

因此，一九五二年，杨锁牢和他媳妇狼女双双被评为北地县劳动模范，并且在县劳模大会上，杨锁牢又被评为省级劳动模范，将代表北地县参加省模范大会。面对奖章、锦旗和荣誉证书，杨锁牢激动得说不出话来。他不知道说什么，说什么都多余。

这一种感觉很明了，四个字：劳动光荣。

更光荣的是，人民生活在劳动有收获、劳动光荣的新中国。

北地县劳模大会的举办还完成了一件不小的事——让狼女有了自己的姓。

护军堡村的三个互助小组在互助中执行着换工记账的互助制度，今天你帮我家点豆子了，在账上记一笔；明天我帮你家摇耧了，在账上记一笔；后天他用你家的毛驴驮麸子了，在账上记一笔——

这好处就是，每一次互助都清清楚楚，你欠下我的点豆子事，你到时候就要拿摇耧的事还；他欠下你用毛驴的事，你就要用别的什么事再还。是把欠事、还事做了个账目，保障合作互助的公平。给狼女记账，名字还是写狼女，没有人问，也没有说。大家习惯了把一个人叫狼女，也就习惯了把她名字写成狼女。

劳模大会要上报填表，填表员问名字，狼女说她叫狼女。填表员看了在一旁的驻村工作队长伍秀治一眼。伍秀治端着水杯子来问狼女说："你叫狼女，但你姓啥呢？"

狼女说："我也不知道姓啥，那就姓狼吧！"

这惹得伍秀治哈哈大笑，把喝到嘴里的水都要笑出来了，他说："百家姓里哪有姓这个恶物的姓的？你找杨组长把账本拿来叫我看看，看组里是咋写你名字的？"

狼女找杨锁牢拿了本子，伍秀治看着本子摇头，说："这本子上写的还是恶狼的狼，这样暂时行，上报可不行啊……从长远看，你没有个姓也不是个法子……"

伍秀治低头踱步，用食指轻敲自己的太阳穴。半晌，他向狼女道："你就姓郎吧！"

狼女呆立着。

"哦，念法还是一个念法。"伍秀治拿了一支毛笔，在纸上写下一个大大的"郎"字。

"溪上遥闻精舍钟，泊舟微径度深松。青山霁后云犹在，画出东南四五峰。"伍秀治吟了一首诗，指着"郎"字向狼女解释，"这首诗是唐朝的一个诗人郎士元写的，写的有意境，有期盼。他的郎姓是个百家姓上的姓，你姓这个姓好！"

于是狼女姓了郎，县里颁发的劳模奖状上她的名字写作：郎女。

杨锁牢在背草鞋到西原的时候路经过省城，但是自己真正到省城来还是头一回。在第二天开省劳模表彰大会之前，杨锁牢好好到省城转了一圈。省城人真多，汽车和自行车都不少，火车也在远处冒着烟、喷着气前进……街上卖东西的也很多，简直是你想买啥就有啥。杨锁牢东看看，西看看，看见卖布的，他去扯上一块布，想着回去给女儿杨牵梅做个花袄穿；看见卖方巾的，他想起结婚的时候给郎女买过一个方巾，那就再买一个叫她高兴高兴吧；他还给儿子杨牵鸽买了一支钢笔；给王捉住买了个烟袋嘴子……回到住的地方的时候，他发现一个人也买了些东西往住的地方走。这人是个女人，杨锁牢总觉得这个人眼熟，但是想不起来她是谁。见锁牢打量她，那女人也打量锁牢。俩人都思索了半天，杨锁牢指着女人道："对了，我想起来了，你是我的恩人！有一年你给了我一包馍，还给了我媳妇三个鸡蛋！"说着，杨锁牢向女人作揖。

女人是花朵，她也是省劳动模范。当年杨锁牢去找姚团长，姚团长拿了他的何首乌、"狗头金"，连一顿饭也没说叫他吃。一家三口饿着肚子从姚团长处出来，路过花朵屋门口时，花朵朝他手里塞过吃的——那是一顿救命饭，是那一顿饭提供的气力让他们一家三口捱了过来。当时吃起来，杨锁牢只觉得没有比那个更香的馍，狼女也说再也没有吃过那么好吃的鸡蛋。由此，杨锁牢记得这个算是救过他命的女人。

花朵做布老虎做出了名气。西原解放后，经有识之士建议，西原县政府出面成立了西原布老虎公司，政府派员做经营，邀请花朵负责教授招募来的女工学做布老虎。西原布老虎公司纯手工做出的布老虎不光销在西原，也销到了省城，卖到了北京，甚至在年初作为礼品送给了外国贵宾。因为勤恳劳作，带领女工为西原争光的花朵被西原县选中，推荐到省上，又在省上被评为劳动模范。这里要插一句——花朵、李天官、李阿慧一九三三年就离开了李家大院，土改的时候未受到群众性运动的关注；至于冉增娃，他在土改时受到了应有的惩罚，在死前，冉增娃的大拇指头也被曾受他欺压的佃户咬掉了……

花朵笑着说："是的，是的，你一说俺也想起来了，啥都好吧？"

"都好，都好！过去那些不好的日子……要饭的日子，总算都过去了！"杨锁牢拎着手里提着的东西给花朵看，同时笑着回答。

听花朵说了她带领女工做布老虎的事，杨锁牢晚上睡不着觉。他在想：西原的女工能做布老虎，那么护军堡村的妇女们能不能做布老虎？能不能为护军堡村争光，甚至是为国争光？

人一旦躺下脑子就开始想事，那一想就一发不可收拾，从南想到北，从西想到东，从北地想到省城，从省城想到南山，从自己是谁想到自己百年以后要去哪里。杨锁牢在布老虎这事上翻来覆去想，想到半夜，想到好处时还要坐起来比划，惹得同屋子住的人都快要提出意见了，杨锁牢才逐渐放下思虑，进入了梦乡。第二天早晨醒来，杨锁牢一拍脑袋，觉得自己昨晚想的事情好笑，不过他确定下一件事——适当的时候，请花朵去护军堡村看看，让花朵提些看法，看村里的妇女、姑娘甚至所有村民都能做些啥副业。

三十九

劳模表彰大会如期举行，每一个代表都在会上听到了各种各样令人振奋的劳动经验。人人都摩拳擦掌，想要把学来的经验回去做应用。

杨锁牢也学到了很多新东西。回到北地后，杨锁牢劲头更足，向村民们说："现在社会好了，我们一定要好好组织起来，从小到大发展生产，走共同富裕的社会主义大道。"他总结以往经验提出：玉米要过石，肥足勤锄，适时下种是关键；粮食要增产，坡地变梯田。杨锁牢带领村民在平整土地、改良土壤方面下了大工夫。全年，护军堡村修埝地二百二十亩，修梯田二百三十亩，烧灰肥两万四千二百驮，全村玉米亩产达三百二十斤，比上年增产 14.3%。杨锁牢亲手培育的二十六亩半丰产玉米，平均亩产六百斤。这让互助组的工作又进了一步。杨锁牢还效仿别处经验，让郎女牵头在村组成立了农忙托儿所和由失去劳动能力的老人组成的抱娃组。

郎女自己也不甘落后，在她当上县劳模后，带领第一互助组的妇女们养蚕二十五席，抽丝三百两，收入二百四十元。她还在福泉泉水流出的小溪两旁寻觅到了蒲草，割了蒲草晚间编草鞋，用卖鞋赚来的钱帮组里缺吃少穿的组员渡过生活难关。

一九五二年十二月底，杨牵牛入朝参加抗美援朝战争……

驻村工作队队长伍秀治在郎女姓氏的问题上得到了启发，发现不识字、不认识自己的名字、不会写自己名字的人大有人在，他在汇报给县政府以后，要求引进“祁建华速成识字法”教护军堡村村民识字、写字。祁建华是解放军某部教员，他精心挑选了一千二百个汉字常用字，借助拼音符号作为辅助识字的工具，利用汉字字形、字义、字音相同与相异的特点，发明了“祁建华速成识字法”。在得到了县里的支持之后，冬春农闲时节，伍秀治支持文化教员在护军堡村一组的饲养室里办起了农民夜校，以三个步骤开展着识字工作：第一步，教村民先学会注音符号和拼音，用注音字母作为辅助识字的工具，做到看到拼音就能读出字音；第二步，大量突击生字，做到能读后，将汉字和日常说话内容对应起来，初步会讲；第三步，学课本内容，同时开展相关的阅读、写作、造句训练，巩固所认识的字。杨锁牢、郎女以及广大组员都积极地学习，以前看在眼里只看看不明白的符号，一天一天变得明了起来。

一九五三年，杨锁牢加入中国共产党，成为一名光荣的党员。

又经一年劳作，一九五三年冬，护军堡村民在摸索中把原先的三个互助小组因人、因事重新组合发展成为两个大联组，杨锁牢被村民们推荐为联组组长。这也让当年冬季到福泉乡里当了第一副乡长的伍秀治感觉到，实行农业合作化，是实现农业大发展的好路子，护军堡村的互助历程是实践农业合作化的好经验。

一九五四年春，伍秀治亲自带队指导护军堡村成立农业合作社。二月二十七日，以杨锁牢为主任的北地县第一个农业合作社——福泉初级农业生产合作社诞生。全社九十七人，五十三个劳力，有耕地六百亩，大牲畜四十头。福泉初级农业社实行土地、大牲畜、大中型农具折价，划成股份入社，财产属集体所有，社员在劳动日集体参加劳动。年终，股份、劳动日按三七开分配。护军堡村民还有一部分没有入社，杨锁牢到西原县去请花朵，希望她能来看看，看能不能让福泉初级社里的妇女们在农闲时做些布老虎，想这样提高初级社收入为社员做分配后，吸引更多村民加入到福泉初级社做社员。

杨锁牢去时，花朵正忙。她在省劳模大会上亮相以后，不光本省有人请她指导村中副业，就连外省县区也邀请她去指导做布老虎。由于个人性格的原因，花朵并没有接受邀请，这样一来，人们反而愈发稀罕起了布老虎。西原布老虎公司的布老虎产品成了好销的民间工艺品，要货的人越来越多，花朵手头总有不断要忙的活计。

不过花朵答应锁牢的邀请了。这一是缘分使然，二是花朵心想，花蛾说她嫁的工人的工厂搬迁在北地，这么多年没见花蛾了，她要去看看自己的侄女，与她叙叙话，再看看有没有弟弟的消息。

一忙忙到八月份，花朵忙寻了暑假在家的李阿慧，要她带自己去北地县。二十二年了，花朵与李阿慧之间没有称呼，李阿慧不知把花朵叫啥，花朵也不知李阿慧该把自己叫啥。

花朵说："娃，你有没有空？"

李阿慧回答："哎，有空！"

四十

履历表上填写的父亲是李天官。李天官把花朵叫姨，实际上花朵是李天官的小妈。如果跟着李天官的叫法叫，李阿慧是该叫花朵老姨。如果按照李天官与花朵的实际关系，李阿慧是该叫花朵奶奶。李阿慧自己的实际情况又是：花朵是把自己养大的养母，自己该把花朵叫妈妈。但是，多年来在这样一种复杂的叫法里纠结，第一声没有叫出来过，李阿慧也就一直没对花朵叫过啥。随着年龄长大，李阿慧与花朵俩人说话瞎搭话，多少还有了些尴尬。

李阿慧上完了女子学校，又去西原师范学校读了书。目下，她留校当了西原师范学校的政治课老师，还有另外一个身份是师范学校里的新民主义青年团支部书记。

花朵与阿慧去北地，自然还带上了李天官。“祁建华速成识字法”推广到全国后，李天官也在西原县看人识字念字，有人逗他，教给他一些拼音词语，他就天天在嘴巴里念着，也不知道念的啥，就算坐在从西原开往北地拉煤炭的火车车厢里，他嘴里也一直不停地嘟囔着。

杨牵鸽工作的北地煤矿管委会设在北地火车站不远处。杨锁牢给花朵说过，如果啥时候忙完抽出时间坐火车到北地了，就去火车站边上的管委会里找他儿子杨牵鸽，杨牵鸽会把她带到村里。当然了，杨锁牢也给儿子交代："如果哪一天有个叫花朵的劳模来找你，你马上把她引回来。"

好找得很！让花朵和李天官在门口等，李阿慧顺着管委会门前哨兵的指引，一找就找到了杨牵鸽。杨牵鸽趴在桌子上写东西，听见人叫，一抬头和进门的李阿慧四目相对。十年过去了。杨牵鸽眉眼没有大变，只是长成了一个英俊的青年，他生着国字脸，留着干净利落的短头发，肤色健康，浓眉大眼。而当年如同小鹿一样的李阿慧，也长成了落落大方的姑娘，浑身散发出知识女性的气息。

见是曾见过的人，李阿慧惊诧一声："咋是你？"

往年因"福"字有过一面之缘的杨牵鸽和李阿慧又相遇了。当年杨牵鸽听了老尼姑的说法知道李阿慧叫李阿慧，但因杨牵鸽一直跟在刘智明身后没有说话，而刘智明在给大家叙说"福"砖故事的时候也并没有提起杨牵鸽叫杨牵鸽，需要说明故事的离奇而不得不引入见证人时，他也只是指点着杨牵鸽说："这个娃"或"就是这个娃"。所以花朵让李阿慧在火车站旁的管委会寻杨牵鸽，李阿慧并不知道将要寻到的人是那个和自己一样爱写"福"字的孩子，只不过孩子们都长大了。

锁牢和郎女带着花朵在村里转了整整两天，把能看的都看了。杨牵鸽也请了假，带着李阿慧先在护军堡村里看了古城墙，又带她去看了村脚下的福泉，还在附近的村庄看了两棵古树。

一棵古树相传是一千年以前杨六郎驻守北地时栽下的银杏树。只见那银杏树枝干虬曲苍劲，树根像巨兽的爪子一样抓进地里，树皮犹如斑驳的黑鳞甲，树叶形状好比罗刹女口含之芭蕉扇，叶与枝之间还三五颗一簇生长着银杏果。杨牵鸽让李阿慧摸一摸那银杏树，他说："你摸，这叫顽强，千年生灵的顽强。"

还有一棵树，据说是一千三百年以前，唐朝高僧玄奘用从印度带回来的娑罗果种下的娑罗树。娑罗树又名七叶树，那树有两三抱粗，树冠如车盖，树形姿态优美，繁茂异常，各种不知名昆虫在树间"嗡嗡"地忙碌着，不知是在耕作还是在繁育。但是，那树上发出的"嗡嗡"声不仅不嘈杂，反而听了令人安宁。一股强大的生命力之感涌上李阿慧心头，她忍不住地掉下泪来，慨叹道："生命的形式如此之丰富，生命的力量如此之繁盛，我们的人生也应耕耘、涌动！"

杨牵鸽见阿慧慨叹，自己也默默向生命力致敬，向热爱耕耘的生灵们致敬！

不光看，还要吃。在家里人用最鲜甜的洋柿子做了洋柿子鸡蛋面，而郎女为了感戴花朵当年赠予她三个鸡蛋之恩，又打了满满一碗荷包蛋让花朵吃的时候，杨牵鸽带着李阿慧在北地县城里尝油糕、嚼甑糕、品凉粉、吃酸汤饸饹……李阿慧吃不下了，杨牵鸽还在买东西让她吃。她吃不了没关系，因为后面还跟着一个李天官，有多少东西李天官给你吃多少东西。

吃完东西后的李天官跟在他们后面嘟囔，说着识字的人们教他的拼音。原来听了多少回都不知道他在说什么，但如果与身上发生或可能发生的事情结合着听就不一样了。这次不光李阿慧听懂了，连杨牵鸽都听懂了。他说的是："tan……lian……ai……" 听懂这一新式词汇的瞬间，李阿慧先脸红了。紧接着，杨牵鸽的脸也红了，他的脸红得像一只正在抱窝的母鸡。

你看那些学拼音识字的人是不是闲得学驴叫唤呢？给李天官教的都是些啥话么！

在村里转了两天的花朵不得不向杨锁牢主任坦白："你们这地方跟俺们那里不一样……"

杨锁牢说："没事儿，你有话直说！"

"你看，你们这村离县里太远，也没有临街的铺子。"花朵看了看郎女，郎女正在编草鞋，地上一堆蒲草，墙上还挂着一些编好的鞋子，"咱们都是农民对不对？不靠街，咱们做出布老虎来农民是不要的。做布老虎既费时间，就算做出来了也没有买主。"

杨锁牢一边听着，一边点头。

花朵又说道："不过你叫俺来了，俺也到村里看了，你们又好吃好喝伺候俺，俺有一点看法不知当讲不当讲？"

杨锁牢说："你讲，你讲我俩都听。"

听丈夫一说，郎女也把手里的活计停下了。

花朵说："郎女编草鞋是个路子，农民干活怕伤脚要穿草鞋，今年你们先编了草鞋试一试，如果有人买……"

郎女接话："有人买，有人买，村里常有人到我这里买草鞋。"

"既然有人买，那这个事情就可以慢慢做大，草鞋可以卖给咱村人，也就可以卖给邻村人。今年就这样在周围村里卖草鞋。如果量上来了，你们明年还可以编草帽、编草席，你们用蒲草编，我看人家戴的草帽也有拿麦秆编的……说不定你们明年也可以试试！俺的意思是，咱们这里想做副业，要服务农民为主，要实用为主，不知杨主任咋看？”花朵说完，看着杨锁牢。

杨锁牢那晚在省城没有想明白的事儿，花朵三言两语就说清楚了，看来是隔行如隔山，老农民和手工艺人的想法就是不一样。杨锁牢连连慨叹：“说得好！说得好！你一下给我把这事儿把住脉了。”

四十一

李阿慧先回西原了，花朵又在北地呆了几天，先是把做老虎、卖布老虎的一些经验给杨锁牢召集起来的七八个福泉初级社员代表说了说。草鞋、草帽等毕竟和布老虎不一样，她后来又着重说了做草鞋、草帽要实在，做出的东西要牢，结实耐用就是农民要的东西。有人开玩笑说："跟我们主任一样，把它锁牢！"大家便都笑了。

后几天，花朵托杨锁牢打听到了花蛾丈夫工作的地方，也找到了花蛾，她便带着李天官到花蛾处住了几天，和花蛾叙了叙家常，问了花蛾她母亲和弟弟在陇地有没有消息。花蛾说来到北地后也一直没有他们的消息。花朵说："那行，那俺还是继续给咱们看着门，如果他们回来了再说。"回去之前，她还塞给花蛾五十块钱。花蛾推辞，花朵硬性搁下了，说这么多年住房子，这算一些赁房钱。

在花朵的指引下，福泉初级社农闲时编草鞋、编草帽由小到大地开展起来了。一九五五年一月，福泉初级社副业收入超过五百元大关，社里的社员人人都分到了钱，有人口多的家庭甚至分到了二十多元。其他没有入社的社员看在眼里，都纷纷要求入社，正如一位曾不入社的社员说的话："我原以为自己有牲口，入了社怕吃亏。但是不入社，我一年到头，忙了这头顾不了那头，收入还不如社里原先不如我的人。还是组织起来力量大！入社就是好！"这样，剩下的人们纷纷入社，一边干农活，一边做副业挣钱。

一九五五年中，北地煤矿管委会改为北地矿务局。一九五六年春，杨牵鸽被选举为北地矿务局团支部书记。

一九五六年年底，全省团工作会议选在北地县召开。在会议上，北地矿务局团支部书记杨牵鸽又遇到了西原师范学校团支部书记李阿慧，并且，李阿慧在这次会议上担任着与会代表交流时协调发言、组织串词的主持人。会议开了三天，两个年轻人在会上积极讨论团的工作，会后又在会场外散步讨论历史、文化以及艺术。

杨牵鸽、李阿慧互相爱慕上了对方。

当你用心做一件事情的时候，老天爷都会帮你。你用心爱的时候也一样。团会议开完的那天下午，看到了李阿慧的主持、组织才能又急需团工作人才的北地县县委书记郭云海，找到李阿慧谈话，问她愿意不愿意到北地县来工作。李阿慧的心里开了一朵花，谢着郭书记说愿意。

经郭云海书记亲自赴西原做工作，一九五七年三月，李阿慧从西原师范学校调到北地县，任北地县新民主主义青年团委书记，与同是团干部的杨牵鸽正式相爱了。他们这一场爱恋是天作之合，用话语来形容的话，叫以“福”为媒、以劳动为缘、以“团”成佳话。

在福泉初级农业生产合作社成绩突出的情况下，北地县、军台岭区继续派出工作组，把紧随福泉初级社之后成立的东方初级社等九个初级农业生产合作社和福泉初级农业合作社合并，成立了东方福泉高级农业合作社。

东方福泉高级社建有党、团支部，还有妇女、民兵、监察、安全、卫生等组织。东方福泉高级社的办事机构是东方福泉高级社管委会，杨锁牢任管委会主任，另有两名副主任，高中毕业生田发明任会计。包含原福泉初级社在内的十个初级社编为十个生产队，各设队长一名，均任管委会委员。福泉高级社生产队成员囊括了福泉乡所有村庄。因此，福泉乡成为北地县唯一的直辖乡。

东方福泉高级社能办很多的事儿。如买拖拉机——原先的初级社买得起吗？再比如拓宽重修从福泉乡到北地县县城的道路。福北道路长十五里，把两三米坑坑洼洼的小路修成平平整整足足有十米宽的大道，这靠一两个初级社根本修不起来。然而在东方福泉高级社主任杨锁牢的分配下，东方福泉高级社的十个生产队轮流修路，每队修一里半，大家把十五里修好就没啥，感觉还没修就修完了。修好了路，队队受益、人人受益。

还比如在福泉乡有一土梁，名字叫驴尾巴梁，它占地有二百余亩，高十数米，匍匐在黄土塬上。因了它，各生产队农民到梁后种地，不得不绕行一里多路，农民耕种、收获都不便利。一九五七年冬天，杨锁牢号召东方福泉高级社全体社员开展了“大战驴尾巴梁”大会战，社员们摇旗呐喊，出动了全社的力量，开拖拉机的开拖拉机，吆马车的吆马车，挖梁担土，男女齐上阵，老人做饭娃送饭……大干了一百天，人们把驴尾巴梁夷为平地，还把运出的土再次平整起来，拢共整出五百多亩平坦的土地来。在这五百多亩地里撒上麦种子，哎呀，一到麦熟的季节，五百亩地麦浪滚滚，全高级社的人们看见了那么大片的麦子都高兴得想掉眼泪！有个老人感慨道：“多少辈辈人干看都把驴尾巴梁没办法么，到咱们手里咋就把事给弄成了？高级社的本事真真了不得！杨锁牢主任真真是能人！”

当然了，以变工互助模式放大发展出来的农业关系，难免会因为客观条件的限制，存在着长与短、多与寡的问题。

就从最初的互助小组记工账说起吧。人们以工换工不会完全公平，比如你今天给我帮忙种了麦，我明天可能因为感冒发烧去帮你耕不了田；他今天给你用了他的骡子，后天你可能因为各种各样的事而不能参加他的活计。生病、死亡、婚娶……人类的事务是多元的，计工账能在主观上约束人，但客观事件的发生总会造成换工方面你多我少之类的不公平。

杨锁牢主任要努力把东方福泉高级社的一碗水端平，不好端！就劳动过程来说，东方福泉高级社共辖十个生产队，每个生产队的自然环境不一样，有的生产队在塬上，有的生产队在川道，塬上的地里稍微一旱便要浇水，川道里的地再旱也浇不了多少水。为了保证一碗水端平，东方福泉高级社管委会委员们只能开会决定给塬上、川道里的地安排同样的浇水时间、浇水量。这样，造成该浇的地反而没浇够，不该浇的地做了无用功。还比如劳动果实的分配，有的生产队自身的土壤好，地里长出来的粮食颗粒大，磨面时出粉率高；有的生产队里的土地贫瘠，长出的粮食颗粒干瘪，一斤不抵人家六两的吃头。但在要公平分配的情况下，必须把全社的好粮、次粮合在一起做平均分配，这就造成了个别有好地的生产队里社员的不满。他们心想：我们自己地里产的好好的粮食，我为啥要吃次粮呢？这样，也就有生产队在收获季节里偷收粮、偷分粮。

无论个人和个人之间，还是生产队和生产队之间，或者是个人和生产队之间，甚至个人、生产队与高级社之间，在这一时期都面对了一些现实客观的问题。面对这些问题，东方福泉高级社主任杨锁牢只能摸索着寻找解决办法。

四十二

一九五八年初，因境内煤炭资源丰富，煤炭工业在区域经济中的比重不断攀升，北地县撤县设市，北地市成为除省城以外本省第二个省辖地级市。

一九五八年四月，杨牵牛所在中国人民志愿军完成入朝作战、驻防任务后回国，暂驻长白山。

因各地正在开展反右派活动，而且部队归国后即将做出全员人员调整，政治部只给师长杨牵牛放了半个月探亲假让他回乡省亲。杨牵牛的妻子与他是同省乡党，在医院药剂科工作，儿子杨建国八岁，在长白山军分区家属院小学入学上一年级。考虑到妻子工作、儿子上学以及当前的社会形势，杨牵牛决定独自回省探亲。他的计划是：先到北地看望叔父杨锁牢，再回南山为祖父母、父母扫墓。不料计划被打乱，他在北地县赶上了堂弟杨牵鸽和弟妹李阿慧结婚。

杨牵牛军线联系了调到北地军分区工作的老部下张二娃。北地军分区副司令员张二娃提前一天就到省城火车站等着接老首长。一接上老首长，张二娃向开车的战士下达命令：“向北地进发……消灭隐蔽在我柜子里的两瓶敌人……”

杨牵牛警惕性很高，问：“还有敌人吗？”

司机战士边开车边向杨师长解释：“我们司令员说的是他专门为您准备的两瓶好酒……他说您在红军时期就是好酒量……”

“哈哈哈哈，他还记得我喝酒迷惑敌人的事啊……好，我们今天就继续消灭敌人……”杨牵牛笑着拍张二娃的肩膀，迎合着司机战士的话。

夜间，一盘花生米，一碟酸菜，杨牵牛和张二娃喝上了酒。俩人边喝边说过去的事儿——剿匪的事儿，朝鲜战场上的事儿。酒喝毕，杨牵牛问起张二娃一件多年来没问过的事：“当年你在虎尾巴梁下当儿童团员，我一问路，你就给我指出了游击队的藏身处，你都不怕我是坏人？”

张二娃笑说：“不怕！”

杨牵牛问：“为啥？”

张二娃说：“薛言遇害的前两天回过一趟虎尾巴梁，他向组织上汇报要发展一名年轻的新党员，组织上同意了。组织上还特批了十个红苕让他请要发展的同志吃红苕。那天你给了我一个红苕吃，我看你年轻，再看你四处找红军，我就知道你是薛言要发展的人……”

杨牵牛恍然大悟。他估摸当年吃完红苕后，薛言要和他谈张二娃说的事儿，但是……话说到这里，杨牵牛、张二娃二人陷入到长久的沉默当中。

第二日，张二娃陪伴杨牵牛去了埋葬薛言的山坡，他们拔了薛言坟上的草，为他敬上了四月间的山花，敬献了十个蒸好的甘、面红苕。

第三天晌午，戴着别有“八一”帽徽的军帽、领章上佩戴着大校军衔的杨牵牛带着上校张二娃坐着吉普车去到护军堡村，不等战士下车开车门，杨牵牛和张二娃一推门就下车了。要到地里去干活的村民们看着村里来了生人，而且好像是大官，都驻足，好奇地打量着他们。东方福泉高级社会计田发明刚好路过，一边唤人去找杨锁牢主任，一边迎上来道：“不知各位领导要来高级社视察没做准备……先上管委会喝水吧？”

杨牵牛忙制止，向田发明解释：“这位同志，不要误解，我们不是来视察的，我们是来找……”

话音未落，有一个黝黑、瘦高的汉子打量着他，叫道：“牵牛——”

这正是闻听有大官来视察赶来迎接的杨锁牢。不料大官是他侄儿杨牵牛。

“大大——”杨牵牛忙过去握住叔父粗糙的手。

田发明跟在后面问杨锁牢：“主任，你看叫领导去管委会喝水还是……”

杨锁牢对田发明和驻足的农民们说：“发明你去忙去吧，大家也都到地里干活去吧……哎！对了发明，你到管委会里给大家打个招呼，给我请一天假，就说我屋里来了亲戚。”

杨牵牛跟着叔父回到家中，在杨牵牛仔细打量窑洞、灶房及家中的其他物什的时候，杨锁牢吩咐十三岁的杨牵梅去县里把杨牵鸽和李阿慧叫回来。张二娃给战士使个眼色，司机战士开车带着杨牵梅去了。

在地里忙活的郎女听到家里来了人，也赶紧放下活计回到家中，一见是侄儿杨牵牛，郎女先是哭，说："这么多年你大大天天梦里叫你名字哩，你咋才回来呀——"

杨牵牛也忍不住流下泪来。

杨锁牢佯装训斥郎女道："好好的，你把娃惹哭干啥？"

郎女赶紧抹了自己的眼泪，也给杨牵牛擦了眼泪，说："回来了就好了……回来了就好了……"之后，她忙活着去鸡窝里抓鸡蛋，去自留地里割韭菜，要包韭菜鸡蛋馅的饺子。

杨牵牛是在战争期间成的家，没有办法也没有机会给杨锁牢说。等杨牵鸽、李阿慧、杨牵梅都回来了，一家人坐下来吃着韭菜鸡蛋馅的饺子，杨牵牛把自己去参加抗美援朝以及自己有妻儿、儿子叫杨建国这些事都给杨锁牢说了。一家人听了都高兴。杨牵牛说："这一回回来，部队上给的时间短，我也走得急，没有带他们，下一回一定把他们带回来见见自己的亲人。"

杨锁牢问："部队上给多少天假？"

杨牵牛回答："一共给了十五天，来回路上得四天，用了三天了，还有七天就得回部队！我打算明天回……"

话音未落，杨牵梅说："那刚好，那这一回我哥结婚我牵牛哥也能在哩。"

杨牵鸽的婚礼定在五天后的五月一日。一听这话，杨牵牛便把要回南山一趟的想法搁置了起来，他冲大家说："牵鸽结婚是咱们家的大事，那我必须得在！"

杨牵牛提前送了一块在朝鲜战场上缴获的美国手表给了堂弟

杨牵鸽，又把临走前妻子从药剂科带回给他的十五支搽手药膏分给婶婶郎女、将过门的弟妹李阿慧、堂妹杨牵梅一人五支——朝鲜天寒地冻，护手药膏是战士的必需品。郎女说她不用，把她的五支分给李阿慧三支，分给女儿两支，杨牵梅怪她妈偏心眼，郎女说："你阿慧姐天天上班在外面跑要抹，你抹那么多干啥？"

李阿慧笑着把三支护手药膏都要给杨牵梅，杨牵梅笑着推回去，说："我是逗我妈玩呢，姐你拿着用，如果我不够了我再找你要！"

五天里，杨牵牛住在了军分区，见见以往的老战友，也随战友去和地方上的同志叙叙话。期间还专门抽了一天时间，让叔父杨锁牢带他在护军堡村里转了转，他想看看护军堡村里还缺些什么，少些什么，看能不能尽自己的能力帮些什么。会计田发明也跟着一起转，当杨牵牛看拖拉机的时候，田发明戳着杨锁牢让他向侄子开口要拖拉机；当杨牵牛看肥料的时候，田发明戳着杨锁牢让他张口跟他的"大官"侄儿要肥料……杨锁牢主任一句口也没张，道理很简单，牵牛娃要看那叫他看，跟他要这些东西，他是个带兵打仗的，哪儿来这些东西，对不对？

当走到往年开垦出的荒地时，杨锁牢指点着那块已有五六亩的贫瘠土地对侄儿说："刚来这村里，偏凭这几亩地把咱一家人养活了！"

杨牵牛看那地里什么也没有种，问杨锁牢："大大啊，那咱这地现在咋没有种呢？"

杨锁牢说："这地里全是料姜石，打不出粮，入社社里不要，这地里种粮不行，我估摸着栽些果树还行……现在还没有果树苗子……”

杨牵牛哦了一声，没有说话。大家又到别处去看了，边看田发明还是戳、戳、戳，杨锁牢该不理还是不理。

世界说大，太大了。出了一座山，还有一座山。出了一个国，还有一个国。山连山、国连国、洲连洲、洋连洋，大到你一个人终其一生也看不完世界的一粒沙。世界说小，也太小了，杨牵牛师长出走半生，在杨牵鸽的婚礼上看到李阿慧的娘家人是花朵和李天官时，仿佛回到了十四五岁的少年时期。花朵在他耳旁小声说的一句话，令他更加目瞪口呆——李阿慧竟是张天罡先生的女儿！当他把这个消息耳语给叔父杨锁牢时，杨锁牢和他一样震惊，他俩的思绪飞到了西原，飞回了南山，飞回了猛龙镇，飞回了猛龙峪马车店或者戏楼学堂——花朵向杨锁牢、杨牵牛点头示意，杨锁牢和侄儿也向花朵点头回应，他们三人的意思是——这事儿他们自己知道就行了。

结这场婚，条件有限，喝是用玉米酿的玉米酒，吃是吃臊子玉米面饸饹，臊子里面有少许肉丁。待客的菜有两道：一道是凉拌白萝卜丝，另一道是凉拌胡萝卜丝。因为感慨世上万事万物造化绝伦，杨牵牛就着萝卜丝多喝了几杯酒，叔父杨锁牢也陪着他喝了不少。俩人慨叹：世上这事咋是这样转圈圈走呢，想不到啊想不到！

东方福泉高级社的人们来了许多，大家喝着酒吃着臊子玉米面饸饹，个个狼吞虎咽……

杨牵牛看着大家吃饸饹的样子，问杨锁牢：“高级社里能吃饱饭吧？”

在解决高级社遇到的问题上，杨锁牢组织东方福泉高级社管委会的委员们对各个生产队的情况进行了彻底的调查，大家开会做了深入的研究。之后按照土地、牲口、农具、劳力固定到生产队的“四固定”原则,实行了生产队干活包产量、包投工、包投资，超过了生产任务奖励、完不成任务罚的“三包一奖”办法。在劳动成果分配上采取“统一测粮食产量求平均值”，求出全高级社的粮食平均产量，若哪个生产队的产量超过平均值，超出部分归还生产队。这样解决着生产队财产、劳动、分配等方面出现的一些问题，缓和着已经出现的矛盾。大方向没错，大问题也都解决了，但是各种各样的小问题还在出现着。比如说奖，奖谁都愿意，没有生产队不愿意。而罚呢，说条件的时候都同意，到真要罚的时候都不愿被罚。那么怎么罚，罚到什么程度呢？

恰逢杨牵牛问了，杨锁牢吃了一口白萝卜丝，带着酒劲在思考，他慢慢地说：“个人干事是拔碎萝卜，只够塞牙缝……先是互助小组，再是初级社，再到高级社，干事好比是吃一盘能吃的萝卜菜……都有困难难咽的时候……高级社好歹能克化……不敢再大了……再大萝卜就要空心了……”

身后帮忙给宾客们倒酒的东方福泉高级社会计田发明，眼睛扑闪扑闪地眨着……

四十三

结婚后一个月，李阿慧在工作中受到排挤，被安排到福泉乡参加农业作业活动。

在一场大会上，北地市委常委、组织部长肖明鼓励与会人员发言，全场鸦雀无声，无人说话。一再鼓励无效，肖明点名团委书记李阿慧发言——一九五七年五月，新民主主义青年团已更名为共产主义青年团，更名后，李阿慧任北地市共青团团委书记。肖明部长说："阿慧同志，你是云海书记亲自到西原请来的青年才俊，"肖明看了北地市委书记郭云海一眼，郭书记面无表情，脸色淡黑，他继续说道，"请你不要辜负云海书记的良苦用心，务必大胆批评我们北地市委、市政府的各项工作！"

李阿慧不得不做出发言，她说一条，肖明记一条，还鼓励她："说……说……阿慧同志，请你继续说下去！"会场里也渐渐有人七嘴八舌议论起来。

这样，李阿慧说了三条建议，会场里的人们议论出了七条建议，肖明把建议统一记录归纳。问题都是普通问题，比如其中一条是：建议市办公机关的同志们节约用水。在郭云海书记做会议总结之前，肖明发言道："阿慧同志提的这几条建议都很好，都利于我们市委、市政府后续工作的开展……"会议还未结束，市委组织部办公室便把多条建议在白纸上写好了，在全体与会人员的监督下，李阿慧在纸张下端签上了自己的名字。

纸张当天贴出。人们议论纷纷，还有人说李阿慧搞腐败，不光在脸上抹雪花膏，她还在手上抹雪花膏呢。李阿慧抹手的"雪花膏"不过是从朝鲜战场回来的老兵杨牵牛赠送给她的搽手药膏，但事儿解释不清。

关键时候，郭云海不得不立即召开市委常委会议，免去李阿慧北地市团委书记职务，建议将李阿慧安排到福泉乡进行农业作业活动——有意建议福泉乡，好让李阿慧得到丈夫家人的照料。全体常委举手表决通过。

一九五八年下半年，福泉乡改为福泉人民公社，劳动互助关系进入更高的阶段，东方福泉高级社变成了福泉公社下辖的一个生产大队，东方福泉高级社主任杨锁牢变成了护军堡生产大队的大队长。人民公社规模大，生产资料公有化程度高，实行政社合一体制，既是一个经济组织，也是一个政权机构；既要负责农业生产，还要管理工、农、商、学、兵等各个社会阶层。人民公社在生活生产中实行生活资源、生产资料供给制；在日常实行"做活不计工、吃饭不要钱"，开办着人民公社食堂。

一心要带领社员把日子过好的杨锁牢以一个党员极高的忠诚度投入到了福泉公社的生产劳动中，他一面带领全大队劳力抓当季农业生产任务，一面又带领大队社员在一九五八年冬季至一九五九年春季修水渠八百米，扩大水浇地三十亩；在夏、秋季加强农田管理，一九五九年，护军堡大队粮食产量达到755937斤，比一九五八年增产37%，社员人均收入增加了5.53元。

福泉人民公社食堂轰轰烈烈地举办着，前头吃了几顿好饭，后面粮食紧缺起来，不光好饭吃不上了，哪怕老鼠掉到稀饭锅里，炊事员把老鼠当着社员们的面捞出来，社员们端着稀饭照样喝，不喝能咋办？不喝就得饿肚子！

大家都饿，只有少数人不饿！谁不饿？炊事员就不饿！护军堡生产大队会计田发明他弟田发现在公社食堂背后解手的时候，从后窗户里发现公社食堂的炊事员背过身子吃馍。田发现回家对他哥田发明说："你想办法把我弄到公社食堂当炊事员吧！"田发明说他在公社里说不上话，田发现就在家里连哭带滚，说他要喝老鼠药，要跳窑背。

无奈的田发明去求杨锁牢，说让他给调到福泉公社当书记的伍秀治说一说，把发现弄到食堂当炊事员去。杨锁牢正在大队部看公社材料，他挥着材料说了一句："发现又不会做饭，发现还当炊事员哩？发现咋不上天去呢？"

晚上躺到炕上的田发明开始了琢磨。他琢磨，杨锁牢说话的意思是他兄弟田发现不是一块好料，那么我田发明和田发现是亲兄弟，我也不是一块好料了？我不是好料，难道他杨锁牢就是好料？他拿着材料当大队长，他就是当大队长的料？人没尾巴，比驴难认。这一琢磨不要紧，这个常跟在杨锁牢屁股后头"大队长长，大队长短"的田发明当下就从炕上跳起来，点上煤油灯，写出一份声明。

张贴在福泉公社外围墙上的声明不多，就一行字：杨锁牢说公社是空心萝卜！

这是把几个月前杨锁牢和杨牵牛喝酒时说过的话，生搬硬套了过来。但这份声明有着像炸弹一样的威力，迅速传遍了全公社，引发人们议论纷纷。与杨锁牢建立过深厚劳动友谊的福泉公社书记伍秀治不得不在“空心萝卜”舆论压力下发话：“杨锁牢思想错误，停职反省！”

回到长白山不久，回国的志愿军十一军番号撤销，对全体人员进行分流——大部分人员留守长白山，其他人被分配往全国各地。分配命令下来后，杨牵牛携妻儿往命令指定的天山军区报到，任天山军区作训部参谋长。同期到任的作训部政委是渤海湾人，他从渤海湾带来了几箱苹果，说是自己家里的苹果园产的，送给了杨参谋长一箱。杨牵牛顺手拿了一个苹果闻香气，猛然想起叔父杨锁牢的五六亩料姜石地，他便向政委求助，托他在渤海湾买一些苹果树苗，政委拍着胸脯说没问题。

一九六一年二月，北地军分区副司令员张二娃派司机把从渤海湾托运到北地火车站的二百来棵苹果树苗给杨锁牢送到了家里。杨锁牢找福泉公社书记伍秀治汇报工作，说要把苹果树苗栽到自己以前垦开的料姜石地里，他愿意把栽好的果园入股给大队，但是他要提个不知当讲不当讲的要求。

伍秀治笑了说：“没有啥当讲不当讲的，老杨你有话就直说！”

“伍书记……我想叫阿慧回来跟我一起来栽树……”杨锁牢说。

伍秀治抿嘴，他想了想说：“这事我来想办法，你刚说你那树苗还不少，等你跟儿媳妇俩人栽完都过了栽树季了……”

四十四

李阿慧在福泉公社东方大队参加农业作业活动，这让团干部出身的她痛苦不堪，她想不通自己到底做错了什么，想不通组织部长肖明为什么要叫她发言。如此一来，李阿慧在参加大队劳动时干活干不动，吃饭时也吃不香，社员愈发看不顺眼这个女人。

杨锁牢适时开导了自己的儿媳妇，他给李阿慧讲述了自己放牛的日子，当伙计娃的日子，沿路要饭的日子，他说："娃你看，新社会不光给了咱饭吃，还给了咱事干，如果在旧社会的话，咱还干事哩？想都不要想！咱一家人必定是要饿死了，娃你说是不是？"

阿慧点了点头，说："是的，大！"

"现下你手头上的事干不成了，那咱就不想那事了，"杨锁牢要把儿媳妇的思想扭转过来，看她在认真听，知道她听进去了，他继续说，"那咱另想算着看能干什么，干什么有用……无论你原先是干部也罢，现在是农民也罢，人活在世上要当有用的人，我也想不来太多办法，我这儿有一个办法你思谋思谋看……”他停了下来。

“大，你说啥办法？”李阿慧显然听进去了。

杨锁牢一字一句地说给儿媳妇听：“只……将……勤……恳……劳……动……做……法……宝……”

这句话说得真好，必定是饱经风霜的智者才能说出这样一句话——是啊，勤恳劳动不光能让支持你的人更支持你，还能让不支持你的人不至于害你。最关键的是，勤恳劳动会货真价实地产出劳动果实。

从此以后，李阿慧放下心理负担，认真参与东方大队的田间生产活动，有时还主动去干挑大粪、磨面推碾子等重活。杨牵鸽每逢礼拜天回家，也去东方大队探望李阿慧，俩人还时不时在田间散散步，在山谷里摘摘花……一九六〇年底，李阿慧生下了儿子杨建华。

杨建华太小离不开自己的娘，但李阿慧带着杨建华在东方大队，家里人又照看不上。借栽树的由头，杨锁牢是想让伍秀治把李阿慧重新安排到护军堡大队，这样能把那娘儿俩照顾上。

答应了杨锁牢想办法的福泉公社书记伍秀治到东方大队检查工作，看着李阿慧在担大粪，他背着手问东方大队的大队长王海娃：“李阿慧干活怎么样？”

王海娃报告：“每天都能完成干活指标！”

伍秀治道：“在你这里能完成指标，不知道到别的地方能不能完成指标！我看不一定……”

“伍书记的意思是……”

“让李阿慧明天到护军堡大队报到，换个地点继续农业作业！”

“是！”

过了两天，伍秀治又去护军堡大队检查工作。接替杨锁牢任大队长的田发明给伍秀治发烟、倒茶，忙得不亦乐乎，伍秀治抽着烟问田发明：“发明啊，今年二十几了？”

田发明回答：“报告书记，二十五了！”

伍秀治吐一口烟道:“哎呀,年轻有为啊,发明同志前途无量！”

田发明受宠若惊，满脸堆了笑说：“报告书记，我一定会继续努力。”

“个人努力是一方面……”伍秀治沉吟着。

田发明脑子是活，他说：“还希望伍书记多多关照！”

“发明你这话说的，我该关照是肯定会关照你，但你个人还要积极地向组织靠拢呢！我听说人家北边有些公社里都开始栽果树了，说什么‘一亩园，十亩田’，我看这事不一定……但发明你说万一其他公社都把果树栽上把事弄成了，咱公社里在果树这块还是个光秃子头，你说我这个当书记的脸上难看不难看？”伍秀治盯着田发明看。

“那不可能……”田发明讨好着说。

伍秀治沉默着，他在心里默数了二十声才开口，他说：“你说不可能！那我到时候脸上难看了的话，这个责任由你来负好不好？”

伍秀治说话之前的沉默已经把年轻的大队长吓得脸都白了，

再加这一句话轻飘飘地从伍秀治嘴里说出来，更把田发明吓得腿打哆嗦。

“我听人说杨锁牢的亲戚给他运了些苹果苗子，杨锁牢要栽到地里去你不让栽是不是？”伍秀治诈田发明。

怕负责任的田发明慌忙不迭地答：“没有这事，没有这事……他要栽树我还要派大队社员一起栽呢！我咋还能不让他栽呢？”

伍秀治这才喝了一口水。田发明又跑着提开水瓶给他把水添上，伍秀治说：“既然这样的话，我就放心了，那看来咱福泉公社要靠你发明队长给咱撑脸面了……我建议，如果有这样的劳动机会，让村里需要农业作业学习的人也来参加栽树！到时候我可是要来检查的……”

“一定一定，欢迎伍书记随时检查护军堡大队工作！”田发明承诺着。

伍秀治起身离开，走之前拍了拍田发明的肩膀说：“田发明，好啊好，年轻有为……年轻有为……”

田发明谄媚地笑着，心中升腾着无限种对未来的渴望。

村里需要农业作业学习的人只有刚刚从东方大队转到护军堡大队的李阿慧。二人栽树显然忙不过来，田发明指派了二十多个大队劳力同杨锁牢、李阿慧一起，挖坑、上粪、栽树、浇水，一连串忙活起来。大家用了七八天时间把苹果树苗子全栽到了地里。其间，伍秀治还真来看过一次，他站在地头跟杨锁牢说了几句话，伍秀治还给杨锁牢点了一根烟。

田发明伺候在一旁，他正在说：“这些苹果苗子好，我看肯定比北边那些公社里的苗子好……”见书记给杨锁牢点了烟，田发明不失时机地转变话题说："伍书记……我建议让老队长当大队护林员，给咱把大队林场看护着，也把这些苹果树给咱经管上……"

伍秀治点了点头说："这是你们大队里的事，我就不便参与了，但是你这个想法不错，当护林员也是好的嘛！"

清明下过一场雨后，远路来的苹果树苗在黄土地里生发出了嫩绿嫩绿的叶芽子。

四十五

田发明没说错，那批苹果树苗确实好。

十二年后，苹果树从小树苗长成了茁壮、健康的果树。春季里，蜜蜂前来采苹果花蜜；夏季里，昆虫和蚯蚓在地下为苹果树松土；秋季里，连松鼠都要来转一转树上的苹果，让它的背光面红得更快一些。苹果成熟的季节，杨锁牢手牵着孙子杨建华，在苹果园里转啊转，听见孙子说哪颗苹果好，他便摘哪颗下来给他吃——他将在回去后，主动交给大队会计相应价值的苹果钱。杨建华咬一口红红的苹果，对杨锁牢说：“爷，苹果真甜呢——”

杨锁牢还在干着大队护林员的活计。他中间连续干过三年护军堡大队大队长工作，那三年里，大队里的粮食都丰收了，集体经济得到了恢复，社员们的生活得到了改善。

然而不久后，杨牵鸽的完小同学郭喜分别向北地矿务局、福泉人民公社写信说了杨锁牢杨牵鸽父子同三青团北地分团区队长吕畅之间的来往。经调查组调查，虽然郭喜举报的事实是杨氏父子为了躲避抓壮丁而与吕畅产生交集，但是吕畅是什么人？怎么能去交？之后还有没有继续来往？由此引发的一系列问题杨锁牢、杨牵鸽答不上来。

有人举报过去的事儿屡屡发生，就连天山军区也收到了有人从南山县邮寄过去的信函，说杨牵牛参谋长同国民党反动派姚刚是师生关系，还说杨牵牛曾借剿匪之名，授意往昔部下残杀百姓为姚刚的家人报私仇。

这种挖空心思写信的人背后可能是人人自危的心理，是一个人如果不去举报别人就可能被人举报自己的逻辑，实践这一逻辑的人还发现，写信不光能得到自我保全，而且有一定的现实利益。

郭喜是护军堡村中一个普通的村民，原本，他很紧张，也害怕，可能抱有了自我保全的目的而举报了杨锁牢、杨牵牛后，他被福泉人民公社主任田发明看中，选为福泉公社材料组组长。这了不得，这一种举报带来的收效马上令郭喜着魔！他向田发明保证，一定会更加努力做好材料组织工作。

就在他做保证的那个傍晚，郭喜去公社后面的公厕上厕所，据在公厕隔壁不远处公社食堂蒸馍的——实际在偷馍吃的炊事员田发现说，郭喜刚一进厕所，从天上掉下来一个南瓜大的红火球，火球在厕所房顶的瓦上“咯嘣咯嘣”弹了两三下，最后一下弹大了，弹到了厕所内，只听得“轰隆——”一声巨响，红火球爆炸把郭喜炸死了……

郭喜继续组织材料的瘾没能过成，可南山县肯定有人写信上了瘾，而且要过更大的瘾。杨牵牛是土地革命时期的老红军、老战士，天山军区首长在收到南山县的信件后置之不理。于是信就一封接一封写来。军区一号首长冷静思考后，决定用合理的办法保护自己的战友同志，他以不下文的方式任命杨牵牛为天山军区果子沟军马场顾问。果子沟军马场在天山深处，不说写信的人到不了天山军区，就算到了天山军区，他也无法在茫茫戈壁、巍巍天山之间找到果子沟军马场。

杨建华吃着苹果，跟着他爷在地里走着，突然他看到地上落了一个落果，落果上爬了一只蜜蜂在吃苹果，杨建华蹲下来要拿根木棍去赶那蜜蜂，杨锁牢把他孙子制止了，他说："不要打蜂……蜂是益虫……"

当初，杨锁牢找伍秀治把儿媳妇及孙儿从东方大队安排回护军堡村，是为了照顾他们。在生活艰苦的岁月里，吃不饱成为客观问题，照顾的唯一内涵便是：想办法让他们吃上东西。

田发明让杨锁牢当了大队护林员继续反省自己的问题，问题可能反省出来了也可能没反省出来，但不管问题出来了还是没出来，当护林员却促成了杨锁牢向大山、向沟壑、向树林寻食物的可能。去当炊事员找不来食物？当记工员找不来食物？随便去个大队指导农业生产带不来食物？在等等看似不起眼的职位上的人都能找来食物，都可以在别人吃不饱的时候，让自己和自己家人吃上白面、白馍。但是这些人找食物的方式、方法，不是杨锁牢这样的老党员能干出来的事，那些事都是他当大队长时无法容忍的事。他找食物运用的只是自己的双手和自己的智慧。

护军堡大队林场在村后三里外，有七八条沟，七八座山。林里生长的是大队里种下的速生树种，无非是洋槐树林、杨树林，林中夹杂少许核桃树、柿子树、花椒树和自然发出来的柳树。另外，在林边生着繁盛的荆棘、灌木、艾蒿……护林护啥？一防火；二防偷伐树；三防牛羊入侵；四护病木幼树。护林咋护？常规巡视；重点区域巡防；幼树倒了要扶；病树腐烂了要刮皮，还要和了泥巴糊住病树的伤疤。工具呢？工具只有一张嘴，两只胳膊两条腿，一条修树用的长柄禅杖，外加一只自己带来的大黄狗。大黄狗名叫麒麟，是杨牵鸽给自家狗起的名字。

干上护林员后，在制止坏人偷树，给病幼树治病之余，杨锁牢到腐木上扳木耳；到核桃树下拾核桃；到柿子树下拾柿子结果后掉落在地阴干的柿子花胎；到酸枣树上摘酸枣；到灌木丛里挖山药、摘浆果；到鸟兽窝里掏蛋；到地穴里寻獾……今天一条沟、明天一座山，杨锁牢白日盘桓着寻食物，夜里带回去解家人的饥荒——主要是为还在哺乳期的李阿慧提供可能的滋养，不过可能还是吃不好，夜里杨锁牢常听到隔壁窑洞传来孙子杨建华的啼哭声，杨建华在哭，李阿慧拍打着孩子在小声说："没有奶了你还吃？没有奶了妈妈也没办法么！"

一日，杨锁牢背着挎包，带着黄狗麒麟巡视山林，林边山坡上开满了各式各样的花，就连林中小道上也有蓝色的、白色的、粉色的小花，一朵一朵的，真好看。突然，狗叫了起来，顺着狗吠的方向，只见十几步外的一棵大核桃树上，哧溜哧溜爬下来一物儿。那物儿面黑毛黄，头小身子长，尺把长，五六寸高，杨锁牢脑子闪现一个字：貂。不错，确实是一只貂！麒麟追逐貂，那貂比狗跑的快得多，"唰唰唰"，貂儿头摆、尾巴摇，钻到了核桃树边的柴草窝里去了。麒麟头扎到柴草窝里拱，拱了几下不见动静，貂显然是逃遁了。麒麟从柴草窝里拔出头来，头上粘了一堆带倒刺的草籽。杨锁牢爱怜着要上前为麒麟清理头部皮毛上的杂物，他走到核桃树下，刚伸出手，一大滴散发着芬芳气味的黏稠液体从核桃树上滴下，滴到了他的手背上。杨锁牢抬头往核桃树高处望去，看见装粮食的升子那么大的一个蜂窝。

貂肯定是有办法对付蜂，并有着不怕蜂蛰的体质的。

蜂窝缺了一小半，显然是方才钻到草窝里的那只貂搞出的破坏。蜂窝里的蜜糖滴着滴着滴快了，蜂蜜顺残破的蜂窝边缘淌了下来，蜜蜂们似乎正忙碌着修复那残破的蜂窝。杨锁牢舔了一下手背上的蜂蜜，哇，真香甜呀！杨锁牢猛然想起第一次喝蜂蜜的情景，想起了姚婷婷说话的那张脸，继而想起了姚婷婷说过的话："喝蜂蜜对人最好了，蜂蜜是最养人的天然吃食！"这得带回去滋养人！杨锁牢忙取下挎包，从挎包里掏出日常喝水用的碗，放在树下接蜂蜜。黄狗麒麟头粘杂草，在一旁摇着尾巴。杨锁牢看看柴草窝，看看麒麟，再看看树上的蜂窝，他嘀咕道："这鬼貂，它还知道啥好吃吃啥……"说着，他帮爱犬清理起皮毛来。

杨锁牢端回去小半碗蜂蜜让儿媳喝了，这一夜，他没有听到孙子的啼哭声。

再去巡护山林的时候，杨锁牢要么远远拿石头把蜂窝打破，要么在头上蒙了厚衣服拿杆子去戳蜂窝。一个蜂窝戳完了再戳别的蜂窝，一天一天接些蜂蜜带回家，直到杨锁牢发现，戳破掉在地上的蜂窝哪怕是再小的一块儿，只要里面有一只又大又胖的蜂，群蜂也会舍弃了原来的巢穴，随那又大又胖的蜂而来，要簇拥着它，有了蜂蜜也要给它吃。杨锁牢恍然大悟，蜂也有它们的生命之道、办事规矩，它们是有“王法”的昆虫，那胖蜂就是它们的王，与蜂王之间发生交往，就是蜜蜂采酿蜂蜜的根源。

一有如此发现，杨锁牢不再戳破蜂窝寻蜂蜜了，他在树林里寻了一节空心的粗壮腐木，在木头身子上剜了几个窟窿，做成“蜂桶”。在林场如斗大的一个蜂窝前，杨锁牢隐蔽起来，盯住蜜蜂们进出蜂窝的地方，照准往常看到蜂王所在的位置，他用禅杖把蜂窝铲了一块子下来，拨到了自己做好的蜂桶里。不出杨锁牢所料，把装有蜂王的蜂桶在树林里放置了两天，那一窝蜂全钻到蜂桶里了。夜间，杨锁牢把蜂桶用麻布包好，背了回去，放在自家窑背上。

蜜蜂每日出巢，四处采集花蜜酿蜂蜜，杨锁牢定期拨开窟窿取蜜……

这样，李阿慧在家吃上了源源不断的蜂蜜，杨建华也吃着母亲的奶水一天一天长大起来。

蜜蜂们一边采蜜，蜂王一边繁育，当蜜蜂的数量越来越大的时候，杨锁牢观察着、行动着，又把那一窝蜂，逐渐分出五六窝蜂。

一九六三年七月，李阿慧的工作恢复了，组织上调她到北地市文教局当了局长。

在李阿慧到村里农业劳动作业期间，杨牵鸽的工作也有影响，他被安排到北地矿务局下属陈家洼煤矿当工人。李阿慧恢复工作不久，他也被提拔为陈家洼煤矿副矿长。北地市文教局离陈家洼煤矿不远，为了夫妻二人生活、工作的便利，杨牵鸽在陈家洼煤矿后的山脚下租赁了一个农家小院，他们一家三口搬了进去。小院有三间厦房，背后紧靠着山，山上照例是速成林——长满了成片的洋槐树，洋槐树开花时，一阵风吹来，杨牵鸽家的小院里能闻见槐花的清香。见儿子的住处有养蜂的天然条件，又加儿媳李阿慧已在往日的生活中学会了养蜂、取蜂蜜，杨锁牢到已回到护军堡大队担任民兵连连长的王来运处要了两个废旧的空手榴弹箱子分装了两窝蜜蜂，给儿子一家养到了小院靠山一侧的角落里。

蜜蜂不光滋养运用劳动智慧驯养它们的人，它们还将发挥别的作用。

四十六

李阿慧当上文教局局长后不久，一位在较远乡村中学任教的美术老师找到教育局，他想从乡村调到北地城区。李阿慧仔细看了他的申请，这位老师姓谭，家在北地城区，谭老师的父母生病、孩子幼小、妻子没有工作，他离太远照顾不到家里。谭老师的条件符合调回北地城区的条件，李阿慧同意申请并为他办理了调动手续。谭老师千恩万谢地向李阿慧道谢，说他都申请了好几年了，前任局长就是不给他办，说他当美术老师不务正业，整天带着学生不是捏泥人就是到野外搞写生，和学生打成了一片，没有一点为人师表的样子。李阿慧自己是当过西原师范学校老师的人，她说："美术老师教学生做泥人、做户外写生不是本职工作吗？老师和学生打成一片，不是好事吗？"谭老师说："是啊，我也搞不清人家咋想的……真是谢谢你了李局长……以后你有啥事只要我能做的……"不等谭老师说完，李阿慧微笑着对他道："我只希望你继续做一个和学生打成一片的好老师……"

出于感恩的心理，以后每年，谭老师都要到李阿慧家里坐一坐，不是送几张画来，就是提一些水果来，有时也和杨牵鸽聊聊天，杨牵鸽知识面广，谭老师每次和他聊天都觉得很有收获，李阿慧将谭老师送来的画作留了一幅挂在了办公室，其他东西她一概拒绝了，这让谭老师愈发敬重李阿慧。

一九六七年五月，陈家洼煤矿上的一些人把杨牵鸽关押了起来，要他交待自己的问题：问他知道不知道吕畅后来去哪儿了，有没有跟吕畅密谋反叛，有没有发电报……问着问着，也不知道怎么就把话题集中到一个问题上了，这个问题是："杨牵鸽！你老实交代！你和三青团头目之间联系的电台在哪儿？"

这话从何而起，又该如何回答呢？人们见杨牵鸽不答，他们决定晚上突击搜查杨牵鸽家，他们自己去杨牵鸽家里找莫名其妙的、虚无的、他们认为必定存在着的电台。他们把三间厦房都搜遍了，搬了床，掀了柜，搜了矿灯，搜了杨牵鸽所穿劳动服的每一个口袋……啥也没有搜到，气急败坏的人们"砰——"一声关了门，留下李阿慧在被折腾得乌烟瘴气的屋里默默流泪。

突然，有个人拿着灯光昏暗的手电在小院角落发现了两个箱子。随着他的叫喊和进一步要探清虚实的动作，所有的人们都围了上去，争先恐后去搬两个手榴弹箱子，要在里面发现最最关键的电台。天又黑，灯又暗，再加人们兴奋着、拥挤着，人影摞人影，箱子外零散的蜂他们也没看见。再说了，北地历来没有养蜂的传统，谁还能知道啥是养蜂，蜂是养在啥地方啊。

木板做的废旧手榴弹箱在杨牵鸽家小院放了四年，风吹雨淋再加日头晒，虽然箱子上涂了防腐层，但底部早已腐朽了，放着不动没事，一动箱底便会掉。日常谁会闲得没事干去动它呢？只有这些人们怀着莫名其妙的兴奋把这俩箱子抢抱到了手里。“噗通——”“噗通——”两声，箱底掉了，两大窝蜂掉在了人们脚下。蜜蜂们入夜刚歇息，被人们突如其来的惊扰激怒了，只听猛烈的一声“嗡——”，愤怒的蜜蜂们钻裤腿的钻裤腿，上头的上头，爬脊背的爬脊背，飞到脖颈的飞到脖颈……黑压压、乌泱泱的蜜蜂们把没反应过来的人们蛰了个鬼哭狼嚎、屁滚尿流，一个一个恨不得多生出几条腿，逃离这个可怕的小小院落……

第二天，谭老师与往年一样来探望李阿慧夫妇，一进门看到院里一片狼藉，一进屋看到屋里被翻得乱七八糟，他便问是什么情况。李阿慧把杨牵鸽父子遇到的事儿说了。谭老师对李阿慧说：“李局长，不管是你的事，还是杨矿长的事，或者是你们的家人的事，这事我要想办法帮你。”

李阿慧一头雾水，他能帮什么？他能怎么帮？谭老师看李阿慧疑惑，他解释说：“咋帮你们，你不要过问了，我会尽我的可能让你们不要受太大的波折。”说完他就走了。

原来这美术老师和学生打成一片，和学生们处得很好，而他以往教过的学生里已有好几个成了北地学生的头头，当下美术老师就去找了其中一个头头儿……

次日，几个学生分别去了北地矿务局和福泉公社，他们问各处头头：“你们有没有整某某某的材料？限你们三日放人。”

在北地矿务局，这个“某某某”说的是杨牵鸽。杨牵鸽当时被关押在小黑屋，还要将他移交公安局，要把他办成罪犯。学生一来，当权的头目害怕了，学生的地位如日中天，他们惹不起。

于是，经矿领导开会，他们主动销毁材料，把杨牵鸽派到北地陶瓷厂当工人。

在福泉公社，“某某某”指的是杨锁牢，造反派把杨锁牢关押在公社仓库里，长时间对他进行罚站，使他腿脚疼痛、肿胀，不能睡眠。学生对田发明说了狠话以后，田发明心里发憷，再加上揭发杨锁牢的郭喜死得蹊跷，公社上上下下流传了一种报应的说法令田发明心里发毛，他设法转移了人们的目标，放杨锁牢回了护军堡村，令他继续在护林员岗位上接受改造。

浪潮当然不会放过李阿慧，在杨牵鸽到陶瓷厂之后不久，人们揪出了李阿慧，要彻底查清一些东西。同样是那位谭老师运用智慧与人们做了周旋，相应单位将李阿慧跟她丈夫下放到一起，当了陶瓷厂工人。

这是一段艰难的日子，杨锁牢牵了叫麒麟的大黄狗，与山林树木为伴，与蜜蜂、貂、花草、草药交朋友，他也在自己栽种的护军堡大队苹果园里勤勤恳恳地锄草、施肥，为苹果树疏花、疏果、拉枝、喷药，在苹果成熟以后，交给大队卖钱增加大队收入。杨锁牢兢兢业业护林、巡林、栽植……尽职尽责地维护着集体的林场，壮大着集体的财产。陶瓷厂里，李阿慧则向丈夫传授了阿公大杨锁牢教给她的“劳动即法宝”之智慧，俩人收敛心性，在陶瓷厂里勤恳工作——杨牵牛主做陶艺，李阿慧主做雕刻，夫妻二人全心劳动，真诚合作，做出了许多足以传世的精美陶瓷工艺品。几年里，他们又生了一男一女两个孩子，男孩叫杨建设，女孩叫杨建丽。

山有山峰，也有山谷；水有高潮，也有低潮；历史是一个曲线，人生也是起伏着、前进着。时间不可虚度，不虚度的人生处处有回应，而虚度的人生，到处一场空。

四十七

没法推测出给天山军区写信的人是谁，在信的末端，写信人的签名是：一个了解了真相的人。只能大概估摸写信人是杨牵牛昔日在戏楼学堂上学时的某个同学，而这个同学后来与参加南山剿匪的张二娃可能有过交集。在军区一号首长办公室看了一封一封的信件，杨牵牛参谋长悲从心起，信件无端指责自己不说，无恶不作的大土匪路娟娟竟被说成是百姓，剿灭大土匪竟成了自己在报私仇。纵然杨牵牛在多年的工作中养成了良好的气度，他也指着信愤怒地说道：“不敢相信世上还有这类猪狗不如的东西！他了解真相？他了解的什么混账真相！”

为避免带来不必要的麻烦，一九六七年六月，杨牵牛与妻子带着大儿子杨建国，以及后来又有的小儿子杨建英赴军区果子沟军马场报到。

边疆大漠戈壁滩中，巍峨的群山聚落便是天山。一座大山连着一座大山，大山与大山之间有着宽或窄的沟壑。果子沟是一个喇叭形的山沟，里面小，外面阔。天山雪融水从山上一路流下来，在果子沟沟底流出一条三五米宽的清澈河流，这河流在谷口的开阔处哺育了一片几万亩乃至上十万亩的草场。草场之外是戈壁滩，草场之后是无人大山，这一片地方是生命延续的绿洲。

果子沟喇叭嘴儿般的谷底的山坡上长满了野生的杏树、桃树、苹果树、枣树，这是它名字的起源。天山军区在这里组建了一个营级单位的军马场，马儿们在万亩草场里奔腾、繁育。每年，果子沟军马场向军区输送良种军马一百五十匹，以供骑兵部队战、训更换使唤。戎马半生的杨牵牛按捺不住对军马的热爱，与妻儿们在这里经历着不虚度的时光。

顾问是个啥干部不好说，但是看年龄，看气度，军衔制取消后穿着普通绿军装的杨牵牛一定是比果子沟军马场场长呼东方资历更深的职业军人。不光战士们喜欢和杨牵牛顾问一家来往，就连呼东方也喊着报告向杨牵牛汇报军马场的生产作业情况。

军马场里啥都好，草好、水好，马儿们吃了就是跑，跑了就是睡，一个个养得身形矫健、奔跑如飞。只一样不好——果子沟谷底山坡上生长的果树，春季开出漫山遍野五颜六色香喷喷的花，夏秋季便结出了漫山遍野红黄喷香的果。这果子成熟后引来了獾、兔来吃，獾、兔一来，就来了狐狸、狼、豹……为躲避天敌，时不时有野兔窜到草场里来寻求庇护。咋个庇护法？战士们一见那些食肉的恶物，怕那些恶物伤及马匹、马驹，就开枪打了它们，这便把食草的动物们保护住了。“庇护”也便罢了，只怪那被“庇护”的兔儿善于在草场上打窝，依赖上了草场。野兔打出的窝，是个大祸害！军马奔腾，跑得好好的，一不小心踩到兔窝里去，小则伤了马蹄子，大则马腿折断再也上不了战场。

这是个大事啊！杨牵牛正听着呼东方的汇报，他已十七八岁的大儿子杨建国问呼东方："那拿枪把兔子们打了不就行了？"

呼东方右手手背击拍着左手手掌说："好我的小领导哩，来不及么！野兔这东西生养快得不得了，这拨还没打完呢，下一拨又生出来了，再加上新的兔还在继续从坡上往下跑呢……"

杨牵牛起身，抓了武装带往腰上系，他说："东方场长你带我去看看！以后不要胡叫，啥小领导？他叫建国，"又指了杨建国给呼东方解释，"建国的那一年生的娃！"

呼东方立正，敬礼，大声执行命令："是！"

情况确实很严重，在呼东方的指引下，杨牵牛看到好好的牧草下面隐藏着野兔们打出的窝，东一片西一片，窝口还留有新鲜的野兔粪便。

第二天，杨牵牛带了儿子杨建国上山，他们在山上寻找着野兔、兔窝，辨识着兔的脚印、兔的路径。从没走过山路的杨建国一会儿摔倒了，一会儿衣服被酸枣树挂住了。在山上观察了三天，杨建国的衣服被酸枣树挂了七八回。在一次衣服被挂住，杨牵牛帮儿子取酸枣刺的时候，他突然间领悟到了什么——酸枣树能挂人衣服，会不会挂野兔毛皮？这一发现很重要，杨牵牛马上在有酸枣树的地方观察，的确没有发现野兔的踪迹，的确没有野兔在这里过路！为了慎重起见，杨牵牛诱捕了几只活兔，放在了酸枣树密布的地方。经过观察，杨牵牛顾问发现，野兔们呆在酸枣树丛中哆哆嗦嗦的，不敢跑，甚至不太敢动。

这便好了嘛！

杨牵牛把这一调查结果告诉了军马场场长呼东方，他建议挖酸枣树移栽在果子沟谷底兔子可以下山的地方，用酸枣树做屏障把兔子们隔离在山上。同时，经实地考察和结合军马场实际，杨牵牛顾问的儿子杨建国粗略计算出如下内容——野兔可从谷底下山的地方总计约十里长，即五千米，一米栽两棵酸枣树，需要一万棵酸枣树，除照常放牧作业的战士外，全场每日可出动战士一百名，一人一天移栽五棵枣树，二十天可在谷底用酸枣树建成一道防范野兔的天然屏障。

呼东方说："一人一天移栽十棵，十天就能干完，我这就去召集战士……"

"停！"杨牵牛阻止呼东方，他指着杨建国做计算用的稿纸，交待呼东方，"一天就挖五棵——这工作量已经不小了，一定要科学作业……"

"是！"呼东方接受命令。

赶在冬天雪下来以前，酸枣树屏障建好了。

第二年春天，冰雪融化，酸枣树发芽，开出了黄色的小花。显然，野兔们被酸枣树身上生着的酸枣刺挡在了山坡上。在这往年野兔猖獗的季节里，果子沟军马场草场里的野兔还有，但一两天看不到一只。如果看到了，只要放牧作业的战士们一驱逐，它便奔跑着不见了。

在征兵季节来临时，杨牵牛亲自联系了别处军马场的负责同志，把大儿子杨建国送往更大的军马场去当兵。临走前，杨牵牛嘱咐杨建国："我们场里有的问题，别的场里也会有，把我们的奋斗经验传出去，用自己的实际行动建设国防！"

这话说得真好！这个世界上有造火车的人，有发明飞机要上天的人。于是就有人一心盯着造火车和发明飞机的事业，艳羡着别人的发明创造，把超出自己能力范围以外的事挂在嘴上却无法为之做出任何行动。他们忘却了自己的双手可以奋斗，可以从自己的实际出发，为方方面面的人类事业做自己力所能及的贡献。

只这小小的移栽酸枣树一项，营级单位的果子沟军马场向天山军区每年多输送了五十匹优质军马。杨建国将去的军马场是一个师级建制的大型军马场，杨建国用自己的双手实践过的经验是不是能够在师级军马场创出更大的作业成果？那么这种奋斗经验如果推广至全国几十上百家军马场呢？

杨建国带着使命而去，杨牵牛继续奋斗的脚步没有停……

杨牵牛与妻子、小儿子杨建英上山摘野果、晒果脯，他们逐渐研究出了果脯的制作工艺，大家一尝都说好吃。妻子是部队医院药剂师出身，她告诉大家："好吃是口感，果脯里含有的化学元素对人体更重要。"这样，在杨牵牛与妻子的指点下，果子沟军马场场长呼东方每年组织战士们上山拉练，将采摘野果与假想敌结合，做军事对抗演练，既训练了战士军事素质，又将对抗成果野果"缴获"回营。野果晒成了果脯，果子沟军马场的官兵们吃不完，他们便把果脯馈赠到天山军区后勤部。这样，每年冬天，全军区的战士都分享到了后勤部下发的甜蜜果脯。果脯改善了战士们的伙食，增加了他们的营养元素摄入量。好事也是一环接着一环，野果被采摘后，动物们的食物来源变少，山间的獾、兔数量减少，食肉动物数量也随之下降。

果子沟军马场里的人们齐心协力改造了固有的、有破坏力的生态链，将野生动物对军马场草场的破坏力降到了可控范围。杨牵牛设法联系战友，从红枣产地寻来了优质的红枣接穗，给谷底的近一万棵酸枣树进行了嫁接……

天苍苍，野茫茫，只要马儿矫健，它就奔驰四方。

天山巍峨，肃穆雄壮；河流清澈，水流缓缓；杨牵牛和呼东方骑马奔腾在广阔的生命绿洲之中。勒马望群山时，杨牵牛勉励呼东方："东方啊，再缓的河流，只要流着，它便要涌向波澜壮阔的大海！我们一起加油，我们要一代传一代，唱响一代接一代的奋斗者之歌！"

四十八

劳动是可以成就自身的，但成就自身的劳动是积极的、自觉的，劳动不是为了劳给什么人看而摆出一副好看的架势，劳动的魅力不是徒有其表的漂亮，它只是符合了美学的原理——实践劳动美学的人们会弯下腰来，低下头来，把汗水砸到土地里，做一个真真正正的劳动者。

护军堡村里的人们没有忘记杨锁牢，干庄稼活遇到问题了，人们去林场里找他问；生活中遇到啥不顺心了，人们也去林场里找他说；谁偶尔得到了一根好纸烟，也要去杨锁牢家里找他，与他一人一口换着把纸烟抽了。一九七三年，在群众的呼声中，已经六十七岁的杨锁牢被上级启用了，组织上任命这位老实干家坐镇指挥护军堡大队里的农业活动。这是要在漆水两侧垒石造田，是一项艰苦的劳动，只有经验丰富、不怕困难的杨锁牢能担起这个担子。已是满头银发的杨锁牢踊跃担纲了这项任务，他说：“只要我还活着，啥事需要我，就叫我杨锁牢，只要是对大家好的事，叫我干到死也高兴！”

寒冬节气，砸开河冰，老将杨锁牢带头挽着裤子下到冰水里抱石头；北风刺骨，上了年岁的杨锁牢没有牙咬就咬住牙槽骨垒粮田……一个冬天，杨锁牢风餐露宿，他的衣裤磨破了，两膝磨烂了，手脚全生了冻疮，人累成了人干。但是，他一人修成了三亩水田。次年，三亩水田里试种成功了南方才有的水稻。

在杨锁牢大无畏精神的感召之下，人们干劲十足，圆满完成了垒石造田任务。

个人的劳动不一定是要干大事，每个人的劳动创造都立足于自身所处的环境，立足于自己经历的生活。在平常生活中，劳动大多是普普通通的小事。劳动的内容可能是剥一瓣新蒜，可能是帮孩子削个铅笔，可以是在珠穆拉玛峰下递给登山者一捧炒面，也可以是在邻家的院落里给鸡撒一把出了麦牛的稻谷。真正的劳动者是普通的，不用有意拔高一个劳动者。真正的劳动者身上未必有什么光环，也不一定非得要发号施令，他只是热爱生活，关爱身边的人。

一九七零年开始，曲万平等五位来自省城的青年下乡到了北地市军台岭区福泉公社护军堡村，他们住在曾是护军堡大队饲养室的窑里。一到春天，杨锁牢让郎女做了槐花麦饭带给曲万平们吃；夏天到了，杨锁牢找了“六六粉”，教青年们撒在炕席下，那是为了防治夏季里多得不得了的跳蚤和虱子。七月了，杨锁牢在外挖几棵指甲花栽到饲养室前，粉红的指甲花开得笑盈盈的，跟随农民下地干活的曲万平们回窑洞时都能看见，田间劳作很疲惫，一看见花，人们的身心稍稍舒展了；十一月了，杨锁牢从林场带回红软红软的柿子给青年们吃……一九七五年麦收季节，杨锁牢在麦场里为青年们示范如何“扬场”。只见杨锁牢须发皆白，脖子上搭了一块吸汗用的毛巾。他手端木锨，弯腰如弓，眼瞅着风来了，杨锁牢一木锨铲起混有短麦秸、麦衣、麦芒、麦粒、尘土的混合物，杨锁牢“扬场”势如射箭，混合物顺风飞扬。阳光下，饱满、厚重的麦粒像金子颗粒一样撒落在双胳膊布满青筋的杨锁牢眼目前，而轻飘飘的麦衣们顺着风飘半丈远才落下——粮食和杂质被分开了。一锨、一锨，又一锨，金黄的麦粒在麦场上一层一层铺起来，摞起来了。曲万平们学着杨锁牢的姿势，一个一个熟悉着“扬场”的动作，体验着劳动的滋味，收获着劳动的幸福……

一九七六年，人们的劳动事业有了更好的发展。

去了陇地多年的花朵的侄子突然回到了西原，出于吃、住、起居等多方面原因考虑，杨牵鸽、李阿慧把花朵接到了北地养老。然而，勤恳的花朵没有歇息一天，她照例做着布老虎，像多年前养育李阿慧一样，照料起了李阿慧的孩子们的衣食住行……

日子马上好起来，然而——

一九七七年十二月开始，杨锁牢感觉喉咙疼，他吃不下饭，喝水也甚为艰难，夜里胸腔疼痛难忍，早上起来嘴里涌出血沫子。经检查，杨锁牢是患上了食道癌，这个如钢铁般坚硬的汉子要倒下了。杨锁牢分秒必夺地书写起了自己的劳动体会，将如何发展护军堡村、建设护军堡村的思考写在小孙子杨建设的算术本上……

王来运拿着鸡蛋、挂面来看杨锁牢，王来运问：“锁牢叔你最近感觉咋样？”

病卧在炕上，用笔吃力写字的杨锁牢喉头“咕噜咕噜”响着，他已说不出话来，他缓缓挤着眼睛、点着头向王来运示意他还好。

北地市、军台岭区各级领导到护军堡村看望老劳模杨锁牢。市领导问他，看有没有啥事需要大家帮忙办理的。领导有意这么问，是希望杨锁牢说出自己的困难，为自己的儿女说上几句话，上下各级都在场，有能办的事，当场也就帮他办了。然而，躺在炕上不能说话的杨锁牢，面含微笑，费力递给领导们的只是写在算术本上的努力劳动发展护军堡村的汇报。随汇报还附有杨锁牢的党费本，党费本里夹着伍元钱和一张小纸条，上面歪歪扭扭写着：“这是我最后一次交党费。”

在场的干部无不动容。人们饱含热泪，一句话也说不出，只希望能永远握住这个忠诚的劳动者的手。

一九七八年四月三十日，在台北朋友家做客的姚刚看到主人的博古架上摆放着一只布老虎，他问布老虎的主人，那只布老虎是从哪儿来的；主人答是一位新加坡友人送的，新加坡友人送主人时说，布老虎是他在中国西原市参加交流活动时当地政府赠送给他的民间工艺品。姚刚拄着拐杖走到博古架前，颤抖着手拿起布老虎，他闭上眼睛，用脸颊轻轻地蹭着布老虎身上的绒毛，姚刚的鼻子里泛起一股酸楚，老泪流过他的喉咙，流进了他的肚子里——

在姚刚手握布老虎的同时，正在帮李阿慧的女儿杨建丽梳头、扎辫子的花朵突然眩晕，踉跄着要扶床却倒在地上昏迷了过去，李阿慧赶紧把花朵抱起来放在床上，这个坚强哺育了李阿慧的女人竟那么瘦弱，她的身子竟那么的轻，“妈妈——妈妈——妈妈——”李阿慧一声一声呼唤着花朵，她要把养育自己的母亲唤醒，要把从未叫出过的字眼永叫个不停——

在李阿慧呼唤花朵妈妈的时刻，从天山军区副司令员岗位离休的杨牵牛回到故乡南山，杨牵牛带着他的小儿子杨建英站在了自家祖居前。杨家祖居已是一片荒野，草长满了院子，茅草屋早已倒塌，一棵大桑树从茅草屋里长了出来……杨牵牛看着眼前的一切回想过往，杨建英却在桑树旁发现了一个侧放的棒槌瓮。杨牵牛手提登山拐棍走到曾装过一斗半粮食的棒槌瓮前，细细地打量了这个熟悉的器物，将近半个世纪过去了，棒槌瓮完好无损……杨牵牛用手转圈，抚摸着棒槌瓮的瓮沿，感受着它身上可能蕴含着的可能的温度，他发现了一个小小圆圆的蜂窝贴在棒槌瓮的内壁上，蜂窝上停歇了几只小蜜蜂，杨牵牛拿起拐棍在棒槌瓮上敲了一下，“咣——”，棒槌瓮响了，响声激发万道声波，蜜蜂们被惊动，它们从棒槌瓮里飞了出来，向天空飞去——

当侄儿杨牵牛远在南山敲打棒槌瓮的瞬间，在福泉卫生院病床上的杨锁牢睡着了，他梦见几只巨大的蜜蜂朝他飞来——

蜜蜂们飞过的地方，大山里是青山绿水；平原上长着一眼望不到头的麦子；山坡上种着数也数不清的苹果树；河流的两岸遍布着金黄灿灿的稻子；川道里长满一棵棵秆上有两三穗棒子的玉米；山谷里的枣树上挂着如繁星般多的红枣……

杨锁牢去世，终年七十二岁。

走正道，是大道；走大道，是正道。劳动，既正且大，我们要光大它。

2022 年“五四青年节”完稿于上海